多维视角下的当代乡土文学

孔小彬 著

世界图书出版公司

西安 北京 上海 广州

图书在版编目（CIP）数据

多维视角下的当代乡土文学 / 孔小彬著 .—西安：
世界图书出版西安有限公司，2018.3
（学术文库）
ISBN 978-7-5192-4477-4

Ⅰ.①多…　Ⅱ.①孔…　Ⅲ.①中国文学—当代文学—
乡土文学—文学研究　Ⅳ.① I206.7

中国版本图书馆 CIP 数据核字（2018）第 054287 号

书　　名	多维视角下的当代乡土文学
著　　者	孔小彬
策　　划	孔令钢
责任编辑	李江彬
出版发行	**世界图书出版西安有限公司**
地　　址	西安市北大街 85 号
邮　　编	710003
电　　话	029-87214941　87233647（市场营销部）
	029-87234767（总编室）
网　　址	http://www.wpcxa.com
邮　　箱	xast@wpcxa.com
经　　销	新华书店
印　　刷	北京市金星印务有限公司
开　　本	787mm×1092mm，1/16
印　　张	12
字　　数	200 千字
版　　次	2018 年 3 月第 1 版　2018 年 3 月第 1 次印刷
国际书号	ISBN 978-7-5192-4477-4
定　　价	46.00 元

自　序

从小在农村长大，对乡土文学有一种自然而然的亲近感。当然，如果完全从我的阅读兴趣出发，小的时候比较喜欢武侠小说。接触文学研究是在十多年前的研究生阶段，因为这种亲近感，选择做乡土文学的题目就是很自然的事了。

记得当时老师建议硕士论文做作家论，容易把握一些，而且大小合适。老师也是第一次带研究生，希望我们能做好些，建议早点确定题目，好做充分准备。他给了一个值得研究的作家名单，包括莫言、韩少功、残雪、汪曾祺等人。我当时也没有多想，觉得汪曾祺更亲切些，也没有别的先锋派现代派作家那么复杂，就选了汪曾祺。南昌这边没有汪曾祺全集，还是托一位朋友从哈尔滨给我寄过来一套。本着笨鸟先飞的原则，倒是早早开始阅读思考。后来论文写出来，得到了老师的认可。这对我来说，是莫大的鼓励。后来在一所地方高校工作，虽然也知道做不出多大的学问来，但直至今日倒也没有放弃写文章，也算是一直在"务本业"了。这种坚持大概跟开始的努力有关系。当然也可能是误入迷途的。虽则周边的同事、朋友有不少已经看穿，也知道如今的学术生态难有虾米的空间，但总觉得站在大学的讲台上，还是要多读点书，多写点东西。

近年来，我写东西最大的问题大概是喜欢跳来跳去，有一点随兴所至的味道。一方面是我的兴趣广泛，有好奇心；另一方面则是没有定力的表现，也缺乏学术的眼光和自信。不过细想起来，我对乡土文学的兴趣一直以来都没有丧失。我所关注的乡土作家，除了汪曾祺之外还有莫言、贾平凹、陈忠实、张炜等，所关注的乡土文学创作现象除了涉及传统美学、乡土历史、乡土伦理之外，还包括近年来乡土文学的变化：打工文学的兴起所带来的乡土叙事空间转移、乡土文学的电影电视改编问题等。这些文章始终是围绕乡土文学展开思索的，部分得到了公开的发表，也比较关注最新的作品最新的变化。

虽然我的思考还很粗浅，不值一哂，但毕竟是足迹的证明，权且留存吧。

2017 年 10 月 9 日于九江

目　录

第一章　传统与现代：乡土文学的叙事艺术

　　传统与现代二者在汪曾祺作品中相融无间，这是汪曾祺创作的重要特征。本文从三个不同的角度来具体阐述这一特征。首先，解读汪曾祺小说所具有的双重文化隐喻内涵，涉及文化守成主义的价值立场、"桃源"原型意象塑造二者的审美现代性意义；其次，从文体学角度探讨中国古代"诗骚传统"以及明清小品对汪曾祺现代抒情体小说及现代小品散文的影响；最后，阐述汪曾祺在语言上将文言与现代白话融成一炉，从而创生出一种独具魅力的现代文学言语的尝试。汪曾祺沟通传统与现代的努力在当代历史语境中的意义及命运也是本文的兴趣所在。

　　汪曾祺 20 世纪 40 年代就已成名，当时有评论家将他同路翎并称为"两个最可注意的作家"[1]。此后，由于特殊的历史原因，汪曾祺被迫"二次中断""三次起步"。几经波折之后，年逾花甲的汪曾祺在 20 世纪 80 年代仍能写出令文坛耳目一新的作品，这的确是一个独特的文学现象。汪曾祺于 1997 年过世，对这个作家现在基本上可以盖棺论定了。黄子平先生从中断已久的新文学"史的线索"的接续来认识汪曾祺的意义[2]，严家炎在《中国现代小说流派史》一书中把汪曾祺定位为"京派最后一个作家"[3]，马风把《受戒》看作是新时期小说的滥觞，把汪曾祺看作是始作俑者。无论对汪曾祺作何种定位，他的文学史地位是毋庸置疑的。

　　综观对汪曾祺的评价，评论者大都从汪曾祺与中国传统文化之关系入手，认为

---

[1]　唐湜：《虔诚的纳蕤思——谈汪曾祺的小说》□1948 年□，载《二十世纪中国小说理论资料》，第 487 页，钱理群编，北京大学出版社 1997 年版。

[2]　黄子平：《汪曾祺的意义》，载《灰阑中的叙事》，第 234 页，上海文艺出版社 2001 年版。

[3]　严家炎：《中国现代小说流派史》，第 225 页，人民文学出版社 1989 年版。

他受到了儒、道两家文化的影响，是内儒外道、儒道互补[1]。现在看来，1988 年在北京召开的汪曾祺作品研讨会上与会者热烈讨论的汪曾祺的"士大夫气"已被众人肯定，由于汪曾祺与传统文化的深刻渊源关系，以及他的作品中流露出的传统文人气质、修养、处世原则，他被称为"中国最后一个士大夫"。近年来，有论者开始注意汪曾祺创作的"现代意识"。刘明的《汪曾祺与五四新文化传统》[2]一文借用陈思和"启蒙的文学"和"文学的启蒙"概念，从思想与文体两个方面来谈汪曾祺对"五四"现代文学传统的继承；柯玲的《汪曾祺创作的现代意识》认为汪曾祺的创作无论在题材的探索、写法的革新还是在语言观念、体裁特色方面都含有显著的现代性。[3]当然，也有论者对此持否定看法，认为"汪曾祺从来不是先锋派，早期作品所呈现的现代小说写法，仅仅是表面工夫"[4]。

实际上，我们在谈到传统的时候往往把它当作"博物馆的收藏品"[5]，习惯于孤立地看待传统与现代这两个概念，把它们看作相互对立、水火不容的东西。何谓"传统"？E·希尔斯在其名著《论传统》中这样定义："传统，意即从过去延传到现在的事物。这也是英语中 Tradition 一词最基本的涵义。从这种操作意义上来说，延传三代以上的，被人类赋予价值和意义的事物都可以看作是传统。"[6]根据这个定义，传统最大的特性在于它的延传性。没有传统何来现代？

现代固然有其反传统的一面，传统的积极因子又何尝不能现代化？庞朴先生对"传统文化"与"文化传统"的区分有助于我们对汪曾祺的研究。他认为传统文化

[1] 相关论文有：黄科安：《论汪曾祺与中国传统文化之关系》，载《中国现代、当代文学研究》1999年第 1 期；季红真：《汪曾祺小说中的哲学意识和审美态度》，载《读书》1983 年第 2 期；杨剑龙：《论汪曾祺小说中的传统文化意识》，载《当代作家评论》1989 年第 2 期；林江、石杰：《汪曾祺小说中的擂道佛》，载《广东教育学院学报》1995 年第 4 期。

[2] 刘明：《汪曾祺与五四新文化传统》，载《华侨大学学报》2002 年第 2 期。

[3] 柯玲：《汪曾祺创作的现代意识》，载《盐城师专学报》1998 年第 4 期。

[4] 朱大可、吴炫等：《十作家批判书》，第 211 页，陕西师范大学出版社 2000 年版。

[5] 这里借用美国学者列文森的说法，他认为共产党官方把孔子放进历史博物馆"目的就是要把他从现实的文化中驱逐出去"。载《儒教中国及其现代命运》，第 338 页，中国社会科学出版社 2000 年版。

[6] [美]E·希尔斯：《论传统》，第 15 页，上海人民出版社 1991 年版。

是死的，静止的，而文化传统则是一种"集体无意识"，可以无限地绵延下去。[1] 仅以静止的传统文化为参照来看汪曾祺恐怕是不够的，我想汪曾祺的价值也不在于他在多大程度上受到传统文化的影响，而在于他沟通传统与现代，对文化传统进行创造性的转化从而使之成为现代的一部分的努力。传统与现代在汪曾祺那里并不是矛盾的存在，并没有截然的分界，而是自然交融在一起的。汪曾祺的作品告诉我们一个常被忽略的常识：传统的也可以是现代的。

本文将从三个方面展开论述。其一，解读汪曾祺小说所具有的双重文化隐喻内涵：汪曾祺作品隐含着对此前的"文革"革命化社会形态的否定，其理想的"民族国家"图式带有浓郁的东方传统文化色彩；同时，"桃源"原型意象的塑造使得他的作品成为现代人借以"脱离苦海"的审美的方式。其二，从文体学的角度，探讨"诗骚传统"以及明清小品文对汪曾祺现代抒情体小说及现代小品散文的影响。其三，阐述汪曾祺在语言上将文言与现代白话融成一炉，从而创生出一种独具魅力的现代文学言语的尝试。

汪曾祺的创作思路在当代文坛的命运也是论者颇感兴趣的一个问题：汪曾祺的这种在现代社会复活传统，让文学传统在现代写作当中重现的做法到底有多少效仿者？尽管论者对汪曾祺的写作策略推崇备至，还是不得不感到万分的遗憾，现实的情形让人感觉汪曾祺的努力只不过是传统在20世纪末的"回光返照"。作家们似乎一个比一个新派，卡夫卡、马尔克斯、博尔赫斯、卡尔维诺、米兰·昆德拉是他们竞相模仿的对象。众人的冷漠"成全"了汪曾祺的独特性，汪曾祺是20世纪后半叶孤独的寂寞者。

---

[1] 庞朴：《蓟门散思》，第304页，上海文艺出版社1996年版。

文化隐喻的现代性解读

汪曾祺的写作无疑是在"文革"十年之后的历史语境之中展开的，作品有意无意地指涉现代民族国家的秩序建设，是在"回忆"的基础上营构的有着充分个人感性体验的"想象的中国"。这一"想象的中国"形象迥异于此前革命化的"文革"社会，也不同于此后走向现代化的社会，而是一个有着浓厚的传统色彩的文化"共同体"。这是一种对于过往世界理想化的描述，却也可以作指向未来的可能性的解读。

这里需要借用"审美现代性"这一概念。何谓"审美现代性"？一种比较一致的看法是，审美现代性"是整个现代性工程的一部分。但是它却是复杂的，充满矛盾的一部分。如果说，现代性，在思想变革与社会变革的层面分别表现为主体性的确立与理性化的最终形成，并最终对人及其理性予以了高度的肯定的话，那么，我们必须同时看到，作为现代性构成的有机组成部分，在美学与艺术领域对人的灵性、本能与情感需求的强调，实际上既是从感性生命的角度对人的'主体性'的直接肯定，又包含了对现代科技文明与理性进步观念的怀疑乃至否定"[1]。这是审美现代性概念的原始意义，或者说是西方价值体系中的意义。

中国的情形似乎又有所不同。刘小枫先生在对"审美主义"作概念梳理的时候专门谈到了"中国审美主义"的独特性问题。[2] 比如，蔡元培的"美育代宗教"的审美主义意涵主要不是关乎人生论，而是关乎社会变革论的。他的美育论与席勒的美育论的出发点也完全不同：席勒的美育论基于对启蒙思想的批判，试图调和科学精神导致的二元冲突；蔡元培则以科学精神为前提。理解中西之间存在阐释的差异性将有利于我们对汪曾祺作品的审美现代性问题的把握。因此，我在使用这一概念的

---

[1] 张辉：《审美现代性批判》，第45页，北京大学出版社1999年版。

[2] 参见刘小枫：《现代性社会理论绪论》，第308—320页，上海三联书店1998年版。

时候，除了强调它与社会现代性之间的对立紧张（用鲍曼的话来说就是："现代性的历史就是社会存在与其文化之间紧张的历史。现代存在迫使它的文化站在自己的对立面。这种不和谐恰恰是现代性所需要的和谐。"[1]），还注意兼顾汪曾祺作为中国审美主义者的特性。

确切地说，这里所说的审美现代性具有双重含义。一是在反思过去的现代化进程的基础上，为现代民族国家秩序建设提供可参照的价值体系。在现代民族国家建设中是否可以利用传统思想文化（主要是儒家）资源，这是一个很富有启示性的问题，在某种程度上汪曾祺暗合了致力于儒家思想文化的现代性转化的海外新儒学的观点。二是指文学艺术所具有的疗救现代人的心灵使之脱离苦海的无功利的功利意义，如王国维所言，"美术一务，在描写人生痛苦与解脱之道，而使吾济冯生之徒，于此桎梏之世界中，离此生活之欲之争斗而得暂时之和平，此一切美术之目的也。"[2] 审美是在"此岸"的对于苦难的超越。值得注意的是，汪曾祺对现代化（革命现代化）的质疑、反思乃至对其后果的修复，都是站在一个文化守成主义者的立场上，借传统以反思现代，认为传统中有不可抛弃的合理因子，可以并应该成为现代性建设中的有益资源，汪曾祺的最大意义莫过于此。

一、文化守成的价值立场与现代意义

"文化守成主义"（Cultureconservative）是美国学者艾恺的《世界范围内的反现代化思潮》一书中的一个核心词汇。艾恺先生从孙中山的名训"守成不易，创业维艰"中拈出"守成"二字以与"保守"相区别，强调文化守成所具有的积极意义。守成主义者都有一个"向后看"的特点，往往是身处动荡时代，以一种虔敬、激赏的眼光看待已然逝去的且诗意化了的从前，并在对往昔的深情回味之中寄托自己的人生理想。孔子就是一个典型的文化守成主义者，在礼崩乐坏的春秋时代，孔子向往秩序井然的上古社会，"周监于二代，郁郁乎文哉！吾从周。"（《论语·八佾》；近代的辜鸿铭、梁漱溟等人极力推崇传统文化，旨在抵挡西方思想价值观念的大举

---

[1]　转引自周宪：《审美现代性的四个层面》，载《文学评论》2002 年第 5 期。

[2]　王国维：《红楼梦评论》，载《王国维文学美学论著集》，第 9 页，周锡山编，北岳文艺出版社 1987 年版。

入侵；现代文学家废名、沈从文等人，在内忧外患之境遇中，努力发掘传统的人情美、人性美，渴望重回古朴、安宁而又温馨的世界。新时期，与这种文化传统一脉相承的是汪曾祺的故里风情小说。时移世易，在新的历史语境下，汪曾祺小说提供了建设新的现代民族国家的一种可能性，一种"中国化"的现代性方案。而在这个方案当中传统思想有着重要的地位，传统在汪曾祺的艺术世界里重新更生，发扬光大。

（一）

"文化大革命"十年，在狂热的政治激情的支配下，举国上下进行了一场轰轰烈烈的、试图改天换地的斗争。"横扫一切牛鬼蛇神"，拒绝任何传统的（封建主义的）以及西方的（资本主义的）价值观念。"革命"即意味着进步，任何对革命稍有怀疑的态度都被视为反动、落后、保守，都将遭到毫不留情的攻击。政治话语塑造出一系列的阶级敌人，人们很容易在自己的队伍中揪出他们。人人自危的同时，普遍的敌对情绪出现了。历史上演的这出闹剧是社会秩序的大混乱，人性卑微、虚伪、狡诈、险恶的大暴露。

"文革"之后出现的"伤痕""反思"文学直接建立在对这段历史的体察与认识的基础上，在当时普遍受到欢迎，究其原因我想不能排除这些作品迎合了当时人们不满、愤慨情绪的因素，文学成了读者泄愤的工具。随后出现的"寻根文学"有很大一部分试图从民族文化的源流之中探求"文革"发生的原因，因此着力于"民族劣根性"的发掘。也有人将汪曾祺归入到"寻根"作家之列，但汪曾祺明显与"韩少功们"不同。汪曾祺一再呼吁"回到民族传统"，他的作品更多的是对传统文化的认同与赞赏，而这也正是"文化守成主义"者典型的价值立场。如果把"文革"放到百年近代思想史的历程中来考察，我们就更能看出汪曾祺文化守成的意义。中国近代思想史是一个不断激进化的过程，从一百多年前康有为、梁启超要求"全变""速变"，到辛亥革命，到国共内战，毫无保守、妥协的余地。余英时先生认为"文化大革命"正是这一激进化过程的最高峰。[1]

痛定思痛，找出造成灾难的原因，以为前车之鉴，"伤痕""反思""寻根"文学在

---

[1] 参见余英时：《中国近代思想史上的激进与保守》，载《知识分子的立场——激进与保守之间的动荡》，第 12 页，时代文艺出版社 2000 年版，本文还间接引用了此文观点。

这方面自然有其积极的意义。但不可否认，另一方面，这些作品又在某种程度上诱导与助长了人们的不满情绪，当突然被告知受了多年蒙蔽、愚弄，人们很难镇定自若，谁也不能排除出现更为激进行动的可能性。汪曾祺的独特之处正在于跳出了枯燥、喧嚣的世界，不作直接的是非功过的评述，而是以一种道家的超然的态度对待这一既定的事实。在汪曾祺看来，人们已经够累的了，需要休息，"民亦劳止，迄可小休"。作为一个作家，他的作用在于"人间送小温"。他的作品具有类似宗教般的抚慰人心的功能。如果说"伤痕""反思"文学是把刚刚结痂的伤口无情地撕裂开来，展示给人看的话，汪曾祺的小说则提供了一块心灵的栖息地，消火去燥，令人感到清凉又温馨。汪曾祺是个谦虚的乐观主义者，他屡屡向读者传达"中国是会好起来的"的乐观信念，他并不认为自己的作品能发挥很大的作用（只是"小休""小温"而已），但绝不否认文学具有而且应当具有社会功用，无论是对自己的创作要求还是对那些文学青年的指导，他都强调小说要"有益于世道人心"（这里我们可以看到先儒的做"教化之师"的影响），作者的这一创作态度也使得我们从他的作品中寻找其社会理想成为可能。

汪曾祺所理解的"中国会好起来"到底是怎样的一幅图景？汪曾祺从未明言，但我们不难从他所营构的小说世界中去寻求。汪曾祺写得最为优美动人的是那些饱含作者童年记忆的故里小农社会，其最大特征是社会秩序安定、社群关系和谐。站在一个文化守成主义者的立场上，重构和谐有序的原初社会，以此作为动荡不安的社会的理想图式，同时，在刚刚经历的激进狂潮之后掀起的又一轮激进反思的热浪之中，在对过去不断否定、批判的声音里，汪曾祺持一种温和的保守主义的态度，肯定、赞赏他所认可的旧有的价值理念和生活样式。一个理性的社会应当在激进与保守之间保持一种动态的平衡，汪曾祺的意义正在于此。

作家的艺术视野往往跟他的家庭出身、精神气质、禀赋修养有关。汪曾祺出生于一个传统的知识分子家庭之中，祖父是清朝末科的"拔贡"；父亲是个极其聪明的、多才多艺的人，不仅精通书画乐器，甚至还练过武术。这样的家庭必然重视对孩子的教育，曾教过汪曾祺国文的周席儒是名"纯然儒者"，高北溟更是古文功底深厚，对汪曾祺影响极大。汪曾祺自小就聪慧，有才气，一直受到祖父的宠爱，父亲与他的关系又是"多年父子成兄弟"[1]。一个其乐融融的大家庭是健全人性发育的温床，汪曾祺精神气质中的随和、乐天与这种成长环境有很大的联系。由此我们不难理解汪曾祺为什么对他童年记忆中的故土社会总是充满了温情的回忆。于是，动荡之后"向后看"，代偿性地发掘传统社会中有价值有意义的东西，就成了一种必然。

（二）

社会伦理是处理社会之中人与人之间关系的行为准则，是维护社会秩序的道德规范。传统的儒家社会伦理是一种道德伦理，强调自我约束，自我节制。孔子讲"克己复礼"之仁，讲"己所不欲，勿施于人"的忠恕之道，用意正在于此。无须外力的干涉，人人心中自有一个"道德的法庭"，管好自我是社会和谐的第一步，然后还要"推己及人"，做到"己欲立而立人，己欲达而达人"，这就是儒家建构理想社会的理论设想。汪曾祺的小说中就体现了这种以"仁"为核心的儒家思想。这种思想首先明显地表现在那些以受过传统教育的知识分子（亦可称之为"士"）为主人公的小说中。"士"为四民之首，"志于道"是士义不容辞的职责。那么何谓"道"？余英时先生说："中国的道源于古代的礼乐传统，这基本上是一个安排人间秩序的文化传统。"[2]因此可以说"士"的思想对整个社会都必然产生巨大而深远的影响。

小说《徙》中的高北溟，身处浊世之中，洁身自好，自重自爱，采取一种避世的姿态，"落落寡合，不苟言笑，不爱闲谈，不喜交际。"他有很多的不平，脑袋常因气愤而"不停地剧烈摇动"，但他都强忍了下来。当社会现实与个体理想相矛盾冲突的时候，高北溟的选择是克己忍耐。作者塑造的高北溟的两个女儿可以作这样的解读：两个女儿的不同特征是高北溟双重人格的象征。二女一名"冰"，一名"雪"，寒冰冷雪，孤傲不群。高雪，超凡绝俗，志在远徙，这是传统知识分子理想的化身。高雪终究郁郁而终，意味着高北溟理想的破灭，鲲鹏有翅难展，向现实妥协是高北溟人生路向的最终选择。正如他的大女儿高冰，忍耐、退让而又极爱整洁。在高北溟身上我们看到当理想与外部世界格格不入的时候，一个人内在灵魂的痛苦、无助与挣扎。

---

[1]　参见汪曾祺：《自报家门》《多年父子成兄弟》《我的小学》《我的初中》，载《汪曾祺全集》第四、五卷，北京师范大学出版社 1998 年版。

[2]　余英时：《士与中国文化》，第 107 页，上海人民出版社 1987 年版。

退守内心世界，"独善其身"，牺牲个人的理想，"杀身成仁"，的确能够带来社会的安宁。

与高北溟的凄苦无奈相比，王淡人(《故乡人·钓鱼的医生》)显得旷达潇洒。于"一庭春雨，满架秋风"之中临池垂钓，即烹即食，这是何等的自在逍遥，这样风雅淡泊、不求闻达的"寒士"简直就是深得老庄神韵的世外高人。但王淡人并不消极避世，作为一名医生，他急公好义，治病救人而从不计较报酬，为了救治被大水包围的病人，王淡人将一己之安危置之度外，铤而走险：汪炳患有"搭背"，王淡人不计较他"吃喝嫖赌抽"的恶习，只求治好，不惜代价。"仁者爱人"，王淡人的确是一个蔼然仁者，同时又兼有普度众生的菩萨胸怀。无疑，王淡人是一个出入于儒道释三家的传统文人人格最高精神境界的集中体现者。小说结尾的一句"你好，王淡人先生！"直接表露了汪曾祺本人的态度。

不仅是这些知书达理的读书人，就是普通的下层百姓也因深深地浸淫于此种文化传统之中，而能自觉地做到行为合乎此类伦理道德规范，自制克己，与世无争，就像《故里杂记·鱼》中的乡民们那样。庞家的人太精明了，又瞧不起别人，人们心里不舒服，但是"怨而不怒"。庞家人已经很富有了，却仍把"利"看得很重。一次，河里的鱼纷纷往岸上蹦，人们拿了盆来接，庞家的几个人也搬了四个大杀猪盆，在水沟流入越塘入口处挨排放好了。结果庞家接的鱼最多。"人们不满意。但是好在家家的盆里都不断跳进鱼来，人们不断地欢呼，狂叫，简直好像做着一个欢喜而又荒唐的梦，高兴压过了不平。"不管怎么说，这种"知足常乐"的心态确实有利于避免冲突与对抗，避免混乱不安的局面，从而营造一个有序的社会。

在这里，汪曾祺悄悄地将"文革"时期的"政党伦理"转换为儒家的道德伦理。政党伦理原本是政党价值理念引申出的党内成员的行为规约，但在"文革"期间这种政党伦理已经完全国家意识形态化，成为所有社会成员都必须遵循的伦理规范，影响到每个社会成员的日常生活。[1]在汪曾祺的小说世界里，人们又恢复到往昔的古朴状态之中，又以传统的伦理价值观念来安排社会秩序，而这种传统的伦理价值观念集中体现在像高北溟、王淡人这样的社会精英身上。

当然，论及儒家伦理思想不能不提到"礼"。汪曾祺的作品中对此也有所表现，《异秉》中写到的药店里的各种规矩就是一例。但传统的"礼"强调长幼尊卑的等

---

[1]　刘小枫：《现代性社会理论绪论》，第390页，上海三联书店1998年版。

级差别，是一种外在的冷冰冰的秩序，这与出身在一个有平等意识的家庭，后来又受到自由主义思想熏陶（在西南联大[1]）的汪曾祺的观念很不相符。因而汪曾祺并不强调礼制次序。实际上，关于"仁"与"礼"之关系，林毓生先生曾说过这样一段话："根据先秦儒家思想……人类奋斗的最高理想在求得'仁'与'礼'之间完美的平衡。借此'仁'可以在'礼'中培养，而'礼'之存在即在于养'仁'。在这'仁'与'礼'的创造的激荡中，'仁'乃具有优先性，虽然它需要'礼'。'礼'之意义在于提供一个养'仁'的架构，'礼'本身并无意义，而'仁'的价值与意义是独立于'礼'的。"[2]借着对"仁"的重新取向分离传统的"礼"是完全可能的。对束缚个人自由的"礼"的剔除也是传统儒学在现代社会获得生存、发展空间的必然要求。汪曾祺无疑做出了恰当的取舍。

（三）

汪曾祺的故里风情小说大都以故乡高邮为背景，写的是 20 世纪初生于斯，死于斯的普通"四民"的生活。这是一种近于无事的生活。《榆树》里的挎奶奶日子过得"平淡之至"，然后她死了；《异秉》里的陈相公一早忙到晚的不过是收药、晒药、打扫之类的琐事，再就是晚上听听别人的"白话"。汪曾祺的小说爱细致入微地描述民情风俗，而往往情节淡化，个中原因拿汪曾祺自己的话来说是生活的样式本来就是如此。汪曾祺写的是生活，是平凡人的生活，而这种近于无事的生活正是传统礼俗社会的生活样式。关于礼俗社会，费孝通先生作了一个大致的概念界定："在社会学里，我们常分为两种不同性质的社会：一种是并没有具体目的，只是因为在一起生长而发生的社会；一种是为了要完成一件任务而结合的社会。用 Tonnies 的话说，前者是 Gemeinschaft，后者是 Gesellschaft……用我们自己的话说，前者是礼俗社会，后者是法理社会。"[3]

如果说"法理社会"是个他律性的社会，人有可能沦为为实现某种"任务"而

---

[1] 具体论述可参见谢泳：《西南联大与中国现代知识分子》中的《西南联大与汪曾祺、穆旦的大学道路》部分，湖南文艺出版社 1998 年版。

[2] 林毓生：《中国传统的创造性转化》，第 194 页，生活·读书·新知三联书店 1988 年版。

[3] 费孝通：《乡土中国生育制度》，第 9 页，北京大学出版社 1998 年版。

存在的机器的话，"礼俗社会"则更多地强调自律，通过人人自律修身从而达到整个社会的和谐完美。我们可以把"文革"时期的社会看作是一个革命化的"法理社会"。文化大革命的一个重要现象就是根据某种需要群众被大规模结集并形成声势浩大的社会运动。对此，有学者作了深入的分析。

"现代化的一个重要面相是群众的结集并形成社会运动。群众既非一个阶层，亦非一个阶级，而是一个流动的富有弹性的社会群体的暂时结集。这种结集或者是盲目的，或者是受引导的。无论何种情形，群众的结集导向聚众闹事的社会行动，破坏既有的权力结构和政治—文化秩序。群众运动是社会下层成员参与政治，建构或改建政治—社会秩序的社会行动。"[1]

构成群众的主体是人口数量庞大的农民。传统社会里，他们过的是相对松散的，从而也是自在的生活，是按自己内心秩序进行的生活。传统中国人善于管束自己，而不愿与官府过多地打交道。而在"文革"中，群众被外部政治力量强行组织起来，按照强制推行的秩序活动，这导致了事实上的混乱。与阶级斗争意识形态控制下的"文革"社会不同的是，在传统礼俗社会，"中国社会依着士农工商的次序而分成四个阶级。在初期农业社会里，人民的精神基本是德谟克拉西的，而中国差不多一向滞留在农业社会的阶段。中国没有阶级敌对的心理，因为没有此种必要。士农工商四个阶级间的往来，不受阶级意识和势利心的破坏。"[2]

的确如此，在汪曾祺构筑的传统"四民"社会中，找不到"阶级"之间的对立，有的只是属于个人的苦乐和悲欢。《岁寒三友》就是一个明显的例子。靳彝甫是画画的，算是士人阶层；王瘦吾开过草帽店，属于商人；陶虎臣制作炮仗，是个手工业者：（实际上后二者的身份可以说是亦工亦商，看来汪曾祺的"阶级意识"是很淡漠的）他们都曾经交过好运，但又终究穷困潦倒。这三个来自不同阶层的人结成生死之交，患难与共，维系他们之间关系的是实实在在的个人之间的感情，绝非抽象的、模糊的"阶级友情"。

有两种社会生活，一种是理智的生活，一种是情感的生活。传统礼俗社会中的人们过的就是一种情感的生活。情感的产生往往是因为长期生活在一处，相交，相

---

[1]　刘小枫：《现代性社会理论绪论》，第391页，生活・读书・新知三联书店1998年版。

[2]　林语堂：《吾国吾民》，第177页，陕西师范大学出版社2002年版。

知并熟识的缘故。又因为彼此之间的情感而相互提携，危困相扶。能够做到这一点就合乎"义"的要求，否则将被视为"不义"。乡民的这种情感生活除了上面提到的《岁寒三友》中三人深厚友情之外，在小说《徙》里也有所表现。谈璧渔因为同高北溟的父亲是"贫贱之交，总角之交"，虽然高家穷得拿不出学费，谈璧渔也悉心尽力地教导高北溟。谈璧渔死后，高北溟虽然家境仍然贫寒，念念不忘的是把老师的诗文刻印出来，还要想方设法周济家道中衰的谈家后人。自古以来中国人很重情义，并且这种感情还可以延续到后人身上。在这里，"义"要比"利"重要得多。《八千岁》里的八千岁由贫贱起家，后致大富，但为人并不厚道。这点从他家米店的对联就可以看出："僧道无缘""概不作保"。其行径颇有点像"拔一毛以利天下而不为"的杨朱。八千岁因此而引得"路人侧目，同行议论"。颇有讽刺意味的是，八千岁后来被手握兵权的"八舅太爷"掳了去，狠敲了一笔，而且必须有人作保才能放出。汪曾祺想说的是八千岁太看重"利"了，不知道去与人为善，去扶危救困，这样的人应该受点惩罚。

因为重情讲义，整个社会成了一个极富人情味和道义感的社会。《大淖记事》里的号兵队刘号长糟蹋了巧云，还不允许十一子同巧云来往。十一子真的喜欢巧云，就算被打死也不答应这无理的要求。身受重伤的十一子获得了道义与情感的支持。

挑夫、锡匠、姑娘、媳妇，川流不息地来看望十一子。他们把平时在辛苦单调地生活中不常出现的热情和好心都拿出来。他们觉得十一子和巧云的事都很应该，很对。大淖出了这样一对年轻人，使他们觉得骄傲。（《大淖记事》）

十一子被打，锡匠们自然很愤怒。但他们做到了"发乎情，止乎礼"。二十来个锡匠在德高望重的老锡匠的带领下先是向政府递呈子，继而上街游行。都未奏效后，他们采取古老的"顶香请愿"的方式，最终使问题得到了和平的解决：十一子养伤的药钱由保安队负担，闹事的刘号长被驱逐出境。于是，经过一个小小的波动之后，社会又恢复了宁静，又归于和谐有序。

汪曾祺说："我所追求的不是深刻，而是和谐。"汪曾祺的故里风情小说致力于营构一个人际关系和谐的有序社会。这是一个传统的礼俗社会，人们主要以儒家伦理思想作为处理人与人之间关系的准则。同时，这种儒家思想是作为几千年深沉的文化积淀渗透进每一个社会成员的意识深处而成为他们自觉的行动指南。传统礼俗社会的社会秩序，基本上是一种自生自发的秩序，而非人为设计的秩序。生活在这种秩序中的人们，极为重视私人之间的情感，情感是联系他们之间关系的重要纽带。但是在情感的爆发可能会导致社会冲突的时候，他们又往往善于节制情感。既重情感又能节制情感使得社会既能关系和谐融洽，又能保持稳定有序。

可以说汪曾祺建构一个与现实社会完全不同的传统社会这一做法隐含了作者对"文革"这一中国式的革命新社会试验的反思与批判，正是在这个意义上，汪曾祺作品具有了"反现代的现代性"品质。只是与"伤痕""反思"文学的鲜明的"反左"姿态不同，汪曾祺的态度比较隐晦、曲折，前者是显的激进的破坏性的现代性，后者则是潜在的温和的建设性的现代性。汪曾祺以他特有的温和姿态委婉地否定了"文革"的现代民族国家建设方式，同时提供了一种他所赞赏的现代社会建设模式，他的灵感更多地来自中国古代传统。

行文至此，我想我有必要还原一个完整的汪曾祺。我的以上论述是建立在我对汪曾祺作品有意识选择的基础之上，而"压抑"了另一部分与我的论述相抵触的作品。我只能说在汪曾祺的作品里我读出了这一部分思想，而不敢说这是他始终如一的一贯立场。实际上，准确地说，从1984年《金冬心》的发表开始，汪曾祺陆续发表了一些对传统的批判和反思的作品。金冬心虽然很有才气，但他势利，攀附权贵。传统文化能熏陶出像高北溟那样有高风亮节的人，也能培养金冬心这样的"斯文走狗"（《金冬心》）；莱生小爷（《莱生小爷》）同龚星北（（《忧郁症》）一样生活安逸闲适，养养鸟、种种花是每天的主要事务，这是典型的传统文人的生活方式。在汪曾祺的笔下，莱生小爷最后成了一个坐卧不起的废物；《关老爷》里的关汇热烈地追求岑瑾，可一旦发现岑瑾不是处女，热情立即降至冰点，甚至对岑瑾大打出手，这明显是封建贞操观念在作祟。而此后关老爷下乡对陪睡的处女要多给一个戒指，更是作者的绝妙讽刺；还有《百蝶图》，批判了封建婚姻制度、封建孝道对青年男女追求婚姻幸福的压抑与阻碍。的确，这些作品的出现让我们认识到汪曾祺对传统的理解是全面的，他的视野是宽广的：他既认识到了传统的好处并大加赞赏，又认识到了传统的局限并加以批判——也许这是一种丰富性的追求吧。然而，问题似乎还可以从另一角度来看待：反传统是"五四"的一个重要主题，是鲁迅等人创作的一个母题，汪曾祺旧话重提，能不能突围是关键。依我看，汪曾祺还不能做到这一点。

另外，汪曾祺的这类反传统小说有没有现时针对性、具不具备现代意义，也还是个问题。中国人往往缺乏坚持"错误"的勇气，总是怕被人"误解"，认为自己浅陋、幼稚。就我个人而言，我更喜欢汪曾祺那类深入发掘传统文化魅力的文字，我更欣赏汪曾祺所作的沟通传统与现代的努力，"古魄新魂"（孙郁语），这才是汪曾祺的独特价值。与阿城、贾平凹相比，汪曾祺多了一个做"拔贡"的祖父、一个琴棋书画无所不精的父亲，他是带着那个时代的印记复活过来的作家，他最有资格（也最有责任）用他的笔来延续传统，把传统文化中具有生命活力的因子注入到现代社会的机体中来。

二、桃源原型意象与审美现代性

"五四"运动以来的许多中国现代作家都坚信进化论，认为历史是线性进步的，对启蒙持有坚定的信仰，他们认定"黑暗的现在"随着历史的发展必将有个"光明的未来"。当然，中国现代审美主义者也已看到了启蒙理性所带来的泛科学主义和政治（经济）实用主义对固有文化的践踏，现代文明对自然的破坏，对人类精神领地的侵蚀，这些启蒙的"负面性"使得作家走向了现代社会和现实生活的对立面。正如有人所指出的那样："一种自我精神的理想主义作为物化社会的理想主义的对立面被标举出来，以文学的方式或者艺术的名义，'审美'或者艺术化生存在审美主义者看来就成为现代人不可或缺的'宗教'。个人化的审美主义变成了社会化的'审美理想主义'。"[1] 此即所谓的"美育代宗教"。

"面对启蒙后社会重新展现的灾难性局面，启蒙主义者向审美主义者转变的第一标志便是在放弃社会拯救意识后走向'自我拯救'中，艺术的现实体验转化为精神主体的超越体验。艺术所激发的不再是社会性的救赎意识，而是个体存在感和生命意识。"[2] 最明显的例子便是周作人，从"叛徒"到"隐士"，从新文化运动的急先锋到闭门吃苦茶的"在家和尚"，周作人是获此逍遥的中国现代审美主义者中的

[1] 周仁政：《审美主义与中国现代文学传统》，载《现代中国文学传统》，第201页，人民文学出版社2002年版。

[2] 周仁政：《审美主义与中国现代文学传统》，载《现代中国文学传统》，人民文学出版社2002年版。

第一人。

中国人没有宗教信仰，没有彼岸意识，中国的小说家却能在创作中营构一块理想的乐土，在此岸世界求得精神的解脱。沈从文在谈到自己的创作时这样说到："因为我活到这世界里有所爱。美丽，清洁，智慧，以及对全人类幸福的幻影，皆永远觉得是一种德性，也因此永远使我对它崇拜和倾心。这点情绪同宗教情绪完全一样——生活或许使我孤单寂寞，我的作品将同许多人发生爱情同友谊。"[1] 说的即是此种通过审美获得的解脱之道。沈从文笔下的边城，芦焚的果园城，还有萧红的呼兰河，都是这理想的一方乐土，其共有的原型都是东晋陶渊明的"桃花源"[2]，都是一个审美的"乌托邦"，一个主观幻化的所在。但它又未完全脱离现实，而是交织进了作者许多的生命体验，有极大的"似真性"，亦真亦幻，恰似梦中的家园。

"庵赵庄"是新时期汪曾祺奉献的又一个"世外桃源"。庵赵庄人的居所环境宜人：

小英子的家像个小岛，三面都是河，西面有一条小路通到荸荠庵。独门独户，岛上只有这一家。岛上有六棵桑树，夏天都结大桑葚，三棵结白的，三棵结紫的；一个菜园子，瓜豆菜蔬，四时不缺。院墙下半截是砖砌的，上半截是泥夯的。大门是桐油油过的，贴着一幅万年红的春联：向阳门第春常在，积善人家庆有余。（《受戒》）

中国是个有着悠久历史的农业文明古国，人们世代的理想居所就是"土地平旷，屋舍俨然，有良田美池桑竹之属"（《桃花源记》）这样的一块相对独立的地方，这是人们美好的安身立命之地。比居所更重要的是此中人的心境，桃花源中人"怡然自乐"，庵赵庄也呈现出一派欢乐景象：菩提庵的和尚杀猪、打牌、放焰口、唱山歌，大娘嫁闺女，小明子、小英子谈恋爱，作者表现的是一种"内在生命的欢乐"。结合此前作者的人生经历，我们能更好地理解这部作品。"文革"当中，汪曾祺的才华受到江青的赏识，为其所用，成为"革命样板戏"京剧《沙家浜》的主要改编

---

[1]　沈从文：《〈篱下集〉题记》，载《沈从文文集》，第十一卷，第34页，花城出版社1984年版。

[2]　这一原型形象在许多古人的小说是一再出现。唐代顾况《莽墟赋》里的莽墟，宋人传奇《乌衣传》里的乌衣国，李汝珍《镜花缘》里的君子国，《聊斋志异·粉蝶》里的神仙岛，可以说都是"桃花源"理想谱系的流传。桃花源构成中国传统的乌托邦想象的源头。

人员。但江青既用他又疑他，认为他是"老右派"，要"控制使用"。"四人帮"倒台后，汪曾祺"又解放，又解脱"，"从来没见他这么高兴"，没想到又因为与江青的关系接二连三地写检查，受审查。[1]1980年前后创作的《受戒》《大淖记事》《异秉》等小说可以说是作者对此前苦难的排解与超越，是以一种审美的态度超离此岸的痛苦与不幸。

有趣的是，汪曾祺在现代社会所受到的困扰其解脱之道却得益于传统文化中老庄的超脱、逍遥，儒家曾子式的超功利的潇洒。《受戒》一篇，汪曾祺以六十岁的高龄去写少男少女的情爱故事，那样的饱含诗情与童趣，小说中的人物也个个率性自然，呈现出生命的本然状态。哪里是"受戒"，分明是"破戒"——甚至根本就无所谓"戒"。"戒"是什么？是禁忌，是束缚，是套在健全人脖子上的绳索。《大淖记事》同样是作者"笑看人生"的产物，故事里有两处矛盾冲突的高峰：巧云被刘号长玷污，十一子差点被活活打死。作者在处理上并不过分渲染，不去展现剑拔弩张的紧张局面，而是以轻松和缓的笔调去叙写"内在生命的欢乐"，作者旷达的心态超越了现世人生的苦难。他用"淡墨"勾勒了人性恶的一面，表明作者并没有脱离生活的真实，而用浓墨重彩去描画人性健全优美的一面，让"有情人终成眷属"，表现底层人危困相扶的温情，给人以"希望"。在谈到自己的创作时，汪曾祺这样说到："'你为什么要写这样一篇东西（指《受戒》）呢？'当时我没有回答，只是带着一点激动说：'我要写！我一定要把它写得很美，很健康，很有诗意！'写成后，我说：'我写的是美，是健全的人性。'美，人性，是任何时候都需要的。"[2]这与他的老师，中国现代审美主义者沈从文先生的观点何其相似！

汪曾祺曾专门谈到美育问题：

人们都说，文艺有三种作用：教育作用，美感作用和认识作用——我希望不要把美感作用和教育作用截然分开甚至对立起来——美感作用同时也是一种教育作用。美育嘛。这两年重提美育，我认为是很有必要的。这是医治民族的创伤，提高青年品德的一个很重要的措施。我们的青年应该生活得更充实，更优美，更高尚。我甚

---

[1] 参见《汪曾祺的文革十年》，载陈徒手：《人有病天知否》，人民文学出版社2000年版，以及汪朗、汪明、汪朝：《老头儿汪曾祺——我们眼中的父亲》，中国人民大学出版社2000年版。

[2] 汪曾祺：《关于〈受戒〉》，载《汪曾祺全集》，第六卷第379页，北京师范大学出版社1998年版。

至相信，一个真正能欣赏齐白石和柴可夫斯基的青年，不大会成为一个打砸抢分子。[1]

美感作用和教育作用可以合二为一，文艺可以通过创造美的作品教化人，在一个宗教缺乏的国度，美育就可以起到替代宗教的作用。正如沈从文所言："我们需要一种爱和美的新的宗教，来煽起更年轻一辈做人的热诚，激发起生命的抽象搜寻，对人类明日未来向上合理的一切设计，都能产生一种崇高庄严感情。"[2] 审美主义的教化在于潜移默化的引导、探寻生命的真谛。艺术不提供逃遁的佳境，而是展现理想的存在并引导人们去追寻一种理想化的图景，同时也启发人们去真正地理解现实，正视现实。

"桃花源"又是一个时间凝滞不前、空间亘古不变的所在。桃花源中人"不知有汉，无论魏晋"，是一个与世隔绝的"绝境"，他们被历史进程抛弃乃至遗忘，并在这种被遗弃当中获得了极大的自由。"五四"运动以来的中国启蒙主义者信奉进化论史观，认为历史是直线向前，不可逆转的。表现在小说创作上就认定光明必将取代黑暗，历史处在不断地向前运动当中，有人将这种创作模式称作"H—G模式"[3]。新中国成立以后，历史在小说中成为更清晰的存在。正如周立波的《暴风骤雨》中反复被人摘引的开头：突然驶进的一辆四轮大马车打破了乡村的宁静，紧接着读者被告知一个具体的历史时间——"1946年7月下旬"。无所不知的作者宣称"工作队的到来确实是元茂屯翻天覆地的事情的开始"。小说让人相信1946年7月工作队的到来是新的历史的开端，因此，小说也具有了创造历史的能力。

实际上，不只是《暴风骤雨》，《红旗谱》《红岩》《创业史》等一系列的五六十年代小说都有着强烈的建构历史的欲望，小说家自觉成为体制化话语的表述者。"作品表现历史起始的同时，明白无误地通过新的体制化否定了俗世化的自然时间观，代之以创造历史和典型环境与典型人物。"[4] 主流的新时期文学创作者的历史

[1] 周仁政：《审美主义与中国现代文学传统》，载《现代中国文学传统》，人民文学出版社2002年版。

[2] 沈从文：《美与爱》，载《沈从文文集》第十一卷，第379页，花城出版社1984年版。

[3] [日本]岩佐昌暲：《中国现代文学中的传统传创作思维模式》，载《中国现代文学传统》，人民文学出版社2002年版。

[4] 韩毓海：《中国当代文学的发生与现代性问题》，载《从"红玫瑰"到"红旗"》，第206页，上海远东出版社1998年版。

政治情结依然强烈，"伤痕""反思"文学就是要推翻过去的历史来重新言说历史，以此来建立新的话语机制。汪曾祺似乎并没有参与话语建设的热情。如果说历史（不论是实录式的还是文学化的历史）记录的总只是漫漫时间长流中的某一个片断，汪曾祺写下的却是永恒。庵赵庄人独立于历史进程之外，不受任何意识形态话语的侵扰，只是按照时间的自然流日复一日、周而复始地过着快乐的生活。这完全是一个审美的东方理想国。

汪曾祺远承"桃花源"意象，近接沈从文等人的现代审美传统，在新时期创作出《受戒》这样的令人耳目一新的作品，有人感叹：原来小说可以这样写！此语似乎令人茅塞顿开，在中国这样一个见风便是雨的文学界，审美之花原本应该姹紫嫣红才对，不料却应者寥寥，就连作者本人也很少再写《受戒》这样的作品。原因何在？这确实是一个值得探讨的问题。

我们注意到《受戒》在得到广泛的赞誉的同时，各方面的否定意见也随之而来，既有毫不客气的批评指责，也有来自朋友的善意忠告；既有全文通篇的否定，也有文末深表遗憾的"曲终奏雅"。评论界的不满集中在"时代感不强""过于理想化""内蕴的轻浅"等方面。有论者这样评价汪曾祺："中国士大夫们的洒脱多半是装出来的。他们所标榜的那一套人生哲学和处世方法，主要是无力担当人生时用来自我辩解、自我解脱的，其中包含了委屈和无奈，亦不乏自欺欺人的成分……我不再期待从他笔下读到直面人生的悲剧，我把他本身读作一个悲剧。"[1]"兼济天下"的理想是中国文人始终无法释怀的情结，"居庙堂之高，则忧其民；处江湖之远，则忧其君。"忧患意识，忧国忧民的情怀一直被视为文人至高的操守。"文"要用来"载道"，这是中国文人始终不渝的信条。汪曾祺的受批评，审美主义永远长不大，这在传统强大的惯性力的逼迫下在所难免。在《关于〈受戒〉》一文中汪曾祺谈到："我们有过各种创伤，但是我们今天应该快乐。一个作家有责任给予人们一份快乐，尤其是今天……也许会适得其反。我们当然是需要有战斗性的描写具有丰富的人性的现代英雄的，深刻而尖锐地提示社会的病痛并引起疗救的注意的悲壮、宏伟的作品。

---

[1] 摩罗：《末世的温馨——汪曾祺创作论》，载《当代作家评论》1996 年第 5 期。从逻辑上讲，摩罗的这篇文章发表于 1996 年，对汪曾祺的后期创作基本上构不成影响。但此文表达了一直以来评论界存在的代表性批评观点。

悲剧总要比喜剧更高一些。"[1]在肯定"悲剧"比"喜剧"要"高"的同时，对自我的创作价值作一番辩解，这种辩解是犹疑的、不确信的。汪曾祺变得不那么自信了，这在他的另一篇文章当中也有明显的表露："我的作品不是，也不可能是中国当代文学的主流……我只是想，我悄悄地写，读者悄悄地看，就完了。"[2]这篇文章写于1987年，与复出之初时的"社会主义国家的作家写作，还是得考虑社会效果，真不该是作者就那样写写，读者就那样读读，文章千古事，得失寸心知……"（1982年）[3]差异何其大也！当原有的信念发生动摇，努力的意义不如想象的那么重大时，从容与洒脱就会大打折扣。"假我十年闲粥饭，未知留得几囊诗"，是自谦，又未必不是一种"焦虑"。

从20世纪80年代中后期开始，汪曾祺小说的风格出现转型，悲凉之气愈加浓郁，很少再见到自己写得"欢乐"，读者看了"快乐"的作品。汪曾祺在一篇写于1983年的文章中说："如果继续写下去，应该写出一点更深刻、更有分量的东西。"[4]

正是对"深刻""有分量"的有意识的追求，汪曾祺的作品逐渐走向沉郁的格调，走向对人生悲剧的探寻。尽管此前汪曾祺也有对人物不幸命运的表现，但与后期相比，叙事的聚焦点是完全不同的。《故里三陈》里的陈小手为团长难产的姨太太顺利接生，结果却被团长一枪打死，叙事的重心不在于陈小手的不幸，而在于团长的可笑（"团长觉得怪委屈"）。八千岁被军阀敲了一大笔，不叫人觉得他很惨，反而觉得"活该"（谁叫他平时那么吝啬）（《八千岁》）。即便是像《徙》这样的有挥之不去的悲凉之气的作品，我们也仍然可以发现"隐含作者"的情感取向。文中展现了几代知识分子生不逢时，在逆境中痛苦挣扎的命运，人物生命旅途的艰难波折成为作者一唱三叹的抒怀的缘由。没有"为什么会这样"的质询，有的是"早知如此"的洞悉与明察。"知其不可奈何而安之若命"（《庄子·人间世》），叙述的脚步不在悲剧产生的地方稍作停留。如果说有所谓悲剧意识的话，那也是"柔性的悲剧"，不是颠覆性的、毁灭性的，而是内心的、情感的，趋于稳定的悲剧。

汪曾祺很快完成了创作重心的转移，转而直接关注悲剧人物、悲剧事物本身。《虐

---

[1]　《汪曾祺全集》第六卷，第340页，北京师范大学出版社1998年版。

[2]　《汪曾祺全集》第四卷，第206页，北京师范大学出版社1998年版。

[3]　《汪曾祺全集》第三卷，第222页，北京师范大学出版社1998年版。

[4]　《汪曾祺全集》第三卷，第327页，北京师范大学出版社1998年版。

猫》《八月残阳》是个转折点。《八月残阳》取材于老舍投湖的悲剧性事件；《虐猫》表现的是"文革"中人性变得残忍、凶恶，连小孩子都不能幸免。《鲍团长》中的鲍团长不贪图功名利禄，崇尚清静无为的田园生活，可以说是深得老庄神韵的"自然人"。与此前不同，作者的着力点在于展现理想与现实的不可调和的冲突，这份清醒对秉承名士遗风的汪曾祺来说是沉痛的。汪曾祺的小说以描写女性见长，前期他笔下的女性大都健康爽朗、清新可人，比如巧云、小英子，后期作品中的女性却多呈现出一种病态。裴云锦无法承担没落的大家庭的重担，得了"忧郁症"（《忧郁症》）；谢淑媛畸形地恋上了自己的亲侄子，最后在恐惧中死去（《小孃孃》）；辜家豆腐店的女儿因为家庭的贫困、父亲的疾病，不得不出卖自己的身体，被迫承受王老板父子两人的糟蹋，"辜家女儿的身体也不好，脸上总是黄白黄白的"，自己心爱的人也结婚了，留给她的除了悲拗，除了漫无边际的苦难还有什么？

　　毋庸更多举例，一向以"和谐"作为自己追求目标的汪曾祺，作品中却发出了强烈的不和谐之音。除了"和谐"观外，汪曾祺文学创作的另一个核心观念是"滋润"说，所谓"滋润"，是对人的有创伤的心灵的抚慰，给人以乐观向上的希望。汪曾祺笔下的世界已是如此的悲苦，拿什么去"滋润"读者？这是汪曾祺创作上无法解决的矛盾与困惑。就个人气质而言，汪曾祺身上更多的是乐天知命、悠闲从容的东西，而缺乏"上穷碧落下黄泉"[1]式的灵魂拷问的精神。当有论者欣喜地宣称发现了汪曾祺作品中自己所期望的"直面人生的悲剧"[2]时，殊不知，汪曾祺已经基本丧失了那一类能够娴熟驾驭的具有独创性的艺术风格。长期以来，汪曾祺在一个并不契合自己创作个性的领域辛勤耕耘，永远都未能贡献出具有思想穿透性、艺术超越性的作品，他给人们留下的"悲剧"并不具备多少震撼人心的力量。

　　人们往往从《受戒》里看到的是作者的消极、躲避、怯懦，不敢"直面人生"，殊不知，汪曾祺始终都没有放弃他的"人道主义的"人间关怀。只不过这是一种审美的（抒情的）人间关怀，因为与现实之间隔着一段审美的距离，所以这种人间关怀是含蓄的、暗藏的，类似于中国禅宗的"拈花微笑"，更强调欣赏主体的"悟"。在这类小说中，作者获得了一种超越现实的审美情怀。"对于审美情怀来讲，'放

---

[1]　黄凯峰：《价值论视野中的美学》，第 219—222 页，学林出版社 2001 年版。书中认为"柔性的悲剧"是一种典型的中国审美文化价值类型，有着强大的弥合困境的功能，推重的是稳定、延续、保存。

[2]　摩罗：《悲剧意识的压抑与觉醒》，载《小说评论》1997 年第 5 期。

不下的心肠'恰恰是应该破除的'执'。"[1] 汪曾祺在这类小说中所采取的策略是暂时搁置现世生活的苦难与烦恼，建构一个亦真亦幻的审美乌托邦，以这种方式来回应、观照现实人生。超越现实不等于逃避现实，汪曾祺的最终目的是回归现实。宗白华说："美感的养成在于能空，对物象造成距离，使自己不粘不滞，物象得以孤立绝缘，自成境界。"[2] 如果都能从这样的角度充分认识这类作品的意义与价值，中国现代审美主义将有长足的发展。

中国现代化进程的不断向前推进，一方面，带来了科学技术的进步、工业生产的发展、物质财富的积累和现代都市的繁荣；另一方面，现代文明的"负性面"也日益显露出来：自然生态的破坏、情感生活的贫乏、精神文化的衰落、文学艺术的衰败，如此等等。现代社会生机与危机并存。早在19世纪正当工业时代蒸蒸日上的时候，恩格斯就曾经指出："我们不要过分陶醉于我们对自然界的胜利，对于每一次这样的胜利，自然界都报复了我们。每一次胜利，在第一步都确实取得了我们预期的结果，但是在第二步和第三步却有了完全不同的、出乎意料的影响，常常把第一个结果取消了。"[3] 马克思更是尖锐地指出："我们的一切发现和进步似乎结果是使物质力量具有了理智生命，而人的生命则化为愚钝的物质力量。"[4] 人的本质异化，沦落为机器的奴隶。在这物化的时代，迫切需要诉诸人的心灵、情感、直觉的文学艺术来填平物质与精神的鸿沟，抚慰人与自然之间的创伤。于是，海德格尔的哲学命题"人，诗意地栖居"成为现代人也是当下中国人的现实需要。在海德格尔看来，只有作为文学艺术的诗，才能使人在繁忙而短暂的一生中得到一种人生意义的真谛，也才能有回归精神家园的感受和体验，使人进入到高层次的状态。"唯有诗化，才能度测栖居的维向，因之诗化是真正的栖居。诗化使人之栖居第一次进入了自己的本质。诗化乃是真正的使栖居者成为栖居者。"[5] 作为审美艺术的文学给现代人提供心灵的栖居地，帮助人们唤醒真正的人性。正是基于这个意义，时代需要汪曾祺。桃源意象化身的庵赵庄正是现代中国人可以"诗意栖居"的理想之所。

---

[1] 刘小枫：《拯救与逍遥》，第240页，上海三联书店2001年版。

[2] 宗白华：《美学散步》，第26页，上海人民出版社1981年版。

[3] 《马克思恩格斯全集》，第20卷第519页，人民文学出版社1965年版。

[4] 《马克思恩格斯选集》，第78—79页，人民文学出版社1976年版。

[5] 刘小枫编：《人类困境中的审美精神——哲人、诗人论美文选》，第572页，东方出版中心1996年版。

背靠传统的现代文体写作

当有人问及"你认为你在中国文学里的地位是什么"时，汪曾祺先生回答说"我大概是一个文体家"[1]。这里所谓的"文体"并不仅仅是文学的形式问题，而是指"一定的话语秩序所形成的文本体式，它折射出作家、批评家独特的精神结构、体验方式和思维方式和其他社会历史、文化精神"[2]。作家所采用的文体总与一定的文学传统相联系，往往是文学传统的自然延传。关于文学传统，E·希尔斯这样定义："文学传统是带有某种内容和风格的文学作品的连续体。这些内容和风格体现了沉淀在作者的想象力和风格中的那些作品的特征。文学传统也是整个文学作品的精华存积，它们以不同的方式在某个时刻为一个时代中具有文化素养的读者和作者所接触。"[3]文学传统具有稳定性、规范性、延传性的特点。

本章所讨论的汪曾祺作品文体上的特点明显地体现了这种延传性。同时，文学传统又是可以变更的，它会在新的社会历史条件下，或者在文学内部美学发展的要求下，发生某种程度的变异。在汪曾祺的现代抒情体小说、现代小品散文当中我们分明感受到了文学传统的生命活力。

---

[1] 汪曾祺：《认识到的和没有认识到的自己》，载《汪曾祺全集》第四卷，第 301 页，北京师范大学出版社 1998 年版。

[2] 童庆炳：《文体和文体创造》，第 1 页，云南人民出版社 1994 年版。

[3] ［美］E·希尔斯：《论传统》，第 199 页，上海人民出版社 1991 年版。

一、诗骚传统与现代抒情体小说

中国是一个诗的国度。"我心蕴结"，自然而发的《诗》与"发愤抒情"，有为而作的《骚》共同构成的中国古代绵延几千年的抒情传统。这种抒情传统深刻影响了中华民族的情感表达方式，也对其他各种类型的文体形成强有力的渗透。正如台湾地区一位学者所言："在公元前十世纪左右，中华儿女选择了简洁的，反复回增的歌谣体来表达他们的喜怒哀乐时，的确是从这种复沓的歌谣形式里找到了最贴合于他们的心灵秩序与美的理想的表达媒介。往后，文学创作的主流便在'抒情诗'这种文学类型的拓展中逐渐定型，终而汇成标识中国文学特质的抒情传统，甚至影响、改变了小说、戏剧这类本身独具的叙事本质。"[1] 唐代是诗骚传统发展的鼎盛时期，自唐以后出现了一些新的文学类型，如宋元的话本小说、明清的传奇戏曲，在这些新文类中我们仍然可以见到浓郁的诗情——穿插引用甚至堆砌诗词，既是传统士大夫表现高雅、才情的惯用手法，同时也是他们驾轻就熟的情感表达方式。如果从审美接受的角度来看，"诗情"已成为传统士大夫固有的审美图式，是他们期待视野中的一个重要指标，丧失诗性的抒情等同于作品的低劣。

汪曾祺作为"中国的最后一个士大夫"，他的身上有着浓厚的传统文人气质。在其创作中，汪曾祺自觉继承了注重抒情的中国古代诗骚传统。诗骚传统作为一种潜在的文化精神，深刻地影响着汪曾祺的小说观及其创作实践。他的小说笔笔浸染着诗意，处处显现着诗的氛围，这是诗化的小说，或者说，一个短篇就是一首诗。

有人从"小说思维"的角度出发，探讨了两种主要的小说文体的历史文化渊源，认为："中国小说文体的产生和演变，始终受着史传叙事文体与诗歌抒情文体的影响。因此，小说思维也自然在两种文体的裹挟和诱发下，出现了演变的态势——如果说，史传叙事文体导引了小说家概括和表达生活形象的自觉；那末，诗学的意境审美化便诱发小说家抒发情理想的自觉。"[2] 汪曾祺的小说所具有的主观抒情特质是现代抒情体小说与古代诗骚传统的内在精神的联系。与客观写实小说不同，现代抒情体小说拒绝冷漠地去叙写社会人生，而以抒发主体的情志为要务，尽管有时看上去也

---

[1]　蔡英俊：《抒情精神与抒情传统》，载《中国文化新论·文学篇》，生活·读书·新知三联书店 1992 年版。

[2]　吴士余：《中国小说思维的文化机制》，第 153 页，华东师范大学出版社 1990 年版。

似乎不动声色，但那只是为了追求诗情的含蓄与节制。

抒情性可以说是汪曾祺小说最大的一个特色。他的小说大多取材于自己亲身经历过的一些事情，许多忆旧之作都记录着作者的人生印记，包含着作者本人的思想情趣。《受戒》表现人物"内在生命的欢乐"，主人公明海叠印着作者自己的心迹和足迹。《受戒》是作者在回忆四十年前的一个真实的"梦"，一段自己初恋时代的甜蜜的人生体验；在我看来，《徙》是汪曾祺笔下抒情意味最浓的一篇小说。小说中作者极力展现高北溟先生怀才不遇，有志难酬的一生，人物命运的坎坷艰辛成为作者一唱三叹的抒怀的缘由。整个小说的基调苍凉凄切，充满了作者对恩师的深切缅怀之情；1980 年写作的《天鹅之死》，七年后审校时仍然"泪不能禁"，足见其情感的强烈程度。可以说，主观抒情性是汪曾祺小说贯穿始终的一条主线，他的小说中充满了浓烈的诗的情绪。"一个真正的小说家的气质也是一个诗人。"[1]汪曾祺一语道破玄机，他是用小说文体进行创作的现代抒情诗人。

（一）

诗化抒情小说以抒发创作主体的情感为主，它在叙事结构上并不讲究情节的跌宕起伏，也不去着力塑造人物，通过人物来反映世界，而是随着主体情绪的流动，自然而然地安排结构。这样的小说通常都有故事情节，但都淡化了。因此，结构谨严并不是诗化抒情小说的目标，它要的是一种情绪，一种氛围，它要获得一种表达的自由—小说的散文化结构方式恰好符合这种要求。"莫泊桑，还有欧·亨利，要了一辈子结构，但是他们显得很笨，他们实际上是被结构耍了。他们的小说人为的痕迹很重。倒是契诃夫，他好像完全不考虑结构，写得轻轻松松，随随便便，潇潇洒洒，他超出了结构，于是结构更多样。"[2]汪曾祺的这段议论可谓精辟。对于结构，汪曾祺认为"那没什么""随便"，他这样讲只是厌恶"人为的痕迹"，并不代表他对结构的轻视。他自己也承认这种随便是"苦心经营的随便"。原来，他的"随便"的本意是呈现在人们眼前的小说结构的随意，而不是创作者态度的任意。汪曾祺小说的结构像水，而情感则是盛水的容器，或者是水所流过的不规则的沟渠。结构的

---

[1] 汪曾祺：《短篇小说的本质》，载《汪曾祺全集》第三卷，第 29 页，北京师范大学出版社 1998 年版。

[2] 汪曾祺：《小说的散文化》，载《汪曾祺全集》第四卷，第 81 页，北京师范大学出版社 1998 年版。

形态取决于情感的样式。"常行于所当行，常止于不可不止"（苏轼语）是对汪曾祺小说结构形态的最好概括。

在强调诗骚传统对汪曾祺诗化抒情小说的强大影响的同时，我不得不提到俄国的屠格涅夫、英国的现代女作家弗吉尼亚·伍尔夫对汪曾祺创作的意义，是他们坚定了汪曾祺的选择。屠格涅夫被称为是"诗意的写实家"[1]，他的《猎人笔记》是汪曾祺最爱读的小说之一；尤其是伍尔夫，不仅是她的创作影响了汪曾祺，她的文论更是促成了汪曾祺文体观的形成。伍尔夫在《狭窄的艺术之桥》中这样写到："我们将会被迫为那些冒用小说名义的不同的作品发明一些新的名称。而且在这些所谓小说中，很可能会出现一种我们几乎无法命名的作品。它将用散文写成，但那是一种具有许多诗歌特征的散文。它将具有诗歌的某些凝炼，但更多地接近散文的平凡。它将带有戏剧性，然而它又不是戏剧。"[2]汪曾祺写于20世纪40年代的《短篇小说的本质》中的部分观点是伍尔夫这种论述的翻版："我们设想将来有一种新的艺术，能够包融一切，但不复是一切本来形象。又与电影全然不同，那东西的名称是短篇小说——至少我们希望短篇小说能够吸收诗、戏剧、散文一切长处，而仍旧是一个它应当是的东西。"[3]表述如此相似，我相信汪曾祺小说文体观的形成是受了伍尔夫的启发，是中国的诗性精神遇到了西方现代作家的表现手法而进行的一次文体试验。无论是伍尔夫还是汪曾祺，都提到了小说的散文化、诗化，实际上，所谓散文化主要是小说结构的解放，是对传统的情节小说讲究前后照应，因果线索分明的结构技巧的背叛，也是更有利于主观抒情的一种结构方式。

早在20世纪40年代汪曾祺的小说就呈现出散文化的趋向。他的《复仇》似乎并不在意主题是否鲜明，实际上只是到了小说快结束的时候才知道这是一个为父报仇又最终放弃的故事。作者在每一个细小之处做足文章，追求细节的诗意。每一处都是美的，漫无边际的诗意细节淹没了结构的主线、故事的脉络。小说《受戒》有着明显的中国古典诗歌艺术上的特征，但也反映了西方现代派文学技巧的影响。"两种传统和谐地融汇在这个富有诗意的片断里。"[4]的确，正是"诗意的片断"，汪曾

---

[1]　沈雁冰：《俄国近代文学杂谈》，载《小说月报》第 11 卷第 1 号。

[2]　[英]弗吉尼亚·伍尔夫：《论小说与小说家》，第 326—327 页，上海译文出版社 2000 年版。

[3]　汪曾祺：《短篇小说的本质》，载《汪曾祺全集》第三卷，第 29 页。

[4]　[美]史书美：《林徽因、凌叔华和汪曾祺——京派作家的现代性》，载《天中学刊》1995 年增刊。

祺看重的就是这个。对于汪曾祺来说，感觉、情绪的细腻把握，描摹的详尽远比讲一个生动曲折的故事有意义得多。汪曾祺自有他的抱负，在小说领域里，他一生只写短篇，他注定是一个叛逆者、超越者。"一个短篇小说，是一种思索方式，一种情感形态，是人类智慧的一种模样。"[1]汪曾祺是少见的那种把短篇小说看得如此之高的小说家。汪曾祺的小说是诗意片断的联缀，而有意冲淡了情节的前后因果联系。在他的早期作品中，不仅仅是《复仇》，还有《待车》《磨灭》《三叶虫与剑兰花》《艺术家》都明显地带有这种文体特征。

20世纪80年代以后的小说仍然是散文化的，但与20世纪40年代的小说相比，故事性明显增强。也许是有意减少意识流的写法，更多采用第三人称写实风格的缘故，与40年代相比，80年代的小说在行文上不作大幅度地跳跃，而是平实、安分的做法。看起来似乎是回到了传统情节小说的写法，也注重讲故事，有时甚至是讲些奇人异事，但它的结构却是散漫的，因果链条若有若无。比如《受戒》，和尚打牌、杀猪、"放焰口"，明海唱经、受戒，这些无疑是一个个有趣的故事，汪曾祺只是把自己感兴趣的事情一一罗列出来，而并不在意事件之间是否具有前后逻辑联系。小说《徙》结构全篇的是一首小学校歌："西抱神山爽气，东来邻寺疏钟——愿少年，乘风破浪，他日勿忘化雨功。"这首荡气回肠的歌曲奠定了小说的抒情基调，故事性的增强并不妨碍浓烈的抒情。实际上这里所说的故事性只是在整体散文化的基础上增加了一点可读性（不似先前那般晦涩），有情节，但是淡化了的情节。《天鹅之死》在汪曾祺的小说中算是一个极端的例子，它将散文化结构的诗意性推到极致，它甚至是以诗的面目出现（具有清晰的诗的断句、分行特点）。无论是前期还是后期，汪曾祺小说的一个共同特点是，它们都是"作为抒情诗的散文化小说"。

（二）

对于诗的意境的追求是汪曾祺小说继承诗骚传统的艺术精神的又一重大表现。所谓意境，是中国古典诗歌艺术的一个高级的审美范畴。李泽厚先生认为："意境是比形象（象）情感（情）更高一级的美学范畴。因为它们不但包含了'象''情'两个方面，而且还特别扬弃了它们的主（情）客（象）观的片面性，而构成了一个

---

[1]　汪曾祺：《短篇小说的本质》，载《汪曾祺全集》第三卷，第31页，北京师范大学出版社1998年版。

完整统一独立的艺术存在。"[1]意境强调主客观的和谐统一，这恰恰是中国哲学"天人合一"思想在诗学精神上的折射。崇尚中和之美的汪曾祺正是在这一点上自觉地接受诗学的意境美，并努力用小说这种文学体裁来表现诗歌的美学精神。

《受戒》无疑是汪曾祺最富诗意的小说之一。小说最妙处在于它的结尾，明子和小英子朦胧的爱情已被点破，小船划进了芦苇荡。此时作者却将二人热烈的情感表达悬置起来，似乎是不着边际地作了这样的描写：

芦花才吐穗。紫灰色的芦穗，发着银光，轻轻的，滑溜溜的，像一串丝线。有的地方结了蒲棒，通红的，像一枝一枝小蜡烛。青浮萍，紫浮萍。长脚蚊子，水蜘蛛。野菱角开着四瓣的小白花。惊走二只青桩（一种水鸟），擦着芦穗，扑鲁鲁鲁的飞远了。（《受戒》）

有意留下一个空白，给读者无尽的想象空间。"含不尽之意尽在言外"，小说呈现出一种"未完成的文本"形态，作者之意已虚化、幻化，游离于文本之外。如"镜中之象""水中之月"，只可意会不可言传，只可神通不可语达，却同时具有强烈的"召唤力"，召唤接受主体去"妙悟"，去审美地把握其内在神韵。汪曾祺的这个结尾的妙处正在于此。化实为虚，虚实相生，中国古典诗词的意境美也能在小说文体中得到完美地再现。《大淖记事》用的也是这种写法，只是更平淡些。

十一子到了淖边。巧云踏在一只"鸭撇子"，把篙子一点，撑向淖中央的沙洲，对十一子说："你来！"过了一会儿，十一子泅水到了沙洲上。他们在沙洲的茅草丛里一直呆到月到中天。月亮真好啊！（《大淖记事》）

又是有意回避直写二人恋情，而代之以景物的描绘。一句普普通通的"月亮真好啊！"胜过了任何细致的情感表现。中国诗学的艺术精神讲究"空灵"之美，"不著一字，尽得风流"是诗的意境美的极致，所以往往并不从下面直接下功夫。汪曾祺深谙此道，化实为虚，做到了"无字处皆有字"，不着一字，而境界全出。上面一例在写法上似拙实巧，返朴归真，汪曾祺造境的本领已到了炉火纯青的地步。

---

[1]　李泽厚：《意象杂谈》，载《美学论集》，第 324 页。

当然，汪曾祺也不只是用以虚写实、寓意于无的方法来创造意境美，融情于景、情景交融是汪曾祺经常用到的另一手段。小说中尽量避免"直抒胸臆"式的大肆铺排，而是往往将饱满的情感融入到对周围景物的描写之中。他的纪念老师高北溟先生的小说《徙》就采用了情景交融的方法来营造悲凉的意境。

墓草萋萋，落照昏黄，歌声犹在，斯人邈矣。

高先生在东街住过的老屋倒塌了，临街的墙壁和白木板门倒还没有倒。板门上高先生写的春联也还在。大红朱笺被风雨漂得几乎是白色的了，墨写的字迹却还很浓，很黑。

对高先生生前身边景物的细致再现无不显现出作者对先生的深切缅怀之情。"歌声犹在，斯人邈矣"，何其痛哉！"一切景语皆情语"，情与景达到了最大限度的和谐交融。"意"与"境"，合二而一，才是"意境"二字的题中应有之义。宗白华先生所谓"人类最高的心灵的具体化、肉身化"[1] 即是这个意思。作者对高先生之情"肉身化"为对高先生身边之物的详尽记录。意境就产生于二者的和谐统一。

（三）

汪曾祺受诗骚传统影响而形成的现代抒情体小说文体上的第三个表现特征是语言的诗化。汪曾祺的语言，20 世纪 40 年代与 80 年代以后的作品自然有很大的不同，但在追求语言的诗化这一点上二者是共同的。所谓诗化的语言，指的是小说的语言经过特殊处理在外在形态或内在神韵具有了类似于诗歌语言的一种言语表达方式。汪曾祺是个极其注重语言的作家，"除了语言，小说就不存在。"[2] 他的诗化的小说语言正反映了作家的诗性气质。

汪曾祺写于 20 世纪 40 年代的小说语言有诗一般的尖新、凝炼，少年人掩饰不住的才情在诗一般的语言中得到淋漓尽致的表现。不放过每一个句子、每一个词，甚至每一个字都透着一份敏锐而细腻的感触，一种精微的体察。精雕细琢的语句是

---

[1] 宗白华：《中国艺术意境之诞生》，载《美学散步》，第 70 页，上海人民出版社 1981 年版。

[2] 汪曾祺：《小说的散文化》，载《汪曾祺全集》第四卷，第 81 页。

作者灵光的闪耀。

> 人看远处如烟。
>
> 自在烟里，看帆篷远去。
>
> 来了一船瓜，一船颜色和欲望。
>
> 一船是石头，比赛着棱角。也许——
>
> 一船鸟，一船百合花。
>
> 深巷卖杏花。骆驼。
>
> 骆驼的铃声在柳烟中摇荡。鸭子叫，一只通红的蜻蜓。（《复仇》）

这让人想起象征派诗人李金发的《弃妇》，任意的迁连随想，显示着作者跳荡不安的诗魂。

> 太阳自窗间照到白被单上，经过几度筛滤，浓淡斑驳不一，依稀可以辨认交驳的枝叶，重叠的瓣子一只蜜蜂在上面画过一道青色线，曲折迂回，它是醉了。云一过，图画便模糊一两分钟。（《待车》）

这样的句子不需要经过太多的改动，再给以按诗的形式分行，就完全是一首不错的现代诗了。值得注意的是，这种诗化了的语言并非像一般作家那样用作小说诗意的点缀或升华，一整篇小说就是用这样的语言联缀而成，这种语言特征成为汪曾祺早期小说的独特标记。

如果说汪曾祺20世纪40年代的小说创作有很多刻意为之的痕迹，80年代的作品在语言上则要自然得多。汪曾祺曾写信给唐湜说过这样一段话："也许我读了一些中国诗，特别是唐诗，特别是绝句，不知不觉中学了'得鱼忘筌''得义忘言'的方法，我要事事表现，表现它里头的意义，它的全体。"[1] 在我看来，所谓"得鱼忘筌""得义忘言"方法只是到了80年代以后他才真正在小说中体现出来。而他40年代的小说太执着于"言"，太在意细节的诗意，每一处都洋溢着作者的诗情与匠心。

---

[1] 唐湜：《虔诚的纳蕤思——谈汪曾祺的小说》，引自《二十世纪中国小说理论资料》，第四卷，北京大学出版社1997年版。

到 80 年代，汪曾祺的小说语言不再是那样的锋芒毕露，而是内敛得多，平和得多。如果说前期是要力争"语不惊人死不休"少，后期则多了一份素朴与静谧，一种对喧闹与跃动的汰除。于是，汪曾祺真正实现了向中国诗人，也向他所崇拜的俄国作家契诃夫的靠拢—诗意存在于不动声色的平淡之中。

小英子把吃剩的半个莲蓬扔给明海，小明子就剥开莲蓬壳，一颗一颗地吃起来，大伯一桨一桨地划着，只听见船桨拨水的声音。

"哗——许！哗——许！"（《受戒》）

中国古典的山水田园诗般的虚静、明丽在这样淡雅的语言中显现。实际上，山水田园诗的语言也是完全的纯朴，有如天籁之音。可以说，汪曾祺后期小说的语言深得中国古典的山水田园诗的神韵，清新、质朴而又富有诗趣。中国文学有两个伟大的传统，一是诗骚传统，一是史传传统[1]，汪曾祺的小说显然继承的是注重抒情的诗骚传统。当然，本文的兴趣并不在于去找出汪曾祺小说与"诗""骚"文体的外在形似之处，而是认为诗骚传统作为一种内在的因素深刻影响了汪曾祺的小说文体。概括地讲，这种文体在结构上采用能自由表达情志的散文体形式，又注重酿造诗的意境与氛围，并且采用诗意化的语言，这些共同构成了现代抒情体小说的特征。这种文体并非汪曾祺首创，"五四"时期就有不少作家尝试过这样的写法，但始终如一地创作这种文体并不断发展变化将其完善的唯有汪曾祺。是汪曾祺将"五四"的这一火种在新时期拨亮，并影响到阿城、何立伟这样的年轻一代作家。

然而进入 20 世纪 90 年代以后，阿城放弃了小说创作转而写散文，曾写出《白色鸟》这样的抒情杰作的何立伟的视野也从诗意的乡村、小城转向都市，发现都市生活——当代人向往的生活的肉欲性本色。[2] 且不说小说，就是诗歌这种抒情文体本

---

[1] 陈平原先生认为，诗骚传统对"五四"作家是一种普遍性的影响，废名、沈从文、郁达夫，几乎大部分"五四"时代的优秀作家的小说都受其影响。具体论述可参见《陈平原小说论集》上卷之《中国小说叙事模式的转变》，河北人民出版社 1997 年版。

[2] 这类作品主要有《红尘之人》《老何的女人》《没有暴风雨》《老康开始旅行》等，与此前何立伟的抒情体小说《小城无故事》《雨晴》《萧萧落叶》《雪界》相比差异十分明显。这类作品的出现证明何立伟对诗性写作的告别。

身也日益里现"叙事"特征。新的时代，诗意匮乏。正如丁帆先生敏锐指出的那样，"不知何时，我们的小说、散文、诗歌里已经很少再见景物与环境描写了，就连戏剧舞台的背景中，风景也多在被删除之列。"[1] 这意味着现代人的"诗意栖居地"的沦陷。在当下的文化语境中来认识汪曾祺的诗化抒情体小说，益发显示出它的珍贵意义。这不仅仅是一个小说文体的继承与创新问题，还涉及整个时代诗性氛围的重新营建。

二、性灵小品与现代散文写作

"小品"这一名称，源于佛学。刘孝标注《世说新语》引释氏《辨空经》说："经有详者焉，有略者焉。详者为大品，略者为小品。"鸡摩罗什翻译《摩诃般若波罗蜜经》有 27 卷本与 10 卷本，一称作《大品般若》，一称作《小品般若》。所以，"小品"的原意本是讲经的节文。[2] 关于小品文的起源并没有一个统一的看法。钱穆在《中国文学中的散文小品》一文中指出，"中国最古的散文小品应可远溯自《论语》。"朱光潜认为《檀弓》《韩诗外传》《史记》的列传、《世说新语》等都是小品文。而钱歌川将小品文的起源追溯到晋朝陶渊明的《桃花源记》《五柳先生传》[3]。但是作为一种独特的散文文体，小品文在晚明的勃兴却是一个不争的事实。晚明时期大量出现的小品文由于它们比较一致的风格，从而形成了一种新的散文传统，这一散文传统经"五四"时期周作人、林语堂等人的大力提倡而再现辉煌。"五四"时期对小品文自觉的理论阐发为我们清晰地认识小品文提供了有益的帮助。

小品文的特点何在？李素伯认为："小品文是散文里比较简短而有特殊情趣和风致的一种。"[4] 钟敬文说："我以为做小品文，有两个主要的元素，便是情绪与智

---

[1]　丁帆：《"现代性"与"后现代性"同步渗透中的文学》，载《重回"五四"起跑线》，第 31 页，人民文学出版社 2004 年版。

[2]　转引自吴承学：《晚明小品文研究》，第 5 页，江苏古籍出版社 1998 年版。

[3]　钱歌川：《谈小品文》，载《中国现代散文理论》，俞元桂编，第 152 页，广西人民出版社 1984 年版。

[4]　李素伯：《什么是小品文》，载《中国现代散文理论》，俞元桂编，第 40 页，广西人民出版社 1984 年版。

慧。"[1] 林语堂说得较全面："盖小品文，可以发挥议论，可以畅泄衷情，可以描绘人情，可以形容世故，可以札记琐屑，可以谈天说地，本无范围，特以自我为中心，以闲适为格调，与各体别，西方所谓个人笔调是也。故善冶情感与议论于一炉，而成的现代散文之技巧。"[2] 可以说，小品文就是一种篇幅比较短小，取材灵活多样，注重抒发主体性灵的散文文体，用晚明人的话说便是"幅短而神遥，墨稀而旨永"[3]。

新时期汪曾祺的散文创作是古代小品文一脉的现代延续，其叙事简洁明快，笔调明畅轻灵，结构如行云流水，又融情感与议论于一炉，看似漫不经心，却又往往点石成金，涉笔成趣，可谓深得古代小品文之精髓。

寄情于山水林泉之间，或讶赞不已，或浅吟低徊，这是传统士人雅好之一，也是小品文的重要表现领域。汪曾祺的散文集中收录了颇多这类游记作品。《天山行色》《湘行二记》《菏泽游记》《四川杂忆》《初识楠溪江》《严子陵钓台》《泰山拾零》《索溪峪》是其中的名篇，这些散文小品大都写得文字古雅，极富诗意。

牡丹花期短，至谷雨而花事始盛，越七八日，即阑珊欲尽，只剩一大片绿叶了。谚云："谷雨三日看牡丹。"（《菏泽游记》）

迈过这棵大盆景，抚树一望，对面诸峰，争先恐后，奔奔杳杳，皆来相就……沿石级而下，复到水仙洞略坐，洞不很大，可容二三十人。洞之末端渐狭小，有一个歪歪斜斜的铁烛架，算是敬奉水仙之处了。（《初识楠溪江》）

行文之中有意采用古代汉语，使文章平添了一股涩味，一种雅趣。作者流连于自然景致之间，叹造化之神奇，又陶然于山水的柔美，作者的主观意趣流溢于山水景观的描画之中，这本身即是一首诗——首散文写成的诗："我小时常常在将雨或将晴的天气里，谛听着鸣鸡，心里又快乐又忧愁，凄凄凉凉的，凄凉得那么甜美。"（《天山行色》）"晓月朦胧，露华滋润，荷香细细，流水潺潺。"（《露筋晓月》）这些句子不都饱含诗意？然而作者似乎意犹未尽，他在散文中直接引入了古体诗，

[1] 钟敬文：《试谈小品文》，载《中国现代散文理论》，俞元桂编，第32页，广西人民出版社1984年版。

[2] 林语堂：《〈人间世〉发刊词》，载《人间世》第一期，1934年4月5日。

[3] 郑超宗语，转引自吴承学：《晚明小品文研究》，第6页，江苏古籍出版社1998年版。

或五言或七言，用古代文人常用的文学形式直接抒怀，于是小品这种"言志"散文的抒情功能被推到了极致。汪曾祺具有很好的古文底子，他的古体诗大都颇有造诣，写景抒情，恰如其分。游览天山时，作者作了这样一首诗："一痕界破地天间，浅绛依稀暗暗蓝。夹道白杨无尽绿，殷红数点女郎衫。"游索溪峪有诗云："一鉴深藏锁翠微，移来三峡四周围。游船驶入青山影，惊起鸳鸯对对飞。"没有一定的功底是绝对写不出这样的诗句来的。游记小品中引入古体诗，这在"五四"小品文大盛时期都是很少见的。比如山水游记写得十分出色的郁达夫就不这样做，而这在汪曾祺却是一种嗜好。每篇游记都要或多或少地夹入几首诗，全文不足七百字的《索溪峪》竟录用诗文五首，汪曾祺的爱好可见一斑。这些文字、诗歌典型地反映了汪曾祺身上所具有的"文人雅趣""名士风流"，这与古人小品对于"林泉高致"的追求是一致的。汪曾祺的这类游记自然也涉及文化层面，但与 20 世纪 80 年代中后期出现的盛极一时的"大文化散文"相比却有着质的不同。余秋雨、周涛等人的散文也写到了自然景观，但他们更多的是站在民族文化、中西文化和人类文化的高度来表达自己的文化观念和审美理想，他们的散文思想性强，参与意识强，往往具有较强的启蒙性质[1]。与这种讲究浩荡的气势、喷薄的激情、追求思想的深度的"大"散文相比，汪曾祺的散文是呈现个体意兴情趣的"小"散文，他更多的是从创作主体的生命感性经验出发，抒发的也是真切的"小我"之情。《滇游新记》记自己感兴趣的滇南草木；《泰山拾零》记录的是游泰山途中的零星感受；《长城漫忆》原本是一个可以用来大写"民族文化"的题目，可汪曾祺却写道："有人说这是边防的屏障……这使得中国完成统一，对民族心理凝聚力的形成，是有很大影响的。也有人说这使得我们的民族形成一种盲目的自大心理，造成文化的封闭乃至停滞，对中国的发展起了阻碍作用。我对这样深奥的问题没有研究过，没有发言权，但是我觉得它是伟大的。"作者的态度是很明确的，所以他并不从"大处着眼"，而只是去写那些他的亲身经历所获得的感性印象。写塞外的气候、农业、塞外人的饮食，这些具体可感受的东西，文章的结尾是颇令人惊讶的："长城啊，真他妈的长。"在对长城大不恭敬的写法中，彰显的是作者的"个性天趣"[2]。

---

[1] 王兆胜：《新时期中国散文的发展及其命运》，载《山东文学》2000 年第 1 期。

[2] 赵伯陶的《明清小品：个性天趣的显现》一书 □ 广西师范大学出版社 1999 年版 □ 就将明清小品文的特征概括为"个性天趣"。

如果说现代作家中对汪曾祺的小说影响最大的是沈从文，那么对汪曾祺散文影响最大的作家我认为是周作人。前者汪曾祺是坦然承认的，后者却在汪曾祺文集中找不到他自报家门式的直接证据。不过，这并不影响我们得出这一结论。因为无论是题材偏好、行文风格，还是作者的审美趣味，汪曾祺都极似周作人。周作人和汪曾祺的小品文取材都极为广泛，人间草木、地域风情、书画杂谈、人情忆往，都可以作为创作素材。正如林语堂所言："盖所谓'宇宙之大，苍蝇之微'无一不可入我范围矣。此种小品文可以说理，可以抒情，可以描绘人物，可以评论时事，凡方寸中一种心境，一点佳意，一股牢骚，一把幽情，皆可听其由笔端流露出来。"[1]

除了游记小品外，周作人和汪曾祺都写了大量的谈饮食的小品文。周作人的《吃茶》《吃蟹》《南北的点心》《故乡的野菜》《北京的茶食》是至今人们还记得的散文名篇，而汪曾祺似乎对谈吃格外有兴致，他的散文集中至少有五分之一的作品涉及饮食。梁实秋也是个谈吃名家，但汪曾祺与周作人、梁实秋略有不同，不像他们把饮食谈得那么雅，汪曾祺写得更多的是饮食本身的"俗"性。同样是吃茶，汪曾祺把它当作世俗人生的一部分（《寻常茶话》），没有周作人"喝茶当于瓦屋纸窗之下，清泉绿茶，用素雅的陶瓷茶具，同二三人共饮，得半日之闲，可抵十年的尘梦"这样的玄妙。汪曾祺也不乏化俗为雅的本领，在"食豆饮水斋"中"喝水、吃豆，谈李清照、辛弃疾词，别是一番滋味"（《食豆饮水斋闲笔》）。与周作人散文同名的《故乡的野菜》也有着同样的雅致，只是汪曾祺并不一味求雅。汪曾祺身上没有周作人、梁实秋、林语堂十足的绅士气，却多了一点世俗气。《家常酒菜》写的是拌菠菜、干丝、炒苞谷之类的家常小菜，作者的用意似乎在于告诉普通读者如何制作这些小菜；《五味》写的是全国各地普通百姓的饮食喜好；《豆腐》一文中，作者津津乐道于豆腐的品种、各种豆腐的做法。汪曾祺通过写吃，来表现世俗人生的多姿多彩。赵伯陶在《明清小品：个性天趣的显现》一书中认为明清小品具有士林文化和市民文化的双重品格，又受到老庄禅悦之风的深刻影响。如果说周作人身上继承的更多的是士林的高雅文化和老庄禅悦精神的话，那么汪曾祺则更多的融合了士林文化和市民文化，汪曾祺的小品介于雅与俗之间。有评论者认为："汪曾祺并不是本世纪最后一个士大夫，而是本世纪最后一个将民族文化中的雅、俗精神兼容并畜、合二为一的人物，是最后一个'农业文化'的表述者，这才是汪曾祺的独

---

[1] 林语堂：《论小品文笔调》，载《人间世》第六期，1934 年 6 月 20 日。

特的个性魅力之所在。"[1]诚哉斯言！

汪曾祺小品在行文风格上往往随意不拘，看上去似乎漫不经心，东拉西扯。汪曾祺小品以他挥洒自如的老辣文笔给人一种行云流水般的流畅感。他的《泡茶馆》似乎想到哪儿写到哪儿，既有人事的回忆，又夹入自我的感想与评论；《昆明的雨》由"宁坤要我给他画一张画"讲起，写到昆明的雨、仙人掌、菌子、果子、缅桂花，最后是昆明的雨勾起的我对友人朱德熙的回忆："四十年后，我还忘不了那天的情味，写了一首诗：莲花池外少行人，野店苔痕一寸深。浊酒一杯天过午，木香花湿雨沉沉。"融情于景，情景交融，诗情与意境达到了完美的统一，而文章的结构看起来是散散漫漫的。郁达夫所评："周作人的文体，又来得舒徐自在，信笔所至。初看似散漫支离，过于繁琐，但仔细一读，却觉得他的散淡，句句含有分量，一篇之中，少一句就不对，一句之中，易一字也不可，读完之后，还想翻转来再读的。"[2]同样适用于汪曾祺。他的《观音寺》除了第一段写观音寺改成简陋的学校与文题相关外，其余各部分都似乎随兴所至，信马由缰。从校舍到孤儿院到灭虱站再到南面的丘陵东面的坟地，从女同学吃胡萝卜写到美国兵郊外野合、演《雷雨》王惠忘记台词，再到日本投降、同学还乡，几乎是想到哪里写到哪里，全凭个体情感溪流的随意流淌，任意东西，这是小品文行文风格的一大特色。

既然小品文不以"载道""传道"为职业，而以抒发个性天趣为本，那么它就没有必要板着面孔说教，而可以尽可能地轻松一点、幽默一些。古代小品文比较注重幽默轻灵的文章风格，《笑林》《世说新语》以及后来的明清小品都带有这一特点。"五四"时期的小品文作家更是将幽默视作小品文的生命。林语堂极力提倡幽默，把幽默视为"人生的一部分"，认为："没有幽默滋润的国民，其文化必日趋干枯，而人的心灵必日趋顽固。其结果必有天下相率而为伪的生活与文章，也必多表面上激昂慷慨，内心上老朽霉腐，五分热诚，半世麻木，喜怒无常，多愁善病，神经过敏，歇斯底里，夸大狂，忧郁症等心理变态。"[3]汪曾祺厌恶那种充满火药味的、剑拔弩张的文章，讨厌一本正经的说教，他的小品文如同一个心平气和的长者在讲述一个个颇为有趣的故事。人们听完之后，报之一笑，身心的疲乏得以缓解，这样的阅读

---

[1]　沈义贞：《中国当代散文艺术演变史》，第 226 页，浙江大学出版社 2000 年版。

[2]　转引自《周作人小品文全集·序言》，第 3 页，时代文艺出版社 1995 年版。

[3]　林语堂：《论语》，第 35 期，1934 年 2 月 16 日。

是一种休息,而这正是汪曾祺写作小品文的主观愿望。正如他在《〈蒲桥集〉再版后记》中写到的:"喧嚣扰攘的生活使大家的心情变得很浮躁,很疲劳,活得很累,他们需要休息,'民亦劳止,迄可小休',需要安慰,需要一点清凉,一点宁静,或者像我以前说过的那样,需要滋润。"[1]

汪曾祺的幽默来自于对世事人生的明晰与洞察从而获得的超然物外的旷达心态。汪曾祺从不纠缠于纷繁杂乱的世事之中,他只是以一个旁观者的眼光来打量这个凡俗世界,既然早知人生必有坎坷,世事总有不平,又何不含笑置之?《跑警报》一文写日本侵略时期西南联大学生跑警报的逸闻趣事。学生们对跑警报很有经验,从不仓皇失措。跑警报是谈恋爱的好时机,因此是"颇为罗曼蒂克的",有恋爱就有三角,"人生几何,恋爱三角"真是妙对。也有人不跑警报的,趁别人都走了,敞开锅炉房里的水来洗头、煮莲子,这可不是一般的潇洒。对于这样一种"不在乎"的人生态度,我们尽可以作见仁见智的价值判断,汪曾祺本人的态度却是积极肯定的,认为"这种'不在乎'精神,是永远征不服的"。《旧病杂忆》写自己得了疟疾,护士给打了一针强心针,汪曾祺问"要不要写遗书?"汪曾祺有牙疼的毛病,但泰然置之,甚至有点幸灾乐祸地想:"我倒要看你疼出一朵什么花来!"正是有了这样豁朗、超脱的心态,才能笑面人生的艰难困苦。汪曾祺的幽默不含有对他人的讥讽,他的老师沈从文先生对他的教诲"千万不要冷嘲"是他创作始终坚持的一个信条。《"诗人"韩复榘》讲关于山东军阀韩复榘的故事:"蒋委员长提倡新生活,俺都赞成。就是'行人靠右边走',那左边谁走呢?"韩复榘是可笑的,可笑之中又透着可爱。《名优逸事》里的郝寿臣念秘书给他写好的讲稿,念到激动处,一手高举讲稿,一手指着讲稿说:"同学们!他说得真对呀!"汪曾祺不但没有嘲讽之意,反而认为:"这正是前辈的不可及处,老老实实,不装门面。"

小品文这种散文文体以它的明畅轻灵、从容幽雅,给文学带来新的气象。以抒情为主,不拘格套,这些都是小品文的贡献。当然,我们也应看到,小品文所讲究的自然闲适,轻灵秀巧,可能使它走向一味取巧、哗众取宠的路子。早在"五四"时期鲁迅先生就指出了这一点:"但现在的趋势,却在特别提倡那种和旧文章相合之点,雍容,漂亮,填密,就是要它成为'小摆设'供雅人的摩挲。"[2]

---

[1] 汪曾祺:《〈蒲桥集〉再版后记》,载《汪曾祺全集》第五卷,第92页,北京师范大学出版社1998年版。

[2] 鲁迅:《小品文的危机》,载《南腔北调集》。

汪曾祺的小品文绝不是漂亮的"小摆设"，也不是茶余饭后无聊的闲谈。他往往于短短的篇幅中寄寓自己对人生深沉的理解与思考。他的《胡同文化》饱含了自己对北京胡同极为复杂的情感。胡同文化作为一种封闭的文化给民族文化心理打下了深深的烙印，怯懦苟且，易于满足，无疑是胡同文化的消极意义。也许这篇文章的可贵之处正在于作者的理性与情感之间存在的矛盾张力："这是无可奈何的事，在商品经济大潮的席卷之下，胡同和胡同文化总有一天会消失的。也许像西安的虾蟆陵，南京的乌衣巷，还会保留一两个名目，使人怅望低徊。"表面看来是不喜亦不忧，仔细想想并不这样简单。汪曾祺在理智上完全明白胡同文化终会消失，为何又称"无可奈何"，还要"怅望低徊"？我们可以很清楚地看到汪曾祺的情感态度。在我看来，《阴城》是一篇难得的散文佳作，也可以说是汪曾祺写得最好的散文之一。《阴城》看似东拉西扯，一会儿讲古战场、乱葬坟，一会儿讲我小时候放风筝，又讲到北京的风筝，其实这里面有着太多的对历史、对人生的感慨。昔日血腥厮杀、尸横遍野的沙场，变成今日少年嬉闹的乐园。世事变迁，谁可逆料？在对三尾子、酒坛子、红鼓、四老爷打面缸这些式样各异的风筝的详尽描绘中，分明透露出作者对幼年生命体验的深切回忆，还有身在异地所怀有的故土家园之思。更重要的是，作者浓烈的情感轻轻地流淌而出，是"流露"不是"表露"，深得清代桐城派散文之神韵。"我已经好多年不放风筝了。北京的风筝和我家乡的，我小时候放过、糊过的风筝不一样，没有酒坛子、没有套角、没有红鼓、没有四老爷打面缸。北京放的多是沙燕儿。我的家乡没有沙燕儿。"平淡之至！情深之至！这让人想起归有光的"庭有枇杷树，吾妻死之年所手植也，今已亭亭如盖矣！"所谓"不著一字，尽得风流"，所谓"含不尽之意尽在言外"，正是汪曾祺的一贯追求。

在谈到散文创作的时候，汪曾祺坦然承认："我的散文大概继承了一点明清散文和五四散文的传统。"[1]通过以上分析，我们可以清楚地看到，汪曾祺的散文继承的主要是古代散文中"独抒性灵"的小品文传统，又有意识地借鉴"五四"小品文作家的创作经验，从而具有了现代小品文的文体特征。[2]雅俗共赏，风趣幽默，行文

[1]　汪曾祺：《汪曾祺自选集·自序》，载《汪曾祺全集》第四卷，第92页，北京师范大学出版社1998年版。

[2]　冯光年、刘增人等人认为，现代散文文体在结构上挣脱了古典散文的程式化规范，建立起自由灵活、不拘一格的结构原则；在语言形态上，废除了古典散文的准格律文言体式，代之以自由的接近生活的现代白话体式。参见《中国新文学发展史》，第578页，人民文学出版社1991年版。

如行云流水，却又往往寄寓作者对人生的深沉的思考，并非无聊的游戏文章。"自十年代至七十年代几乎没有'美文'，只有政论。偶有散文，大都剑拔弩张，盛气凌人，或过度抒情，顾影自怜。这和中国散文的平静中和的传统是不相合的。"[1] 正是对中国当代散文有了这样清晰的认识，汪曾祺大胆地借鉴与吸收两个传统（古文学传统和"五四"新文学传统）的有益经验，在新时期努力复兴小品文这一传统的散文文体，应该说汪曾祺的散文创作对现代散文的发展做了重要的贡献。

---

[1] 汪曾祺：《谈散文》，载《汪曾祺全集》第六卷，第334页，北京师范大学出版社1998年版。

文言白话　"体""用"之间

　　语言的运用是作家的基本活动方式，离开语言，作家将无法构筑自己的艺术世界。汪曾祺曾说过：写小说就是写语言。可见其对语言的极端重视。"如果说语言作为文化现象标志了我们人类世界与自然世界的天然分界线，那么语言的民族差异便成为民族及其文化差异的重要界标。一定民族的语言又无不将该民族的历史特性以积淀的、浓缩的、结晶的方式蕴含于自身之内，并构成了它的发展形式和发展动力之一。因此，民族文化、传统文化、语符文化又是'三位一体'的东西，并构成人所面对的自己的文化世界。这种深层的化合也体现在文化主体的母语意识上，对于作家来说，他对本族语言的习得和习性、语态和语感，他在自己的活动中是如何去运用这一语言的。便也就显示着言—文—人'三位一体'的关系，并以此建构自己的艺术世界。"[1]汪曾祺的创作典型地体现了作家的这种母语意识。不仅如此，他还有着强烈的语言现代意识。他自觉地在现代汉语框架内复活文言传统，他的语言自然圆熟又古韵悠然。

一、文言传统的断代延续与变造

（一）

　　一个民族的共同语言一旦形成，就具有相当的稳定性，而且有保持不变的倾向，对文字的依赖使这种倾向得到历史性的延续。然而，根据索绪尔的观点，绝对的不变性是不存在的，语言的任何部分都会发生变化。每个时期都相应地有或大或小的

[1]　邹忠民：《作家的母语意识》，载《江西师范大学学报》2003 年第 5 期。

变化。这种变化在速度上和强度上可能有所不同。[1]文言，作为中华民族的共同的书面表达语言，在保持了几千年的基本不变之后，于 20 世纪初遭受了可以说是毁灭性的打击，文言传统成为一个断裂的存在。

在"五四""白话文运动"之前，中国实际上存在着两套书面语表达系统，一为文言文，一为白话文。文言文主要是官方文牍用语，受到封建科举制度的支持。胡适说："科举是保存古文的绝妙办法——元朝把科举制度停了近八十年，白话的文学就蓬蓬勃勃的兴起来了；科举回来了，古文的势力也回来了。"[2]白话文主要用于民间交往，含有大量的非正式的口语化的成分，通过白话小说、戏曲等文学形式传播。文言、白话原本是两套并行不悖的书面语言系统，长期以来在各自的空间里发挥作用。正如美国的中国学者 P·韩南所说的："文言、白话各自倾向于社会上的不同阶级，也使这些阶级对之感到亲切。前者为雅，后者为俗。"[3]不仅如此，中国古代从事白话文学创作的作家都是通晓文白两种文字的人，他们有机会并且也愿意创作文白相杂的中间性文字。他们将文白交替或综合使用，于是他们的这种创作实践就缩小了文言和白话的差别。

从历史发展的眼光来看，随着清末科举制的废除、报业的兴起发展以及现代稿费制度的建立，文言的劣势日益明显，即使没有"五四""白话文运动"，依循语言的自然流变规律，也会朝着有利于白话化的方向前进。当然，文言本身还是有其富有生命力的部分的，在我看来，文言和白话之间原是可以通过渐进"改良"的方式走一条中间道路的。但"五四"先驱们将历史的车轮狠狠地向前推了一把，给白话化进程一个人为的加速度，并以那个时代特有的思维方式，在大力倡导白话，确立白话文为文学正宗的同时，竭力切断与文言传统的血肉联系——在延续一个传统的同时，又拒绝了另一个传统。随着"白话文运动"对"守旧派"的胜利的是文言传统的有意识地被冷落、被抛弃。

随后的大众语运动以更为彻底的反文言的姿态出现，就连"五四"一代废文言主张的始作俑者们也处于十分尴尬的境地。鲁迅的"中间物"概念同样适用于他们的半文半白的文学语言的命运。这一点从陈望道于 1934 年发表的一篇文章中即可见

---

[1] [瑞士]索绪尔：《普通语言学教程》，第 194 页，商务印书馆 1980 年版。

[2] 胡适：《白话文学史》，第 4 页，东方出版社 1996 年版。

[3] [美]P·韩南：《中国白话小说史》，第 14 页，尹慧珉译，浙江古籍出版社 1989 年版。

出："现在的阵营共有三个，就是大众语、文言文、白话文。大众语主张纯白，文言文派主张纯文，旧白话文派，尤其是现在流行的语录体派主张不文不白。主张不文不白的这一派现在是左右受攻，大众语派攻它'文'的一部分，文言文派攻它'白'的部分。"[1] 大众语运动是一个要求白话文写得更加接近口语的语体革新运动，要求语言进一步通俗化、口语化，进一步向普通民众靠拢，难懂的文言自然是不受欢迎的。大众语运动 20 世纪 30 年代由"左联"领导，40 年代在延安"文艺为工农兵服务"口号下，其主张得到进一步贯彻执行，而解放后"左翼"文学成为主流文学，它的语言观得到有效延续更是不争的事实。于是乎，文言传统距离中国文学是越来越远了。

（二）

新时期复兴文言传统，汪曾祺当称第一人。汪曾祺否认文言与白话矛盾对立观点，打破文言与白话的界限，认为："文言和白话的界限是不好划的。'一路秋山红叶，老圃黄花，不觉到了济南地界'是文言，还是白话？只要我们说的是中国话，恐怕就摆脱不了一定的文言的句子。"[2] 怀有这种认识的汪曾祺在过去也许要被当作"封建余孽"来对待了。这样的言论使汪曾祺的作品大量采用文言的做法"合法化"。

中山陵设计得很好，甚至可以说是完美。蓝琉璃瓦顶，白墙白柱。陵在半山，自平地至半山享堂有很多层极宽的石级，也是白色的。石级两侧皆植松柏。（《金陵王气》）

"你们爱议论，议论去吧！爱当笑话说，说去吧！于金昌焕何有哉！"（《鸡毛》）

这种间杂使用文言的方式看起来似乎有点像"五四"时期的半文半白的白话，实际上却有很大的区别。"五四"先贤们有熟练运用文言的背景，却要全然抛弃而专采白话，自然不能做到"圆转如意"（胡适语），而汪曾祺则是能娴熟地驾驭白话又具备很好的古文功底，所以能轻松地将文言句法化用到白话当中，而不让人感到一丝别扭。问题的关键在于，汪曾祺很少作卖弄才学式的长篇累牍地使用文言，

---

[1] 陈望道：《陈望道语文论集》，第 228 页，上海教育出版社 1997 年版。

[2] 汪曾祺：《关于小说的语言（札记）》，载《汪曾祺全集》第四卷，第 15 页。

而是将文言嵌在大片的通俗白话中，正如上面的两段引文，没有突兀的感觉，自然而然，浑然天成。汪曾祺的文字透着圆熟、老辣。同样是好用文言的贾平凹就很难达到这种境界：

崖畔上长着竹，皆瘦，死死地咬着岩缝，繁衍绿；一少年将竹捆五个草中，明六个地掀下崖底乱石丛里了，砍刀就静落亮亮的，像失遗的一柄弯月。（贾平凹《火纸》）

贾平凹尝试着用文言写作，这种倾向是非常好的，只不过他的文字早就被有的论者讥为"不文不白、不中不西、不古不今"，这种批评对于一个常以语言自许的作家来说是非常尖锐的，不过的确又刺中了要害。当然也有不少评论家十分喜爱贾平凹的语言，这也许是因为人们在他的作品里读到了母语的痕迹吧。但问题是，如果母语给人的感觉只是生涩（很可能这就是贾平凹的追求），只是不通和语感的僵硬，母语的魅力在哪里？与贾平凹相比，汪曾祺的语言要圆融顺畅得多。汉语言被阉割的一部分传统又自如地融入到了现代汉语写作中来。从这个角度来看，汪曾祺的创作对现代汉语的发展具有十分重要的意义。

汪曾祺的意义也许还并不只是直接把文言句式"拿来"，更在于他用现代汉语来体现文言的神韵。一个明显的例子就是对仗的使用："罗汉堂外面有两棵很大的白果树，有几百年了。夏天，一地浓荫。冬天，满阶黄叶。"（《幽冥钟》）《受戒》里的四副这对联是不好翻译的，因此被翻译者删除了。"夏天，一地浓荫。冬天，满阶黄叶。"在翻译的时候可能也会令翻译者大伤脑筋吧。还有作品中大量采用的四字句（这一点将在下一节中详加论述），恐怕也很难将它们原汁原味地奉献在外国读者面前。

汪曾祺在语言上"回到民族传统"的做法是经过了长期的摸索得来的。如果只熟悉 20 世纪 80 年代《受戒》《大淖记事》的读者看到汪曾祺 40 年代的文字肯定会大吃一惊——汪曾祺的文字也这么新潮、这么先锋？的确，40 年代的《复仇》《待车》这类作品明显的带着那个时代的印记，语言极度欧化，典型的"翻译体"文风。尽管这些作品也获得了一些好评，但我认为，这个时期是汪曾祺的"消极模仿期"，尤其是他的语言，漂亮、严谨，却缺乏个性。这个时期汪曾祺已经开始尝试口语写作，《老鲁》就是用地道的口语写成的。李陀在《道不自器 兴之圆方》一文中认为，汪曾祺于1945年写作《老鲁》之后就"毅然和欧化的白话文分了手，再也没有回顾"。这个说法不准确。实际上直到1948年汪曾祺仍在用欧化语言写作（比如《艺术家》《邂逅》）。不过，汪曾祺的作品已开始吸收口语的成分不再有先前强烈的欧化色彩却是不争的事实。汪曾祺真正地抛弃欧化语是在建国以后，这里面应该有意识形态方面的考虑。从此以后，欧化语倒真的一去不复返了，渐渐地民间口语的影响占了上风，这跟他五六十年代编辑民间文学方面的刊物有很大的关系。回到口语的海洋里作者可以获得极大的创作自由。

汪曾祺语言的口语化又与赵树理的有很大区别。赵树理是运用民间口语极为成功的一个作家，他代表解放区大众语运动的方向，语言尽量向工农兵靠拢。正像他在一篇文章中谈到的："……说话如此写起文章来便也在这方面留神——'然而'听不懂咱就写成'可是'，'所以'生一点，咱就换成'因此'，不给他们换成顺当的字眼儿，他们就不愿意看。字眼儿如此，句子也是同样的道理——句子长了人家听起来捏不到一块儿，何妨简短些多说几句：'鸡叫'、'狗咬'本来很习惯，何必写成'鸡在叫'、'狗在咬'呢？"[1]汪曾祺并不这样一味迁就、迎合读者，相反，他对民间口语进行有意识地加工处理，使之文雅化，变得更加精炼。"人一走，茶就凉"确实是地道的口语，仔细一想，却又包含了太多的人世间的沧桑体验。汪曾祺后期创作在文言与民间口语之间走一条"中间道路"，化俗为雅又化雅为俗，雅与俗之间达到了高度的和谐。再加之青年时期对欧化语言的迷恋，使他获得了对语言的更深层的感悟能力，在中与西之间找到了一个平衡点。"李杜文章老更成"，汪曾祺语言具有独特的魅力并不是件奇怪的事。

汪曾祺最早有意识地吸收文言成分是在"文革"时期将沪剧《芦荡火种》改编成京剧样板戏《沙家浜》的创作实践中。《沙家浜》里的一段经典唱词："垒起七星灶，铜壶煮三江。摆开八仙桌，招待十六方。来的都是客，全凭嘴一张。相逢开口笑，过后不思量。"用的完全是文言对偶句式。汪曾祺有个独特的本领，就是能用白话文的句子写出文言的味道，真正做到"雅俗互化""雅俗共赏"。

---

[1] 赵树理：《也算经验》，载《人民日报》1949年6月26日，引自《二十一世纪中国小说理论资料》第五卷，北京大学出版社1997年版。

呈贡火车站附近，有一大片栗树林，方圆数里。树皆合抱，枝叶浓烈，树上无虫蚁，树下无杂草，干净之极，我曾几次骑马过栗树林，如入画境。（《昆明的果品》）

后来的作品语言也明显带有文言的痕迹，主体却是现代白话，浅显易懂。文言是一种非形态语言，虚词的组合完全不受形态成分的制约，可以随表达意图的需要而增省显隐，自由穿插。汪曾祺的语言极大地恢复了汉语的这种弹性特征，他的创作实践告诉我们，现代汉语完全有可能同古文言水乳交融在一起，现代汉语是古文言的自然延续，它极大地保留了（当然可以发挥）古汉语的特性。

（三）

对汪曾祺语言的研究有这样一种观点，汪曾祺对"语言游戏"的倡导导致了"先锋文学"的产生[1]。汪曾祺对先锋文学有这么大的影响恐怕是很难找到有力的证据的。这一点我们暂且不管，汪曾祺与先锋文学语言上的可比性似乎也成问题，一个是充分利用本土语言资源，一个是从西方文学中获取灵感——从语言上看，先锋文学恰恰背离了汪曾祺的方向。孰是孰非，可谓仁者见仁，智者见智。不过山西作家李锐近年来对这一问题的反思很有启发意义。李锐认为先锋文学的语言实践虽然打破了政治强制和"毛文体"的束缚，但它一味模仿西方，在这种汉语不断欧化的背后深藏着"新的语言等级观点"，是一种语言的"自我殖民"。他呼吁要在全球化的历史语境下，用自己充满独创性的创作建立起现代汉语的自信心，用自己杰出的作品建立起现代汉语的主体性。[2]因此他高度赞扬了汪曾祺的创作，尽管他在"建立现代汉语主体性"上走的是与汪曾祺不同的路子（他提倡回到"口语的海洋里"）："二十年前汪曾祺先生在一派'伤痕文学'和'反思文学'的流行腔中（其中苏联文学的痕迹尤为明显），发表了他清新优美的《受戒》，让文坛为之一震。就仿佛在麻辣

[1] 熊修雨：《论汪曾祺小说的文体意义》，载《湖北大学学报》2002年第1期，原文为："汪曾祺对'语言游戏'的倡导则是对传统小说观念的一次彻底性的颠覆。作为这种颠覆的直接标志是'先锋文学'的产生。"马风在《汪曾祺与新时期小说：一次文学史视角的考察》（载《文艺评论》1995年第4期）一文中也有相似的观点。

[2] 叶立文：《他的叙述维护了谁？——李锐小说的价值立场》，载《小说评论》2003年第2期。

火锅的盛宴上端来一盘水灵鲜活的青菜。回想起来，现在才看清了《受戒》更深远的意义——那是一次汉语文体和语言的觉醒。"[1] 所谓"觉醒"，是对汉语言的一次再认识，是对"五四"以来汉语言发展趋势的反拨，从这个意义上认识汪曾祺，恰恰把握到了他对现代汉语发展所作的贡献。

语言是有历史性的，文言是民族母语的重要组成部分。郑敏先生说："世界上各民族的语言都是其本民族的文化地质层，无声地记载着这个民族的物质与精神的历史，因此爱自己的民族就必须爱自己的母语。异族的入侵和征服，往往在军事占领之外第一个要做的事就是摧毁被征服者的母语，代之以征服者的语言。"[2] 所以，我们应当像"穴居人"保护火种那样保护我们的母语。从这个角度来看，汪曾祺在现代汉语框架内复活文言的做法的确具有深远的意义。但是，即便是在价值取向多元化的今天，仍然很少有人尝试着走汪曾祺的路子；汪曾祺动用本土资源的语言策略原本是极为平常的事情，却显得很"另类"，这不能不让人感到遗憾。

二、汉语美学的再生与发展

汪曾祺是新时期最早关注语言问题的作家之一，他对文学语言有自己独立的思考，形成了比较独特的语言观念。他在《揉面》一文中强调指出，"语言本身是艺术，不只是工具。"初次为语言正名，提升语言的地位。这与传统语言观倾心于讲"道""义""情态"，而将"言"作为"载道"工具的看法很不相同。"五四"时期，人们似乎很重视语言了，但他们的兴奋点只在于砸烂旧的文言传统，建立一种新的表述体系——白话文；而"文革"与"文革"前的中国当代文学，是传统工具论的延续对语言甚至可以说是降格使用"连文学本身都纳在'工具论'的框架里，又何况语言呢？语言只不过是工具的工具，如此而已"[3]。

文艺理论界一直认为"内容大于形式，形式要服从内容"，而形式又包括语言、结构等方面，汪曾祺却有不同的看法："语言不只是技巧，不只是形式。小说的语

---

[1]　李锐：《自述》，载《小说评论》2003年第2期。

[2]　郑敏：《结构——解构视角：语言·文化·评论》，第74页，清华大学出版社1998年版。

[3]　曹文轩：《二十世纪中国文学现象研究》，第395—396页，作家出版社2003年版。

言不是纯粹外部的东西。语言和内容是同时存在的，不可剥离的。"[1] "语言不是外部的东西。它是和内容、思想同时存在，不可剥离的。语言不能像桔子皮一样，可以剥下来，扔掉。世界上没有没有思想的语言，也没有没有语言的思想。"[2]汪曾祺甚至语出惊人地宣称："写小说就是写语言。""语言的粗糙就是内容的粗糙。"[3]汪曾祺的语言观，我想是受到了存在主义哲学的影响。海德格尔就认为，"当人思索存在时，存在就进入语言。"存在总是"恬然澄明地来到语言"，"在来到语言的途中"。并且，"这个来到的东西把存在着的思从它那方面在它的言谈中形诸语言。于是这语言本身被举入存在的澄明中。于是语言才以那种十分神秘而却完全支配着我们的方式存在。"[4]汪曾祺受益于西方现代语言哲学将语言上升到"本体"的语言观，极其注重语言的融汇与创新，开掘语言的审美意蕴。

在继承两个传统（文言传统与现代白话文传统）的同时，又超越了两个传统，母语的书面语写作在汪曾祺手里达到了一个新的高度。现代汉语的发展存在的一个大的弊病是冗长、繁复、芜杂，正如海明威指出现代英语所存在的缺点一样。汪曾祺 20 世纪 40 年代的创作深受印欧语系的影响，遣词造句为语法所拘束。他的句式大多是这样的形态："一种刺痛，一种叫人肌肉收紧，骨盆内缩，脚趾伸挺的煎熬，从这两个发烧的球体分出去，注射及全身。他鼻梁上抽得全是直纹，他鬓边息息跳动。他下唇拖在外面，像一种水果，他唾漱所能润泽的部分通红、熟透……"（《磨灭》）句式延长，为照顾语法关系主词（他）可省而不省，"欧化"影响当然还不只这些。应当承认，在现代汉语建立初期，针对社会上以文白夹杂为时髦的不良风气（实际上，很多"白话文运动"的倡导者们自己写出来的文章也大抵是文白夹杂、半文半白），"采个外国榜样""造成一种超于现在的国语，欧化的国语，因而成就一种欧化国语的文学"[5]是一项得力的措施。从当时的语言使用状况来看，确实需要一种新式语法来规范汉语的写作。但这毕竟只是事情的开始，没有本民族审美特质的语言不是

---

[1] 汪曾祺：《关于小说的语言□札记□》，载《汪曾祺全集》第四卷，第 7 页，北京师范大学出版社 1998 年版。

[2] 汪曾祺：《中国文学的语言问题》，载《江曾祺全集》第四卷，第 217 页，北京师范大学出版社 1998 年版。

[3] 汪曾祺：《中国文学的语言问题》，载《汪曾祺全集》第四卷，第 217 页，北京师范大学出版社 1998 年版。

[4] ［德］海德格尔：《关于人道主义的信》，载《存在主义哲学》，第 131—132 页，商务印书馆 1963 年版。

[5] 傅斯年：《怎样做白话文》，载《新潮》第一卷第 2 号，1919 年 2 月 1 日。

成熟的语言。

汪曾祺继承了文言传统中崇尚简洁的风格，从而告别了一味模仿西方的早期做法。汪曾祺有时直接借用文言句式，造短句来使文字变得简洁：

> 先生名鹏，字北溟，三十后，以字行。家世业儒。祖父、父亲都没有考取功名，靠当塾师，教蒙学，以维生计……先生少孤。尝受业于邑中名士谈赞渔，为谈先生之高足。（《徙》）
>
> 天山雪水流下去，流域颇广。凡雪水流经处，草木华滋，人畜两旺。（《天山行色》）
>
> 教员一人一间宿舍，室内床一桌一椅一。（《观音寺》）

汪曾祺倒也并不完全采用文言句式，追求简洁已成为他的一个自觉意识，即使是用纯粹的现代汉语写成的文字也能保持这种风格。比如小说《八千岁》中的一段描写：

> 八千岁每天的生活非常单调。量米。买米的都是熟人，买什么米，一次买多少，他都清楚。一见有人进店，就站起身，拿起量米升子……量完了，拍拍手——手上沾了米灰，接过钱，摊平了，看看数，回身走向柜台，一扬手，把铜钱丢在铜柜里，在流水簿上写上一笔，入头糙三升，钱若干文。

从"一见有人进店"开始，一个主语都没有，这肯定不符合西方语法规范，却是汉语表达的一贯特点。

在作品中，汪曾祺爱用四字句这一中国特有的语言形式。对于四字句，汪曾祺的看法是："我是主张适当地用一点四字句的。理由是：一、可以使文章有点中国味儿。二、经过锤炼的四字句往往比自然状态的口语更为简洁，更为精神……三、连用四字句，可以把句与句之间的连词、介词，甚至主语都省掉。把有转折，多层次的几件事情贯在一起，造成一种明快流畅的节奏。"[1] 很明显，汪曾祺大量使用四字句是意识到了它的简洁性的。汪曾祺所用的四字句大致可以分为两类，一类是模仿文言体的，带有古雅的味道。像："西风残照，衰草离披，满目荒凉，毫无生气。"

---

[1] 汪曾祺：《小说技巧常谈》，载《汪曾祺全集》第三卷，第294—295页，北京师范大学出版社1998年版。

（《胡同文化》）"晓月朦胧，露华滋润，荷香细细，流水潺潺。"（《露筋晓月》）还有一类则借用这种形式，以口语为材料："若是纹丝不动，稳若泰山，当面成交，立刻付钱，二话不说，拉了就走。"（《八千岁》）无论哪一种，所达到的效果是一致的，那就是语言变得简洁了，凝练了。

切不可小看了这个"简"字，中国自古就有"敬惜字纸""一字值千金"之说，清代桐城派的刘大櫆对此更是极力推崇，把"简"奉为"文章尽境"："凡文笔老则简，意真则简，辞切则简，味淡则简，气蕴则简，品贵则简，神远而含藏不尽则简，故简为文章尽境。"[1]古汉语并不注重语法的逻辑严密，也不讲究语词形态的规范固定，而是以简易灵便为其目标。"由于尚简，汉语语词单位的大小和性质往往无一定规，有常有变，可常可变，随上下文的声气逻辑环境而加以自由运用。语素粒子的随意碰撞可以组成丰富的词汇。词组块的随意堆迭、包孕可以形成千变万化的句子格局。汉语这种尚简的组织战略，放弃了西方形态语言视为生命之躯的关系框架，把受冷漠的形态框架制约的基本语粒或语块解放出来，使它们能动地随表达意图穿插开合，随修辞语境增省显隐，体现出强烈的立言造句的主体意识。"[2]由尚简所带来的汉语的"弹性"是中西语言的差异所在，简洁传神是汉语美学的特性。

汪曾祺作品文字的简洁并不影响其表意的丰富。汉语作家在千百年来的创作中已经形成了独特的对于"言"与"意"之关系的理解，认为"意"具有无限的丰富性，不相信"言"能说尽"意"。所以，不同于西方作家的对语言的完全信赖与依赖，中国古代作家十分注重读者的作用。在很多时候，作者之言只是提供一个暗示性的头绪，所以往往点到为止，留有余地，不作穷形尽相的语言刻画。可以说，恰恰是简洁达成了古汉语丰富的意蕴。汪曾祺的现代汉语写作在最大限度上保留了古汉语的这种美学特征。《受戒》中讲到小明子读书、写字，"每天还写一张仿。村里都夸他写得好，很黑。"妙处全在"很黑"二字中。《异秉》的结尾"本来，这时候都不是他们俩解大手的时候"，短短一句话包含了许多潜台词。这些，作者都不直接说出。汪曾祺语言的一个重要特征便是简淡，言简意繁，淡中有味。流畅自然的现代汉语中流露出古风古韵。

汪曾祺对现代汉语发展所作的另一重大贡献是将古代诗文创作的一个重要范

---

[1]　刘大櫆：《论文偶记》。

[2]　申小龙：《当代中国语法学》，第127页，广东教育出版社1995年版。

畴——"文气"说引入现代小说写作中。"文气"，今天似乎已无人论及，但在古代却是文论家们热衷讨论的一个重要话题：

　　文以气为主，气之清浊有体，不可力强而致。譬诸音乐，曲度虽均，节奏同检，至于引气不齐，巧拙有素，虽在父兄，不能以移子弟。（曹丕《典论·论文》）

　　《余师录》曰："文不可无者有四：曰体、曰志、曰气、曰韵。"作诗亦然，体贵正大，志贵高远，气贵雄浑，韵贵隽永。（谢榛《四溟诗话》）

　　"余近年颇识古人文章门径，而在军鲜暇，未尝偶作，一吐胸中之奇……至行气为文章第一义，卿、云之跌宕，昌黎之倔强，尤为行气不易之法。"（曾国藩《同治元年八月初四日谕纪泽》）

　　"文气"本是一个抽象的比较神秘的概念，谈"文气"谈得最形象的是唐代的古文大师韩愈。韩愈说："气，水也。言，浮物也。水大而物之浮者皆浮。气之与言，犹是也。气盛则言之短长与声之高下皆宜。"韩愈指出了"气"与"言"的密切关系，"气盛言宜"，所以作文首先要"养气"，孟子说"吾善养浩然之气"就是这个意思。同时，文中流动的这股"气"又是通过"言"来体现的，"言之短长"指长短句的搭配，"声之高下"指四声的谐调。我们反过来理解，如果做好了"言之短长"与"声之高下"，也就做到了"文气"在字里行间的流畅自然。

　　"文气"作为一个抽象的评价就可以转换为对语词句读的分析。刘大櫆说得好："然论文而至于字句，则文之能事尽矣。盖音节者，神气之迹也。字句者，音之矩也。神气不可见，与音节见之；音节无可准，以字句准之。音节高则神气必高，音节下则神气必下，故音节为神气之迹。一句之中，或多一字或少一字，一字之中，或用平声或用仄声，同一平字仄字，或用阴平、阳平、上声、去声，则音节迥异，故字句为音节之矩。积字成句，积句成章，合而读之，音节见矣；歌而咏之，神气出矣。"（《论文偶记》）汪曾祺对于传统的"文气"论是极为赞赏，同时也是领悟极深的。他说："语言的奥秘，说穿了不过是长句子与短句子的搭配。一泻千里，戛然而止，画舫笙歌，骏马收缰，可长则长，通能短则短，运用之妙，存乎一心。中国语言的一个特点是有'四声'。'声之高下'不但造成一种音乐美，而且直接影响到意义。"[1]"白话文运动"

---

[1]　汪曾祺：《中国文学的语言问题》，载《汪曾祺全集》第四卷，第217页。

以后中国文学一直未能解决其语言平白如水，成为单纯的表意工具的问题。汪曾祺高度重视汉语言自身的审美特性，在创作中充分发挥汉语言富于乐感（注重节奏、四声变化）的特点。在四声谐和、节奏起伏又富于动感的语句中完成了表意的需要，难怪王一川先生在谈到汪曾祺的语言时称赞道："他的小说不是写出来的，而是'弹奏'出来的……他是在小说中弹奏汉语的人……不妨说，他是中国现代文学史上一位尤其杰出的'小说作曲家'。"[1]

其实，京派作家都非常重视文学独立的审美价值，其重要表现之一就是对语言的讲究。废名的语言融入了唐人绝句的神韵；沈从文的语言没有了废名的涩味，而是明朗又保持克制；汪曾祺的语言则更为舒畅，既广泛汲取古代语言理论（如"文气"说）的长处，又有得天独厚的现代北京话的底气，中气十足又悦耳动听：

北京人易于满足，他们对生活的物质要求不高。有窝头，就知足了。大腌萝卜，就不错。虾米皮熬白菜，嘿！我认识一个在国子监当过差，伺候过陆润痒、王等祭酒的老人，他说："哪儿也比不上北京。北京的熬白菜也比别处好吃——五味神在北京。"（《胡同文化》）

早期的京派评论家朱光潜先生曾说过这样一段话："我读音节铿锵，节奏流畅的文章，周身筋肉仿佛作同样有节奏的运动，紧张或是舒缓，都产生出极愉快的感觉。如果音调节奏上有毛病，我的周身筋肉都感到局促不安，好像听厨子刮锅烟似的。我自己在作文时，如果碰上兴会，筋肉方面也仿佛在奏乐，在跑马，在荡舟，想停也停不住。如果意兴不佳，思路枯涩，这种内在的筋肉节奏就不存在，尽管费力写，写出来的文章总是咯吱咯吱的，像没有调好的弦子。我因此深信，声音节奏对于文章是第一件要事。"[2]这段话形象地道出了语言的声音节奏的特殊重要性，而这也是古文一再强调却被现代汉语所忽略的地方。在漫长的历史长河中，中国古代的优秀文人贡献出了大量的脍炙人口的文学艺术精品，现代汉语写作能否有同样的作为？这是一个严肃而又意义重大的问题，汪曾祺开始正视这一问题，并对此有着充分的自信。他写作《湘行二记》（《桃花源记》《岳阳楼记》）就有挑战古代散文经典

---

[1] 王一川：《汉语形象美学引论》，第69页，广东人民出版社1999年版。

[2] 朱光潜：《散文的声音节奏》，载《艺术杂谈》，第82页，安徽人民出版社1981年版。

的隐含意思在里面。[1] 不过，需要补充说明的一点是，从整体上看，汪曾祺的现代汉语写作并没能达到乃至超越古文经典作品的水平。上面提到的两篇散文，对现代汉语写作来说并不具有多大的示范意义。

汪曾祺创造的堪与古文相媲美的精品并不多，这也说明了现代汉语的发展仍然任重而道远。汪曾祺的意义在于他的首先关注、不遗余力的倡导以及颇有成就的初步尝试。

汪曾祺的尝试还只是一个开始，以中国古文为参照系，试图靠拢乃至超越它，将会是一个漫长的过程。但是试看今日之文坛，几乎不再有人沿着汪曾祺的路子走下去了，身后的寂寞与凄凉是汪老先生生前所不曾料到的吧。

对于本文的主旨在前言及各章节已作阐述，这里不再赘述。在我看来，结语不应是终结，而是开始，思索的开始。任何一个论述的架构都像是一根磁棒，只能吸附一定数量的铁质物品，遗漏处，有沙石，也有真金。我所提供的这一论述汪曾祺作品的架构也无法兼容许多极有意义的论题，比如汪曾祺这个作家的"人本研究"，汪曾祺与废名、沈从文以及后来的阿城、何立伟等作家的比较研究乃至汪曾祺在20世纪以来整个乡土文学作家中地位、意义研究等。即便是在这个框架内部也有一些问题没有得到深入阐发，比如屠格涅夫、伍尔夫、阿索林西班牙作家、纪德这些西方现代作家的影响、明清小品文的影响都没有作深入的文本对比分析，这与我知识结构上的欠缺有关，论题本身的难度也令我不敢轻易尝试。

在具体阐述当中，总有一种突破框架对我造成的紧张的冲动，也许是对少年时代命题作文的深深厌恶，我有意在我的论述当中制造"裂痕"，希望以此获得一种评论的张力。在谈到汪曾祺文化守成主义立场的时候，我不想有意遮蔽汪曾祺后期的那类对传统持批评态度的作品，经过进一步分析，我发现他的前后言行、思想的矛盾，并进而追索产生矛盾的原因。我的看法是，在文化"传统与现代会通"方面汪曾祺做过努力，但似乎还不够，他本人的态度也并不那么坚定。在论述当中，我又有意从汪曾祺的作品中跳开来，希望能有一种更大的视野，所以我讨论了诗性写作的当代意义问题、传统汉语美学对于现代汉语写作的意义问题等。我希望我的评论是客观公正而又不乏新意的，这个要求常常使我陷入两难的境地之中：在"创新"

---

[1] 李陀在《道不自器　兴之圆方》（载《九十年代文存》下卷，林大中主编，中国社会科学出版社2000年版）一文中也指出了这一点。

意识逼迫下必须走出陈词滥调的泥沼，又时时担忧会跌入"过度阐释"的深渊。

如果要对汪曾祺作一个总体性的评价，我认为他是个在当代非常有独特性却又丰富性、复杂性不够的作家。他也许不是个"伟大"的作家，却是个地道的美学意义上的作家。汪曾祺的独特意义，不仅在于他是一个文体家，更在于他是一个继承了传统又激活了传统的作家，或者说他成功地对传统实行了创造性转化。而这在中国文学应对西方文学和走出自己的路、乃至在中国现代化进程中的意义和启示，将越来越彰显。

第二章 历史与现实：乡土叙事的时间维度

乡土变革中的伦理问题

20世纪七八十年代之交进行的以生产承包责任制为主要内容的农村经济改革，废除了在中国施行了二十多年的"合作社"制度，对农村社会影响巨大而深远。80年代初期，大量的小说表现这一正在发生的现实。这些小说主要从乡村政治伦理、家庭伦理秩序大变动两个方面揭示了改革的冲击，而伦理秩序大变动背后是深层次的伦理观念变革。值得注意的是，在这中间有相当多的作品持一种道德保守的价值立场，反映了在深刻变动中作家的犹豫、焦虑和困惑。作家的保守立场有其深刻而复杂的原因。

从20世纪70年代末期，特别是1978年党的十一届三中全会之后，以家庭联产承包责任制为主要形式的农村经济制度改革在全国范围内逐步推广。到了1984年，这种经济形式已占到全国农户总数的90%以上[1]。至此可以宣告，家庭联产承包责任制代替了始于1958年的人民公社制。这是农村改革的重大内容，对乡村社会产生了巨大而深远的影响。80年代初期的文学以其独特的视角对这一重大变革进行了表现，既敏锐又深刻。

一

由中央高层支持的家庭联产承包责任制这一"新生事物"，搅动"一池春水"，

---

[1]　薄一波：《若干重大决策与事件的回顾》（下卷），第276页，中共中央党校出版社1993年版。

在乡村社会引起一系列连锁反应，冲击了原有的权力格局和伦理秩序，带来人物关系的深刻变化。较早关注到这一变化的是江苏作家高晓声，他的名作《"漏斗户"主》（1978年）紧贴正在发生的现实，写了一个上十年时间长期欠粮债的庄稼人陈奂生，终于在1978年底分到了足够的粮食。种庄稼的常年吃不饱饭，这自然是为人所看不起的。陈奂生有力气，讲信用，并不是这个人出了问题。小说叙事意图明显指向国家经济政策，是国家为了工业化积累而过度征收农民劳动成果才导致了陈奂生们生活的紧张。而这一次，政策放宽，改革惠及最底层的人民，"漏斗户"主终于可以扬眉吐气了。

在表现改革带来乡村社会变化的小说中，不少作品采用50年代常见的"翻身"叙事模式。《"漏斗户"主》即是如此。何士光的《乡场上》更向前推进一步。小说写了一个一直为人所贱视的冯幺爸，在新的国家政策面前挺直了腰杆。故事安排了一场乡场上的对决，一方是旧有的权力格局，另一方则是人的道德良知，不仅是当事人冯幺爸的道德良知，也是围观众人的道德评判。曹支书代表的政治权力（惩罚进管训班、分配劳力、分配回销粮）、罗二娘代表的经济权力（物资的分配），二者控制了乡村的伦理秩序。在乡村的伦理秩序中，政治、经济的特权是丑陋而强大的，人们心中的道德良知则是相对脆弱的。这也是冯幺爸犹豫、痛苦良久的原因，否则只要说出真相就行了，在强大的压力下，他差一点就做了欺凌弱小的帮凶。给他撑腰的是国家新的经济政策，在他讲述真相之前说了一大段似乎不着边际的关于新政策的话，实则关系重大。古语云："仓廪实而知礼义。"文本内在的逻辑是，在乡土变革中，新的经济政策同底层百姓的道德良知形成一股合力，"不公正的日子"终将逐步散去，被欺侮的庄稼人要从"狗"变回人，从"人不人鬼不鬼"变为真正的人，从而最终出现新的合乎人性的伦理格局。从这篇小说我们可以读到与《白毛女》相似的结构，它也是讲人的"解放"，"旧社会将人变成鬼，新社会把鬼变成人"，小说的政治意义在于，新时期的改革其意义不亚于新中国的解放事业。

张炜的《秋天的愤怒》写的是地主的后代李芒长期受村长的压迫，关黑牢，被迫流亡东北。农村改革以后，他政治上"翻身"，经济上种烟叶发家，并开始联合受压迫者向当权者复仇。在这则"翻身"故事中出现了一种新的社会阶层，就是农村中先富起来的人群。这一部分人因为改革，从原先的土地束缚中解放出来。他们头脑灵活，掌握了一定的技术，通过辛勤劳作，特别是通过经商活动，率先富裕起来，从而彻底改变了原来的生活面貌。《腊月·正月》（贾平凹）中的王才穷困潦倒，是社会的底层，韩玄子根本不把他放在眼里。小说细致生动地叙写了二人"斗法"的过程。代表传统势力的韩玄子最终没能阻止王才的崛起，王才的食品加工厂越办越红火，在村里的地位也逐渐上升。很明显，给王才撑腰的是国家新政策，韩王二人在村里的争斗实际上是国家层面新旧观念的博弈。由传统官僚及有德望的文化人控制的乡村秩序，因为王才（商人）的成功崛起而受到强烈的冲击。王才的势头逐渐盖过韩玄子及其背后的乡干部，传统的伦理秩序正在崩解。比王才更激烈的是秀川（《鲁班的子孙》），他在村里开厂子，同村书记连招呼都不打，还顶撞前来质问的书记："有饭吃就是理，有钱花就是社会主义！这年头，谁先富起来谁就是好汉子，大官儿都说了！怎么，你反对么？咦！"这个"咦"字极富有挑衅意味，升斗小民居然把父母官毫不放在眼里，这自然又是新形势使然。重点在于"谁先富起来谁就是好汉子，大官儿都说了！"这岂是村书记所敢反对的！小木匠咄咄逼人气势中也有小民一直被父母官压迫的愤怒情绪在里面。

实行了二十多年的农村"合作化"，其性质是政社合一，公社、大队书记既是政治上的领导者，也是生产的组织者。他们掌控了政治资源、经济资源和思想舆论高地，很多人俨然是地方上的"土皇帝"。生产承包责任制打破了原有的权力格局，过去的"小人物"翻身了，而"大人物"则失势了，二者的关系从管治、对立逐渐趋于平等，这就是乡村政治伦理变迁的主要内容。与小人物"翻身做主人"相对应，原来的"大人物"在伦理关系的调整中地位下降，态度消极。《平凡的世界》中的徐治功、王福堂、孙玉亭对于权力的失去一时很不适应，消极抵触，报怨新的政策，在新旧政策过渡时期恐吓、打压先行者。而在政策落实后又情绪低落，无所作为。《腊月·正月》中的公社干部也是如此，认为除了抓计划生育就无事可干了，整天吃喝。在新的政治伦理秩序调整中，像《鲁班的子孙》中村支书那样惨然败下阵来而不再兴风作浪的只是极个别现象，这些上层人物并不甘心退出历史舞台。王福堂带领众人炸山拦坝，修建大水库，结果大水冲决了大坝。这是"农业学大寨"运动的回光返照，劳民伤财，是没有出路的。《最后一个生产队》（刘玉堂）也是讲生产队干部带领村民依然走合作社道路。这一做法在新的历史条件下毕竟只是少数。不少作品反映干部们"与时俱进"，利用自身地位、关系及一些不正当手段谋取私利，成为先富起来的那部分人。《秋天的愤怒》中的肖万昌、《老人仓》中的汪得伍、田仲亭等都是如此。再就是《平凡的世界》中写到的，在新的时代环境下，冯世宽、周根龙等干部们转变思想，成为新政策的拥护者。

在乡村政治伦理变化之外，农村改革带来的另一显著变化是家庭伦理的变化。家庭是社会的细胞。中国人向来重视家庭，乡村家庭伦理的变化是观察乡村社会风习变迁的最佳窗口。家庭联产承包责任制极大地激发了农民生产的积极性，尤其是那些身强力壮的年轻人。过去是"吃大锅饭"，做多做少没什么大差别，村里队长说了算，家里老人说了算。改革后则不同了，谁生产能力强谁的地位高。《平凡的世界》中包产到户之后，少安的妻子秀莲这个原本很不错的媳妇三番五次地闹分家，其主要原因即在这里。上有老下有小的家庭无疑是少安发家致富的累赘，抛弃这一家子才能快速地过上好日子。田海民及其媳妇干脆不让父亲田万江沾边，从他们小鱼塘的实际考虑，老人是多余的。老人从家庭中的权威立时变为拖累，遭到子辈们的嫌弃。《鲁班的子孙》中那位慈祥的老人再也等不回自己含辛茹苦抚养大的养子，因为养子在外面有他自己的一番事业。"养儿防老"，这是千百年来中国人的传统思想，在老人年迈的时候养子应当照顾老人，更何况还有一个妹妹在家等着与他成亲。老人及其女儿一家团圆、和谐的家庭梦想破碎了。

长期以来形成的家庭伦常受到了前所未有的冲击，不少作品反映了新形势下出现的家庭危机问题。不仅仅是父辈权威受到挑战，稳定的家庭结构也遭到了破坏，家庭面临解体的危机。贾平凹善于从家庭伦理入手，表现农村改革这一宏大命题。《小月前本》中的王和尚因为女儿的婚姻问题而父女关系走向决裂。王和尚理想的女婿是老实本分的才才，而小月看中的是头脑灵活的门门。才才是传统的农民，正如王和尚一样，而门门则是在改革的浪潮中如鱼得水的新农民。新与旧的冲突转化为家庭内部的父与女的冲突。《鸡窝洼人家》以两个家庭的破裂与重组来演绎这种新与旧的冲突。禾禾不安心于种庄稼，一心想着搞副业发家，做生意赔了本，压出的面没人要，反倒欠下买机子的债。妻子麦绒怪他把一个殷实的家败了，同他离了婚。田田埋头苦干，一心务农，是村里最富有的人家。可他的妻子烟峰却支持敢闯敢干的禾禾，夫妻因观念不同而产生了矛盾。烟峰对禾禾的支持越来越超出朋友的范围，不经田田同意就扛麦子接济禾禾，还同禾禾一起进城，让村里人误以为她同禾禾私奔了。这些举动令老实本分的田田无法忍受，二人也离婚了。分裂后的家庭进行重组，田田与麦绒结合了，而烟峰也大胆地投奔禾禾。贾平凹的这两则故事更多从青年男女这一平面（而非父子垂直）展开，反映年轻人在新的时代背景下婚姻家庭观念的变化。

<h1 style="text-align:center">二</h1>

李泽厚先生以内与外来区分道德与伦理这两个相关概念，道德是内心的要求，伦理则是外在秩序表现[1]，二者有着紧密联系。以此观之，伦理秩序变动的内在原因，是人们道德观念的变化。面对新生事物，人们的价值评判开始发生变化，过去值得赞颂的品质可能一文不值，反之，过去被贬低的价值可能在新的时代环境下得到高度认可。

因为改革而崛起的农村"新富人"，带给乡村社会强烈的伦理冲击，小说叙事也悄然从政治拨乱反正转变为道德伦理观念的颠覆性变化。这一变化因涉及百姓自身的文化心理、价值理念，其影响可能比外在的政治教条更加强烈。特别是"新富人"的出现挑战了人们长期以来形成的价值观念，在人们的内心深处必然造成复杂的影响。长期以来，在乡土社会中，勤劳本分、爱惜土地，是正面的"德性"，而不务本业（农业）、投机取巧、善于钻营是遭受谴责的品性。但在新的历史条件下，二者似乎颠倒了过来。

道德是一个历史性变动的概念。从《腊月·正月》《小月前本》《鸡窝洼人家》《鲁班的子孙》等小说中，我们不难看出，在新的历史背景下，人们思想价值观念的变化。《腊月·正月》中的王才在韩玄子的有意打压下处处隐忍，处处小心谨慎，唯恐得罪以韩玄子为代表的传统势力。虽然韩玄子已经使出浑身解数，他仍不是王才的对手。在韩王二人斗法中，周边百姓像是墙头草，谁赢就跟着谁跑。小说以生动的细节表现了农村商人的出现引起的乡村社会文化心理的变化。传统思想观念中，"士农工商"中商人地位最低，最为读书人所瞧不起。这一次在改革思潮中，商人成功地打了一个翻身仗，成为乡民们羡慕的对象。农村商人形象的改变与上层政治的支持是分不开的。在《腊月·正月》《平凡的世界》等不少小说中都写到，为了鼓励农民率先致富，政府组织隆重的"夸富会"，以引导整个社会舆论，真正树立

---

[1]　李泽厚：《伦理学纲要》，第 102 页，人民日报出版社 2010 年版。

"以富为荣"的价值观念——不再是"越穷越革命""越穷越光荣"了。更重要的是，新的经济政策给那些"不务正业"的农民创造了成功的机会，相反，传统的固守农田的庄稼人则只能保持一个基本温饱的生活状态。两者的差异所具有的示范意义在乡村社会中影响极其巨大。这一点可以在《鸡窝洼人家》《小月前本》等小说中看得很清楚。禾禾是一个无心种庄稼的人，早先殷实的家被折腾败了，要是在合作社时代，他大概已经成了人人唾弃的江湖骗子，就像《平凡的世界》中的王满银一样，走村串户卖老鼠药，是一个没人瞧得上眼的"二流子"。但时代环境变了，禾禾成功了。他养的蚕可以卖大价钱。而换妻后的田田虽然更卖力于田间，但种出来的粮食卖不起价钱，连拉个电灯都很困难。在这场竞赛中，勤劳肯干、老实本分的代表传统观念的田田输得一塌糊涂；而喜欢折腾、不务正业的禾禾赢得了胜利，代表了新的农村发展方向。禾禾的成功、田田的失败必然冲击农民既有的对土地的看法、对人物的价值评判。《小月前本》更是如此。年轻漂亮的小月面临着困难的抉择，一边是老实本分、能吃苦耐劳的未婚夫才才，一边是头脑灵活、油嘴滑舌的门门。才才同世世代代的农民一样，老实憨厚，热爱土地。在这一点上，他同王和尚是一致的。小说开篇就写了王和尚对病牛的爱惜，最后牛死了，说是有牛宝，可以卖高价，王和尚仍止不住伤心流泪。在他的观念里，牛是农活的主力，爱惜牛是庄稼人的本分，这里有一份深厚的情感，是多少钱也换不来的。才才为了一掌宽的地界能同邻居拼死。他在田里干活不惜力气，对小月一家的照顾竭尽所能，一切都顺着小月父女的意思来。才才绝对是个传统的好女婿。才才老实到有些憨的地步，在小月眼里，他是没有情趣的，根本不能同门门相比。以小月作为仲裁者对才才明显是不公道的。贾平凹仍然企图将这个故事寓言化，尽力写出了小月在两种观念之间的犹豫、徘徊，她总是试图调和。小月撮合才才、门门合伙，她理想的夫婿应当是头脑灵活又踏实可靠的。这样的人既能在新的时代潮流中成为财富的拥有者，又具有传统的良好品性。

在新与旧观念的交锋中，作家贾平凹的态度明显是乐观的。他往往以象征的手法表现在新的历史背景下，新的价值观念必将战胜旧的价值观念，正如王才、禾禾、门门分别打败了韩玄子、田田、才才。然而，一场轰轰烈烈的改革在物质层面引起的变化可能是立竿见影的，在人们思想观念上引起的变化则未必如此。毕竟长期以来形成的价值观念不是一朝一夕能够迅速改变的。即使乐观如贾平凹，也仍然可以从他的小说中看到一些犹疑。像小月在选择上的犹豫不决、村民们对王才的怀疑就是如此。实际上，在 20 世纪 80 年代初期有相当多的作品反其道而行之，表现了在改革向前进的征途中，人们思想观念上的矛盾甚至是抵触。

《鲁班的子孙》表面上写的是老少两代木匠不同的人生观、价值观，实则将改革致富（金钱）同道德放在一个对立的位置加以审视。老木匠的人生信条来自古老的道德训诫：终南山上的老师傅考验鲁班，是要用斧子为自己挣下一座金山，还是要用斧子把名字刻在人们心中？木匠的祖师爷毫不犹豫地选择了后者。这则古老的小故事可以看作是整个中篇的总纲。首先，金钱与道德是对立的，二者不可兼得；其次，在金钱与道德的对立中，道德的价值应优先于金钱。虽然这只是某一职业的道德规则，但它明显符合中国传统儒家"重义轻利"的道德原则。毫不奇怪，在作者所铺排的现代故事中，年轻木匠将被置于被批判的地位。"不杀穷人，做不了财主"，些许小事也要向乡亲们要钱，不肯收留养父的徒弟，把钱看得比情义更贵。联系到当年小木匠是吃乡亲们百家饭长大的，小木匠可谓是忘恩负义了。更有甚者，小木匠还偷工减料、以次充好，并且拒绝售后服务，"出了门就不管"，最后还是由老木匠来收拾烂摊子。小木匠为了金钱而"昧了良心"，老木匠则反之，是传统道德良心的代表。从这则故事中不难看出作者的价值评判，作者对农村改革中出现的新问题是忧虑的。

《平凡的世界》同样表现了作者的道德忧虑。从总体基调来看，这部长篇是反合作化并为农村的经济改革鼓与呼的现实主义作品，但在具体表现当时农村现实时，作品也透露出一些异质性的思考。从社会公平的角度来说，合作化时期固然对少安这样的年轻壮劳力是不利的，反过来，实行家庭联产承包责任制对于那些劳力少而弱的家庭也是不利的，同时，在一个家庭内部老弱病残者的地位也必然会下降。这就是为什么少安的妻子要分家、海民的老婆不要老人的客观原因，这样的制度安排在现实层面上利于解放生产力却也危及家庭伦理。路遥小说的感人之处在于，他写出了人类复杂的道德情感，他笔下的人物在个人奋斗的过程中又时时感到良心的不安。《人生》中的高加林追求自己向往的生活，却必须"卖了良心"抛弃巧珍，他对巧珍的道德亏欠必将给他带来永远的心灵忏悔。这种要求进步同良心不安之间的二律背反所折射出来的社会问题本身是耐人寻味的。《平凡的世界》中的少安企图以个人的道德奉献来弥补制度设计上的不足（"先富"政策搁置了绝大多数同样渴望富裕的农民），他开办砖厂接纳众多需要帮助的乡亲，而不论砖厂是否真的需要这些人。不是从生产需要而是从"工人"需要出发,这明显违反现代工业生产的基本规律。少安这种逆时代潮流而动的做法彰显的是伟大的道德牺牲精神,这也是作者所着力赞颂的一个平凡人所拥有的崇高的精神世界。在这里,重义轻利、睦邻亲善、扶危济困等传统道德价值是主人公最主要的精神底色。《平凡的世界》这部长篇本意在讴歌新时代的改革政策,却内在地表现出一种深刻的道德忧虑,而作者纾解此种忧虑的方式是以传统道德来补救现行政策之不足。

与农村新政策公开"唱反调"的是刘玉堂的《最后一个生产队》,这篇小说以沂蒙山区一个叫钓鱼台的生产队拒绝搞单干为主要内容,鲜活生动地表现了原有集体制度仍然具有的"优越性"。以小说故事来看,这种"优越性"表现在:其一,集体制度照顾到了农村中弱势群体的利益。其二,"集体劳动好,把爱情来产生",通过集体劳动,社员之间感情融洽。小说集体劳动一定程度地浪漫化,《平凡的世界》也有相似的描写,人们唱着歌儿上工、收工。其三,搞单干的人只顾个人私利,为了私利不择手段,包括砍集体的树、拉拢勾结干部、倒卖农产品损害村民利益、为富不仁看电视也收钱等。集体与单干两相对照,从字里行间不难看出作者的态度。这部小说在表面的欢快氛围中充满了浓郁的对集体生产的怀念情绪,这在新时期的小说创作中是不多见的。在历史进程中,人们的思想、情绪、心理并不能像新政策的宣告那样斩钉截铁,他们与过去总有千丝万缕的联系,剪不断理还乱。在这个意义上,《最后一个生产队》真实反映了新旧交替中乡民们的犹豫徘徊,他们在单干与集体之间进进出出正是这种心理的表现。有感于传统价值的失落,这部小说所流露出来的缅怀过去的保守倾向,也是历史进程中可以理解的动向。

三

概而言之,农村实行生产责任制是重要的"历史事件",它必然带来整个社会风习的改变。如果没有这一事件,旧有风习仍将延续。这种风习的改变主要表现在乡村社会伦理秩序的变动及百姓伦理观念、道德情感的变化两方面。这一改变过程是复杂的,尤其在初期,新旧风习的博弈过程中,往往保守的力量占着上风,作家的观念也往往是保守的。

继而言之，在 20 世纪 80 年代初、中期，大量反映农村经济改革的小说中，作家们在表现这一伟大变革时往往采用道德化的方式。值得注意的是，以道德化的视角观之，社会向前迈进（知识界普遍欢迎新的经济政策，认为是历史的进步）却被大多作品表现为道德倒退。相当多的作品并没有去热烈歌颂新政策，而是表现出强烈的道德忧虑，作品呈现出一种反思、批判的色彩，其原因何在？

首先，"先富"政策注定在早期只能让少部分人受惠，而这少部分人中又往往是两类人：一是基层领导干部，一是头脑灵活的年轻人。在后者中又有很大一部分群体投机倒把、善于钻营，是群众中的异己分子，像《最后一个生产队》中的李玉芹、《小月前本》中的门门、《鸡窝洼人家》中的禾禾就是如此。《鲁班的子孙》中的小木匠不仅个人品德败坏，还有官商勾结的嫌疑。前者中的问题更大，这些基层干部得风气之先，既是官又是商，垄断了某些重要资源与渠道，并通过他们手中掌握的权力攫取更大的利益，而挤压、抢夺群众的果实。《老人仓》（矫健）中的村支书田仲亭公然将自家的猪圈修到马路中间，利用职务之便在承包中暗中做手脚，欺压、鱼肉百姓，俨然是村里的一霸；而保护他的上级乡党委书记汪得伍在谋取私利大捞好处时更极具隐蔽性与欺骗性，差一点就骗过了他的老上级郑江东。如果说田仲亭是新时代崛起的亦官变商的恶霸势力，汪得伍则是在新的历史条件下干部队伍中出现的腐化、蜕变的典型。这二者一明一暗，互相勾结，必将为新的事业带来极大的危害。《秋天的愤怒》中的肖万昌在过去极左年代是欺压民众的好手，在新时代也仍然如鱼得水。他以村支书的身份垄断了化肥的分配，掌握了烟叶销售的渠道，他手里仍然控制了听其命令的爪牙，致富在这里成了排他性的，其他人如果不乖乖同他合作就休想成功。这些小说涉及的最大问题是公平正义的问题，而公平正义是"贯彻一切德行的最高原则"[1]。从某种意义上说，权贵资本主义最大的危害也许正是其对社会道德、公民个人道德的破坏。如果联系到此后愈演愈烈的腐败问题，20 世纪80 年代初、中期的这些小说敏锐地看到了问题所在，其道德保守取向具有积极的社会批判意义。

其次，传统价值观念已经深入人心，具有强大的影响力。儒家讲"不义而富且贵，于我如浮云""君子忧道不忧贫"，道家讲"不慕荣利"、超脱与虚静，这些思想都深入影响民众心理，也影响到作家的价值观念。这样的一些思想容易将致富置于

---

[1] ［古希腊］亚里士多德：《尼各马可伦理学》，第 9 页，商务印书馆 2003 年版。

负面的评价上，再加上那些少数先富者走的是歪门邪道的致富路，更易为大众所反感。另一方面，由于传统道德观念已经深入作家内心，不少作家甚至将原本作为批判对象的合作社想象为合乎道德理想的范式，这是这类农村改革小说最为吊诡之处。合作式、生产责任制之间的关系在这里悄然转化为为公与为私、集体主义与个人主义问题。很明显，前者居于道德优势地位。最有代表性的即是《鲁班的子孙》和《最后一个生产队》。在前一个故事里，寄托了小说道德理想的老木匠其最大愿望就是回到生产队木匠铺时代，既可以照顾到无用的徒弟，又可以为大家服务而不计利害。在后一个故事中则是经过道德败坏的"单干"实验，很多人又自愿回到了生产队。同时，合作社时期一家人团结协作，共同克服艰难的伦理关系也在客观上遭到破坏。《平凡的世界》的道德忧虑正在于此，《小月前本》《鸡窝洼人家》虽然在叙事上符合时代潮流的个体获得了胜利，但却必须承受来自家庭、乡村世界的道德谴责。

　　最后，这类乡村改革小说普遍采用道德保守主义的叙事策略很大程度上是由于缺乏新的理论的指导。新政策的推行更多依赖政治保障、人事调整，即便是很多干部都在思想上不能转变，甚至产生抵触情绪。作家们敏锐地观察到新政策所带来的新问题，但由于没有新的理论视野，他们的思考还是在传统道德视角下进行，并以传统道德观念来批判现实中出现的问题。重农抑商的传统思想、对个体的忽视占了绝对的优势，这与西方"现代社会性道德"相脱离。"现代社会性道德"以个体为基础，社会群体服从、服务于个体利益。"现代的传统是个人为本，基本原则必须是'不能为了普遍利益而牺牲个人权利'。相反，个人权利才是具有普遍性的必然命题。个体的一切伦理义务和责任，包括牺牲自己，也只是建立在这个基础之上。"[1]这样的伦理主张与传统观念背道而驰。倡导让一部分人先富起来的新经济政策原本是推行以个体为基础的现代性社会道德的良好契机，但似乎改革仅限于经济领域，而没有触动民众的道德伦理观念。从伦理的角度来说，这一时期的小说创作也几乎没有作家站在新的伦理立场上。

---

[1] 李泽厚：《伦理学纲要》，第34页，人民日报出版社2010年版。

乡村政治的现实与寓言

《带灯》是贾平凹的又一部长篇力作，在这部作品中，作者第一次直接表现了转型期中国的基层政治生态。这部小说直面当下中国乡村政治中的"上访""维稳"等重大问题，以喜剧风格正面书写乡村政治的严肃现实是小说的重要特点。同时，小说又通过带灯这个人物形象寄寓了作者对乡村政治的某些期许。

2013年2月，贾平凹获得了由法国驻华大使为其授予的法兰西金棕榈文学艺术骑士勋章，大使白林在颁奖辞中指出："贾平凹先生的作品为我们描述了一个当代中国，记述了当代中国是如何地适应现代化的种种变化的。""那些以转型中的中国为主题、反映中国翻天覆地变化的种种细节，几乎贯穿了贾平凹先生的所有作品。"（《南国早报》2013年2月24日）这段评语说得是相当到位的，它抓住了近三十年来贾平凹小说创作的主轴。的确，贾平凹可以说是描写从20世纪80年代以来处于转型期的中国现实最为执着的作家。他的《小月前本》《鸡窝洼人家》《浮躁》《废都》《秦腔》等几乎每一部重要作品都是对当下正在发生的现实场景的生动再现。

从某种角度来说，当下的中国文学是不幸的，因为文学已经边缘化，文学受到影视的挤压越来越成为小众化的艺术。但是文学又是幸运的，因为当下的中国文学所面对的世界一直都处在深刻的变动之中。文学来源于生活，当代中国不断裂变的现实生活为文学提供了异常丰富的创作源泉。当然，现实世界的变动不拘、复杂多姿也对作家的能力提出了挑战，考验着作家洞悉世界的能力、概括时代的智慧。就像当年茅盾写下的《子夜》，那是要有理论家的功力，要有宏阔的艺术视野和剖析世界的洞察力才能把握这刚刚逝去的、还可能正在发生的现实。这样的作家要像新闻记者那样准确把握时代的脉动，但又被赋予了勘探人类生存——而不是记录某个具体事件的职责。从这个意义上来说，贾平凹是最具茅盾艺术气质的当代作家。

在贾平凹过去的小说中，或者思考新的经济关系萌发后传统价值的崩塌，或者探索土地价值及与土地密切相关的乡土文化价值在时代变动中的遗弃，或者直书欲望膨胀的都市乱象。与以往不同，这一次贾平凹将触角伸到当下政治生活的重要领地——"上访"及其"治理"。小说表现的是一个名叫樱镇的乡镇政权机构。直接表现国家政权机构，这在贾平凹以前的小说中是很少见到的。

的确，民众"上访"是近年来令各级政府都十分头痛的常发性事件，是政治生活中的一件大事，它一头连着政府，一头连着基层百姓。贾平凹在《带灯》这部小说中找到了一个很好的切入口。一方面，贾平凹第一次直接书写乡村政治，透过樱镇这个中国政治架构中最基层的政治组织来展现作家对中国当下政治的一种思考；另一方面，透过表现上访者的情状又激活了作家十分熟悉的乡村生活经验。集中笔墨写上访这个当前社会生活的热点事件，贾平凹也就触及了近年来中国政治生活的一个重要主题，那就是"维稳"。所谓"维稳"，即是维持社会稳定的简称，这个词汇俨然是今天社会生活的一个关键词。从小说中可以看到，"维稳"工作已然成为这个地方政府的中心工作，樱镇为此专门成立了社会综合治理办公室。综治办的主要职责就是紧盯各村的"上访户"，以一切手段、方法阻止他们的上访。具体来说，就是要做好所有村寨矛盾纠纷的排查和调处，及时掌控重点群众和人员，大力处置非正常上访，并强化应急防范措施。小说中详细列出的小小的樱镇需要化解稳控的矛盾纠纷问题居然有三十八项之多，基层维稳工作的严峻形势由此可见一斑。贾平凹也因此捕捉到了当前社会生活中的"重大主题"。

《带灯》所表现的上访故事各式各样、千姿百态，并非每一位上访者都像我们通常想象的那样苦大仇深。作者对上访者所持的立场也并非一般新闻报道里见到的一面倒的同情，而是相当复杂的，需要仔细分辨才能看清。

在小说呈现的众多上访者的故事中，最为凄惨的要算朱召财。他的儿子朱柱石在一场人命案当中被凶手毛中保供认为同案犯，而朱柱石一直拒绝承认自己杀了人。但因为毛中保的供词，他还是被判了无期徒刑。为了还儿子清白，朱召财夫妇走上了上访路。不久后，毛中保被枪毙，从此死无对证，朱召财十几年的上访只能无果而终。临死前，儿子得到允许回来呆一小时。他说自己不翻案了，只要求早点判处死刑，爹娘也就不用上访了，这样就不会害死爹娘了。朱召财死了都闭不上眼，还是他老婆说你放心去吧，她会继续上访，一直到儿子冤情明了的一天，才咽下最后一口气。

也有像王随风那样刚烈的上访者。她起先承包医药公司的三间房卖药品挣钱，合同期未到却被医药公司职工赶了出来，打官司后对方赔偿，王随风不同意，从此上访。县里给 7 万元让她息诉，她要 12 万，于是僵持，久拖不决，愤而喝农药。

在朱召财、王随风的故事中，作者只是忠实地写他的故事，并未曾去揭示故事背后的奇怪原因。他们二人似乎都找错了门路，原本都是要在法院解决的事情偏偏拿到政府里来。空白处其实有大文章。民众何以如此热衷于上访？除了依赖"官府"的历史性的传统因素之外，现行体制机制决定的中国特色的国情当然是更重要的现实原因。这部小说应该是一部备忘录，记录下中国当代政治、社会发展进程中的一种奇特样态。

除了朱召财、王随风这样的确有冤情的上访者之外，小说中更多的是一些为了一点鸡毛蒜皮小事而上访的、主要目的在讹诈政府的上访者。像为了核桃树上结的果子上访的严姓夫妇，索要更多因洪灾中倒塌小屋赔偿的李志云，还有修自来水时不出钱不出力、却要用自来水的莫转莲。这些人个个都是来自底层的弱者，但个个又都不是省油的灯。他们为了达到目的胡搅蛮缠、撒泼耍赖，有时还会倒地装死。政府为平息上访往往一再退让，尽量满足他们的要求。这样反倒助长了他们进一步索取的兴趣，于是造成恶性循环，上访也就成了难以治愈的痼疾。就像小说中人物所说的，"上访怎么就根治不了呢，为啥越治理反倒越多？不寻找原因，不从根子上治，头痛医头脚痛医脚，咱是拔萝卜呀还是就这么割韭菜，割到啥时候？"而另一个人物对于这段牢骚话的回应似乎更能揭示基层政治工作的本质："萝卜你能拔吗？你怎么个拔？拔出萝卜带出泥！哪一级说哪一级话，萝卜不是咱能拔的，咱只能割韭菜，割韭菜了也就有了咱的工作，有了咱的吃喝。"这是一种犬儒哲学，却也道出了基层政权及其工作者的真实生存境遇。

以上访为手段敲诈政府，这些人中的一个极端代表是王后生，他是小说中的一个重要人物。作者对王后生这个人物的态度是相当复杂的，一方面，他是樱镇最为贫困的那一部分人，没有正常的收入来源。同时，还得了严重的糖尿病，脚都烂了也没钱医治。另一方面，他又是个唯利是图的人，他怂恿、煽动他人上访，并主动替别人上访以从中谋取私利——他把上访当作了自己谋生的职业。一方面，他在樱镇可以说是最有头脑的一个人，了解信息也最多；另一方面，他又是最惨的一个人，受到了政府公然的虐待。他到底是一个可怜的穷人、病人，还是一个可耻、可恨的人？是一个民众利益的代言人，还是一个自私自利的人？王后生是贾平凹小说中令人感觉复杂的"能人"系列中的又一成员，对此作者只是呈现，并没有一个明确的态度，如何看待只能留给读者去评判了。

在樱镇政治生态中，书记是核心人物，是这个基层政权的代表。书记的形象在小说中得到了深刻的刻画。在一系列的事件中，作为樱镇最有实权的决策者，书记显得相当果敢、干练，做事有魄力，精明强干。但他身上又有一股匪气，处事并不那么正派，有时为达目的也使奸耍滑。在处理向上级报告洪水灾情的问题时，众人因为死亡人数太多一筹莫展，而书记三下五去二，轻松地就把问题解决了。原本死了十二个，上报时有的报失踪，有的书记认为与洪水无关而不上报，最后只报了两个，其中之一还是作为在洪灾中英勇献身的烈士上报的。樱镇不仅无需承担责任，还可以大肆正面宣传，坏事变成了好事。在处理由田双仓带头的与施工队对抗的群体事件上，书记也表现出很好的政治智慧。他交代镇长先去处理，让群众的愤怒一定程度得到宣泄，然后自己才出马，并随身带了派出所的干警以防不测。镇长不能解决的书记解决了，这样他的威信也就树立起来了。在处理的过程中，书记首先释放被镇长捆起来的田双仓，以缓解紧张对立的气氛；同时，宣布两条决定，一是要建大工厂，地还是得占，这是原则，不能动摇；二是豆禾铲了可惜，可以暂缓修路，待收割后再修。这样的处理既有原则性又有灵活性，实际上已经对群众做了让步，但又没有损害政府的威信。最后群众都没有意见。只有田双仓坐在地上喊胳膊疼，还有纠缠下去的意思。书记就给远处的派出所所长喊："田双仓说他胳膊疼，你把他扶回去揉揉。"这一招对付田双仓最有效，田双仓立马站起来，说："我胳膊想断啊，让所长揉？！"

小说中往往用类似的烘托、渲染的手法来塑造书记这个人物，镇长总是充当那个衬托者的角色。在处理仓库保管员宋飞私自拿走工地雷管的事件上，书记得到镇长的汇报立即做了两点指示：一是全力搜捕宋飞，二是严密封锁消息，他则立即赶回镇上处理。由于这是一个重大事件，抓获宋飞后在要不要向上级汇报及怎样汇报上镇长拿不定主意。而书记似乎是不经意地问了一句："宋飞赌气拿雷管干吗去？炸鱼去？"书记给众人来了一个脑筋急转弯，大家都在如何汇报及事后的责任上兜圈子，都认为是件大得不得了的事件，严肃得很，从未想过篡改宋飞的动机。书记的提法一下子使大事化小，于是众人都轻松起来。

　　从与书记有关的这几则故事里，我们不难看出贾平凹在这部小说中尝试的新的表现风格，那就是以轻松的喜剧风格来表现严肃的政治内容。一幕幕滑稽剧在上演，有时读来不禁让人捧腹。市委黄书记来访就是如此。对于樱镇这个小地方来说，市委书记来视察简直是天大的事情，必须严阵以待。为此，县委县政府做了八条部署，其周密细致自不必说。其中有两条，一是照相时多正面照，仰照，严禁俯拍，因为黄书记已经谢顶；二是黄书记身体不好，每两小时要上一次厕所，樱镇要安排好。樱镇上下更是不敢丝毫懈怠，任何一个细枝末节都考虑周全，预先布置到位。就拿事先准备的厕所来说，选择王老汉家的厕所，收拾干净，三天之内不许任何人使用。视察沿途也选择三个厕所打扫干净，并用苞谷杆盖住露在外面的尿窖子。黄书记下乡劳动，安排他拿锨扎地，为防止地太硬书记扎不动，事先让人把那块地翻一遍。贾平凹的幽默感在《带灯》这部小说中得到了前所未有的发挥，而这种幽默感所带来的作品的喜剧性又是同客观现实紧密相联的，或者说是真实生活的喜剧性给了作品以力量。

　　如果说樱镇书记联系的是乡村政治的高端，那么马副镇长这个角色联系的则是这个基层政权组织的底端。生活在这个政治空间中的人们有一个共同的目标就是必须上位，书记折腾建大工厂主要目的正在于此，他想要调到县里做领导，镇长希望能当书记，马副镇长则希望能做镇长。所以，虽然他平时病恹恹的，好像与世无争，实际上则是不放过任何表现自己的机会。在非法审问王后生过程中，马副镇长就是直接领导者。为了搞清王后生上访材料藏的地方，他以二百元为奖赏，指示几个年轻的干事轮番使用暴力审问王后生。年轻干事所采用的手段令人发指，除了拳打脚踢外，还用铁夹子夹眼睛，朝王后生嘴里吐口水，用水管子冲王后生口鼻等极端方法。年轻干事受到马副镇长指使，马副镇长背后又有书记撑腰，小说由此揭露了乡村政治黑暗的一角。

　　在马副镇长负责带队抓计划生育弄罚款的故事情节中，我们再次见识了乡村政治如狼似虎的一面。这次他们罚款的对象是一对老年夫妇，因为女儿怀孕必得罚娘家的款。可是这家两口老人穷困潦倒，这地方也是有名的穷山沟。带灯说恐怕罚不出款来，意在劝干部们罢休。马副镇长却说，咱总不能白跑一趟吧？就是罚上二百元下山给车加个油，让大家吃碗面也好。于是罚款金额就定为二百。乡村政治有它自身运行的逻辑，而这套逻辑绝不是以百姓利益为轴心的。在老汉外出筹钱期间，他们发现藏在吊篮里的一个馍，三个干事扑上来争抢这个馍。把馍掰开，发现了里面有一个黑点，是一只虱子。原来酵面是在炕上用被子捂着发的，可能是被子里的虱子跑进去了。老汉回来，带灯说看来不罚是不行了，不罚他们不会走。老汉拿出一百元，带灯给找了五十。带灯对马副镇长说只借到五十。马副镇长不满意，说："打发要饭的呀？"同来的侯干事说，再多十元也行啊，不给车加油了，咱可以每人吃碗面么。这群基层干部的嘴脸由此可见一斑。

上面的故事中仍然透露出一种滑稽感，这种滑稽感主要缘于人物身份同他的所作所为之间的错位。《带灯》这部小说滑稽的背后有其坚实的现实基础，它带给人的不是今天电视上充斥的小品那样廉价而庸俗的笑，而是沉重的思考。

小说中元家与薛家兄弟的对决应该说是小说的高潮部分，即使在这最为残忍血腥的部分也充满了喜剧色彩，这当然是贾平凹有意为之的。元家与薛家是樱镇上的两个大户，他们与镇政府有着极为紧密的关系。地方势力与官方合作，互相倚重。元家与薛家的发展靠的是恃强霸道，由于政府并没有协调好双方的利益纷争，两家的流血冲突因而也是必然的。在具体表现两家暴力打斗过程中，作者着力彰显其间的喜剧性。起先拉布同二猫一起寻元老三报仇，因为二猫被元老三打掉了三颗门牙。到了沙厂，二猫腿发软，趴在沙窝子里不敢去。拉布一钢管把元老三打得跌倒在自己屙出的屎上，不过一两分钟的时间，元老三便被打趴下了，眼珠子吊在了脸上。且看随后的一段描写：

二猫说："收拾了？"拉布说："不经打。"只顾走。二猫说："你打掉他三颗牙了？"拉布说："哦，这忘了。你去敲吧，他还不了手！"拉布上了河堤。二猫说："你等着我。"跑去敲元老三牙，元老三没动弹，元老三的两颗门牙被敲了，敲第三颗，发现嘴角处有一颗包了金的牙，他把包金的牙敲下来拿走了。

此外，在围观的人群中马连翅与人口角，引起公愤，被众人把衣服扯成条条，两个奶露出来，"奶头子也被拧掉了"；乔虎一磨棍打得元斜眼掉进了粪池；二猫为给带灯止血，拿剪刀剪元黑眼头发，才发现元黑眼是光头；元黑眼甩剪刀扎二猫，却扎到了尚建安的屁股；竹子咬住了换布的手指头，换布猛一抽手，竹子发现自己的一颗门牙不见了，有人告诉她，牙让换布手指头给带走了。如此多的细节让这场暴力冲突带上了强烈的闹剧色彩，这大概正是贾平凹所要表现的。小说以这样的闹剧结束不正是表明了作者对于乡村社会乱象的一种态度？小说始于"维稳"，却终于特大恶性暴力事件，再加上随处可见的喜剧性笔法，不正表明作者对于某些乡村政治生态的一种微妙的嘲讽？

　　贾平凹仍然用他那绵密的细节赋予《带灯》这部小说强烈的现实主义色彩，正如他的前一部长篇力作《古炉》那样。《带灯》除了一如既往的以写实的笔法展现转型期中国鲜活的现实境况之外，其最突出的特点可能是它的寓言性。

　　与以往小说相比，《带灯》这部小说最大的不同在于，它出现了与小说情节基本脱节的"给元天亮的信"部分。细数下来，"给元天亮的信"在整部小说中居然有 26 节之多，内容接近全文的三分之一。这应该说是贾平凹在这部作品中的新尝试。坦率地说，起先我并不认为这种新尝试是成功的，它带给我的阅读感受是反感的。带灯对元天亮的爱情表白因为缺乏适当的现实生活基础而显得突兀，考虑到元天亮的原型实际上是作者自己（见小说后记），这样的信件（情书）让人怀疑是作者莫名其妙的文化自恋。不过，我们应该把这部分内容视作一种象征性的表达，显现出带灯的理想与追求，是带灯来自内心深处的倾诉，是一种灵魂的独白。这样才似乎更接近作者的原意。在"给元天亮的信"中我们可以随处见到类似这样的性灵文字：

　　我在山上听林涛澎湃总是起伏和你情感的美妙，这美妙的一时一刻都是生命中独一无二的……镇政府的生活常常像天心一泊的阴云时而像怪兽折腾我，时而像墨石压抑我，时而像深潭淹没我，我盼望能耐心地定定地看着它飘成白云或落成细雨。

　　我已多时地在清寂独坐，草从脚下往上长，露水湿了鞋袜。柳树上一只小鸟叼着小树枝在筑窝，我想呵我该叼着什么才能飞到你所藏身的而我想念的地方？

　　在这梦幻般的童话世界里，带灯以她执着的单相思与元天亮进行一厢情愿的柏拉图式的精神恋爱。她是一个有情有性的人，贾平凹在带灯身上寄寓了深厚的期许。正是带灯的存在才使得这部小说不同于一般的官场小说，而带有浓厚的人文气息。

　　带灯是樱镇最不同寻常的人。整个樱镇政府机构里乃至整个樱镇只有她和竹子身上不长虱子，就像《红楼梦》中贾府内只有一对石头狮子是干净的，而竹子不过是她的跟班。她是非常特殊的，洁身自好，不肯同流合污。所以她的处事往往不能与领导或者说乡村政治的逻辑保持一致。

带灯办事并不唯上级是听，她有她的原则。县里搞信访暗查，镇长交代如果有人打电话给她就说她是上访户莫转莲，因为镇长给上边提供的莫转莲的电话就是带灯的电话。带灯生气地说："我是带灯"，并且关了手机，两天不开机。带灯一定是意识到在这件事上自己的人格受到了污辱。带灯对上访者并不一味地妥协退让。陈小岔因修公路赔偿的事闹到镇政府，带灯不跟他纠缠，避而不见。陈小岔就找书记、镇长。镇长指示带灯给一千五百元了结这桩事，说维稳是一票否决制。带灯顶撞镇长，这是领导花钱图清净。镇长说这不是领导的事，是国家的事。带灯回应说："国家？是国家头脑清晰、手足精干但腹腔里有病了，让我们装鳖打鼓地揉搓？！"王三黄在大矿区死了，赔了五万元，镇长调解给了王三黄父母一万，媳妇得四万。带灯认为这不公平。镇长说王的父母只会哭，是不会上访的，而王的媳妇家能说会道。带灯说："不上访就亏人家？他父母不上访，我也要让他们上访。"镇长所代表的基层政治机构的逻辑是庸俗的现实主义，息事宁人，减少麻烦。而在带灯的心里，公平、正义、人的尊严等更为重要。

带灯被镇里委任为综治办主任，是个非常重要的职务，但带灯并不很适合做这个主任。在上报灾情一节里，书记瞒报少报死亡人数，还把马八锅人为地树为抗洪英雄，带灯实在听不下去了，起身离开会议室。事后同镇长争执，带灯说：这是人命大事，也敢隐瞒？况且死了的人家里连个补助都领不到。朱召财是老上访户，给带灯的工作带来很大的麻烦。朱召财死了，从工作上来讲应该是个好信息。但带灯听说后脸色很难看，因为她同情朱召财"上访十几年就这么没结果地死了"，带灯还自掏腰包包了朱召财老婆二百元钱。带灯主动帮助毛林等因在大矿区工作得了矽肺病的做医疗鉴定，做好索要赔偿的准备，并带他们的家属去摘苹果挣点收入。对于那些贪小便宜，甚至耍泼耍赖的上访户，她都能够包容宽谅，并怀有人道主义的同情。正如带灯在写给元天亮的信中倾诉的："山里人实在太苦了，甚至那些纠缠不清的令你烦透了的上访者，可当你听着他们哭诉的事情是那些小利小益，为着微不足道而铤而走险，再看看他们粗糙的双手和脚上的草鞋，你的骨髓里都是哀伤和无奈。"带灯是以她的人情的、人性的力量在从事政府工作，贾平凹也正是用带灯这个形象思索是否可以用人情的、人性的逻辑替代乡村政治的逻辑，从而使基层政治恢复到一个正常的生态上来。

　　《带灯》这部小说的寓言性特征正是在这个意义上凸显了出来，从而与小说的现实性相得益彰。带灯是作为一个人，一个相对完美的人出现在乡村政权机构中的。她美丽、善良、富有同情心、有健全优美的精神世界、秉持正义、重视人的尊严、以人情人性标准来处理工作，贾平凹无疑是在乡村政治世界里有意植入了一个充分理想化的人物。遗憾的是，最终政治逻辑打败了人性逻辑，带灯承担了元、薛两家恶性事件的责任，被罢免了职务。这也显现出贾平凹的清醒之处。没有带灯的乡村政治生态正如大工厂到来后的樱镇自然生态一样，将无可避免地恶化下去。这大概也就是这部现实题材的小说所具有的警示意义吧。

乡土小说与中国想象

2012年，莫言获得了诺贝尔文学奖，莫言的小说塑造并向世界传播了怎样的一个中国形象？本文认为莫言小说的中国想象有三个重要维度：历史的、文化的、人性的。历史的循环（而非进步）、文化的暴虐、人性的退化是莫言笔下中国图景的主要内容，莫言以此构建了一个批判的中国形象。当然，莫言小说的中国想象也存在着独特性有余而深刻性、丰富性不足的问题。

2012年10月，瑞典文学院宣布中国作家莫言获得了本年度的诺贝尔文学奖，这是中国籍作家获此殊荣的第一次。莫言的获奖是其小说在国际社会长期传播与接受的结果。据考察，他的作品从20世纪80年代开始已翻译成英、法、德、日、瑞典等十几种语言，莫言也成为西方评论家关注最多的中国作家之一[1]。考虑到诺贝尔文学奖的权威性及影响力，可以说诺奖的获得奠定了莫言作为世界一流作家的地位，他的作品也因此具有更为强大的传播效力。如果我们把文学视为一种重要的传播媒介，莫言的小说在世界范围内传播了怎样的一个中国形象，或者换句话说诺奖颁给莫言暗示着西方认可、接受了一个怎样的中国形象？以及与之密切相关的莫言构建中国形象的思考维度、价值立场等，就很值得深入讨论了。

一

莫言的小说有一种大历史迷恋。相较于陀斯妥耶夫斯基、普鲁斯特式的深入开掘人物的内心世界，莫言似乎对中国近百年来的重大历史以及必将成为历史的当下

---

[1] 刘江凯：《本土性、民族性的世界写作——莫言的海外传播与接受》，载《当代作家评论》2011年第4期。

重大事件更感兴趣。莫言以其想象中的故乡高密东北乡寓言化地指涉整个中国。不同于上个世纪 90 年代以来盛行的日常生活叙事，也不同于某些作家热衷的破碎化、零散化叙事，莫言始终以大历史的眼光来构建他的中国叙述，追求历史的纵深感，也力求完整地、全景式地表现中国图景。莫言的大历史叙述为读者提供了整体上把握近百年中国历史与现实的可能。

莫言的《红高粱家族》已经触及沉重的历史命题，它写抗日战争、解放战争与正统的历史解释完全不同，强调以"我爷爷""我奶奶"为代表的民间的野性力量是抗日的中坚，而代表国共两支政治力量的冷支队长、江小脚的形象在小说中则是丑陋的、边缘化的。实际上，《红高粱家族》对历史的解构有余而建构不足，或者说，《红高粱家族》时期的莫言对旧有历史叙事的破坏有余，但还没有形成自己的历史观。中国现代史上独立于国共两党的政治力量是否存在？它是否具有强大的力量？这是很成问题的。余占鳌带领村民抗日惨胜后只能是同土匪结盟，然后又被各种势力纠合彻底打败。《红高粱家族》与其说正面肯定了民间野性力量，不如说恰恰证明了缺乏组织的民间力量最终的溃败。因此，《红高粱家族》一定程度冲击了传统的抗战史叙述，但并没有建立起自己的叙事框架，因为超越国共两党的抗战史是存在问题的。

《丰乳肥臀》是莫言有意识地全景式表现中国近百年历史的第一部长篇小说。在这部作品中，莫言尝试将家族同历史紧密融合，以此来结构故事。母亲的几个女儿分别同高密东北乡不同时期的风云人物发生联系（大部分是婚姻关系），连被俄国人领养失踪多年的求弟最后都以"极右派"的历史身份出现。可以说这是一部关于历史的小说，历史在此获得了主体性。上官金童的八个姐妹的面目我们很难记住，但与她们密切相连的日本人、国民党、共产党、美国人等政治势力，阶级斗争、反右派、抗美援朝、三年"自然灾害"、改革开放、商品经济等历史进程都一一得到清晰表现。莫言从民间的立场、从人的立场出发，将一部中国现代史理解为一部苦难史。中国现代史是各种力量角逐的舞台，而代表中国大地上生命的繁衍、养育者的母亲则是苦难承受者的化身。如果我们联系到母亲上官鲁氏的女儿们一个个这样那样的非正常死亡，母亲用呕吐的方式从胃里吐出带血的粮食哺育儿女等情节，我们就能很好地理解这一点。莫言这样理解文学与历史的关系："我认为小说家笔下的历史是来自民间的传奇化了的历史，这是象征的历史而不是真实的历史，这是打上了我的个性烙印的历史而不是教科书中的历史。但我认为这样的历史才更加逼近历史的真实。因为我站在了超越阶级的高度，用同情和悲悯的眼光来关注历史进程中的人和人的命运。"[1] 我们容易忽略莫言强烈的中国苦难史书写欲望，因为莫言笔下苦难的中国图景，往往被他那狂欢化的叙事风格、奇特怪异的想象所构筑的光怪陆离的东方奇观所遮蔽。

客观地说，以大历史的视野展现中国的苦难图景，其间夹杂某些荒诞化的情节，这在中国当代文坛并不新鲜。余华、阎连科、陈忠实等作家都有很好的演绎，《活着》《兄弟》《受活》《白鹿原》等作品就是代表。这些作品同莫言的《丰乳肥臀》一样，各种政治力量、政治运动无所谓进步与反动，一个个你方唱罢我登场，成为民众苦难的根源。真正体现了莫言历史叙述独特性的是他的历史循环观，这在他的《生死疲劳》中表现得尤为明显。《生死疲劳》采用佛家的六道轮回，即叙事人西门闹分别化身为驴、牛、猪、狗、猴，来结构故事。小说以蓝千岁的话语："我的故事，从 1950 年 1 月 1 日那天讲起……"作为结尾，这恰恰是整部小说的开头。一方面，故事在结构形态上构成一个圆形，可以周而复始地讲述下去；另一方面，这暗示着故事从结局又回到了原点，历史绕了一个大圈又回到了开始。小说在故事层面也的确有一个圆形结构，作为贯穿始终的人物蓝脸因为合作化运动中拒绝"入社"而历尽折磨，改革开放以后，小说借洪泰岳的口说出："操你活妈蓝脸，真让你这混蛋说中了，什么'大包干责任制'？不就是单干吗？'辛辛苦苦三十年，一觉回到解放前'啊。"西门闹这个屈死的冤魂也在历史回到原点后不再有仇恨，可以转生为人了。

莫言的小说中，历史是理解当下的钥匙。《天堂蒜薹之歌》中农民的大蒜卖不出去，请求政府帮助，而政府却不管不问。农民的谴责是："当官不为民作主，不如回去卖红薯。"不只是政府的不作为，高高在上"做官当老爷"，小说还写到了官官相护、鱼肉百姓这样的前现代社会现象："旧社会官官相护百姓遭殃 / 新社会理应该正义伸展 / 谁料想王乡长人比法大 / 张司机害人虫逃脱了法网"。瞎子张扣是天堂县唯一代表民众的声音，当然，他最后也不见容于当局，被迫害致死，"无声的中国"复现于天堂县。"官逼民反"，愤怒的蒜农到县政府请愿无人理睬，既而冲进县政府实

---

[1] 莫言：《我的丰乳肥臀——在哥伦比亚大学的演讲》，载《莫言研究资料》，杨扬编，第 59 页，天津人民出版社 2005 年版。

施打砸抢。莫言笔下的现实中国又回到了古老的问题：当官不为民做主，官官相护，官逼民反等，现实与历史具有相当的同构性。

在小说《酒国》里，莫言重复了鲁迅作品"吃人"的主题以及"救救孩子"的呼声。有评论指出，鲁迅的"吃人"主题有一个大饥荒的历史背景，而莫言则是在物质相对丰富的80年代提出这一命题的，表明即便摆脱了生存的困境，农民依然是官员"人肉筵席"上的菜肴，心甘情愿地奉上自己的骨血[1]。《酒国》中担当"救救孩子"职责的丁钩儿也像《狂人日记》中的狂人一样参与到吃人的行动中。如果说鲁迅寓言化地揭示了封建社会的吃人历史，那么莫言则暗示历史在现实中的重复。莫言的几部涉及改革开放以后现实生活的作品，比如《丰乳肥臀》《生死疲劳》《蛙》等，基本上都没有正面表现所谓历史的进步，而是旨在揭示少数人狂欢背后的荒唐与堕落。活跃在20世纪80年代以后历史舞台上的是司马粮、鲁胜利、庞抗美、西门金龙等人，莫言的当下叙述再一次回到古老的命题：官商勾结——这四个字简直可以说是莫言笔下群魔乱舞的现实中国的根源。

莫言的历史叙事受到"十七年"的"红色经典"的影响，这一点莫言本人也从不讳言。[2] 实际上，莫言的历史叙事受到中国传统的历史演义比如《三国演义》《隋唐演义》等的启发更多。历史演义、"红色经典"都以历史为叙事框架，但前者更多离奇的想象、夸张的故事、惊人的巧合。历史演义对莫言的启发不仅仅是故事的内容与形式层面，更深层次的历史观念也已渗透到莫言的小说中。"天下之势，分久必合，合久必分"的历史循环观，历史主题的重复性，就蕴藏在古典的历史演义中。莫言的小说中，政治力量走马灯似的转换，以民间视角观之，只能是发出"兴，百姓苦；亡，百姓苦"的喟叹了。

二

莫言是当代作家中最爱写欲望与暴力的作家之一。德国汉学家顾彬称莫言是"有

---

[1]　乐钢：《以肉为本　体书"莫言"》，载《今天》2000年第4期。

[2]　莫言、王尧：《从〈红高粱〉到〈檀香刑〉》，载《当代作家评论》2002年第1期。

本事可以写出畅销书的作家"[1]，欲望与暴力即是文学畅销的基本因子。在莫言的历史叙述中充斥着各种各样的暴力、血腥、施虐与受虐、死亡，我们姑且称之为"暴虐叙事"。这里暂且不谈莫言的欲望叙事，只论他的"暴虐叙事"。

早在《透明的红萝卜》这篇作品中，莫言就开始书写暴虐。黑孩攥着烧红的钢钻眼看着手里冒出黄烟，他以这种残酷的方式获得了对小铁匠心理上的满足感，通过自虐暂时地超越了自卑心理。《红高粱家族》开始出现了大段的暴虐场面描写："父亲看到孙五的刀子在大爷的耳朵上像锯木头一样锯着。罗汉大爷狂呼不止，一股焦黄的尿水从两腿间一蹿一蹿地滋出来……孙五又割掉罗汉大爷另一只耳朵放进瓷盘。父亲看到那两只耳朵在瓷盘里活泼地跳动，打击得瓷盘叮咚叮咚响……父亲看到大爷的耳朵苍白美丽，瓷盘的响声更加强烈。"残忍地虐杀中国人场面同孩童真实的在场体验形成强烈的叙事张力，给人一种复杂的情感体验和全新的审美体验。应该说，这时的莫言更多的是从艺术实验的角度来写暴虐，而较少文化上的思考。

到了《天堂蒜苔之歌》，情形则完全不同。这部小说可以说是关于暴虐的小说，隐喻现实中国暴虐几乎无处不在。高马与金菊自由恋爱，但金菊要为残疾的哥哥换亲，他们的婚姻为金菊的家庭粗暴拒绝。二人私奔，被金菊家兄弟抓住后遭受毒打。这一部分的暴虐叙事指向愚昧的换亲习俗及粗暴的封建家长制遗毒。当然，也可以说是长久以来中国专制制度文化渗透到中国家庭，致使中国人习惯于用暴力的方式解决问题。小说更多地将笔墨放在政府暴力机构对无辜百姓施加的暴虐行为。警察把高羊、四婶、马脸青年铐在树上，用高压电棒"收拾"他们，与影视中经常表现的国民党严刑拷打犯人不同的是，警察丝毫不显得面目狰狞，气氛也不紧张恐怖。他们在拷打"犯人"的时候说说笑笑，显示出这不过是他们的日常工作，早已司空见惯。令人惊讶的是，执行任务的还有女警察。在监狱里，高羊所受到的虐待到了无以复加的地步。小说写到他多次喝尿的经历，除了喝尿、吃呕吐物外，遭受暴打更是家常便饭。当高羊实在忍受不下去了，提出换牢房时，监狱管理员居然把他同更残暴的死刑犯关在一起。这就是高羊（羔羊？）们口口声声呼唤的"政府"（小说中"犯人"都称管理员为"政府"，韩少功的另一部写监狱生活的小说《报告政府》也持同样的称呼）。在这里，人道主义、平等、正义、人权、人的尊严等概念基本不起作用，

---

[1] 顾彬：《莫言讲的是荒诞离奇的故事》。新浪网 2012 年 10 月 12 日：http://book.sina.com.cn/cul/c/2012-10-12/1111345045.shtml。

历史在现实最黑暗的底部固执的重复。

暴虐也许正是几千年中国政治文化的精髓，要达到思想上的奴役首先要做到肉体上的控制甚至消灭。莫言的小说触动我们去思考中国的权力运作方式和控制途径。福柯认为，现代社会权力更多的是通过话语权实现的，谁掌握话语权谁就拥有了权力，莫言笔下的中国却并非如此。李佩甫的小说《羊的门》也讲权力的运作，当权者只需要一个眼色、一个暗示就能实施控制，这无疑是一种高等的政治文化。莫言所表现的却是另一种政治文化，它过分依赖身体的暴力，这又是同我们这个民族古老的历史相联结的。

揭示这种内在联结的、并将暴虐叙事推向极端的是《檀香刑》。这是一部关于酷刑的小说，先后讲述了斩首、腰斩、"阎王闩""凌迟五百刀""檀香刑"等几种可怕的刑罚。莫言凭借想象极为丰富细致地展现各种刑罚过程，其叙述能力的确令人叹为观止。莫言是为了炫耀他那冷酷的才华而为大众提供一个隐秘快感的文本吗？联系到莫言诸多作品暴虐叙事的脉络，我想他是从文化的角度来写刑罚的。正如莫言在《檀香刑》中借德国总督克罗德之口点出的："中国什么都落后，但是刑罚是最先进的，中国人在这方面有着特别的天才。让人忍受了最大的痛苦才死去，这是中国的艺术，是中国政治的精髓。"刽子手赵甲更是一语道出虐杀的本质："小人斗胆认为，小的下贱，但小的从事的工作不下贱，小的是国家威权的象征，国家纵有千条律令，但最终还要靠小的落实。"国家与暴力之间的关系，再清楚不过地得到了说明。暴虐是维系统治的不可或缺的手段，甚至可以说权力的宰治其精髓就是暴虐。

有人评论说，"莫言牢牢地扣住刑场，以刑场为契口，不断地打开了沿袭千年的封建皇权的病态本质，展示出皇权背后血淋淋的吃人真相……他们轻而易举地将残忍上升为展示皇权的神圣仪式，将刑场改装成皇权表演的盛大剧场，这是中国几千年文明历史背后最为沉重的一笔。"[1] 的确，刑罚及其展览是巩固统治的需要，是政治文化的重要部分。与其说是文明的统治术，不如说是野蛮的顽固延存。暴虐的意义在于征服，在于震慑，在于维系统治的长治久安。善于将历史与现实作同构性认知的莫言，显然找到了一个想象中国的独特视角。以此视角，莫言深刻地批判了中国文化尤其是中国的政治文化。

---

[1] 洪治纲：《刑场背后的历史——论〈檀香刑〉》，载《南方文坛》2001 年第 6 期。

三

莫言的暴虐叙事同历史叙事是一体的，从中我们看到暴虐的历史景现，看到作为中国文化主体部分的政治文化的历史延续。同时，暴虐的政治文化又必然地同生存于历史与现实时空中的中国人的人性、人的奴役与自由等密切关联。

在《檀香刑》里，作者已经涉及暴虐文化下产生的扭曲人格、病态人性的问题。"所有的人都是两面兽，一面是仁义道德、三纲五常，一面是男盗女娼、嗜血纵欲。面对着实刀脔割下来的美人身体，前来观刑的无论是正人君子还是节妇淑女，都被邪恶的趣味激动着。"与鲁迅笔下麻木的看客不同的是，《檀香刑》里的看客有着一种嗜血的变态狂热。他们对着犯人高喊着："汉子，汉子，说几句硬话吧！说几句吧！说'砍掉脑袋碗大个疤'，说'二十年后又是一条好汉！'"莫言笔下的看客把刑场当作了戏场，把刑罚当作了表演，刑罚本身的意义似乎被消解掉了，而人之为人所应有的同情、怜悯也荡然无存。鲁迅对此早有思考："奴隶们受惯了'酷刑'的教育，他只知道对人应该用酷刑……酷的教育，使人们见酷而不再觉其酷，例如无端杀死几个民众，先前是大家都会嚷起来的，现在却只如见了日常茶饭事。人民真被治得好像厚皮的，没有感觉的癫皮一样了。"[1]鲁迅指出了民众对统治者的暴虐、凶残已经有了免疫力，这也是他们作为看客冷漠、麻木的原因之所在。莫言则更进一步指出了民众作为看客的"邪恶的趣味"，病态的统治文化造成被统治者病态的人格心理、病态扭曲的人性。

在现代文学史上，沈从文也将人性区分为病态的、不健全的和优美、健康的，他说他要造一座"希腊小庙"，里面供奉的是人性[2]。沈从文优美、健康的人性是以神性为参照的，或者说最好的人性是接近神性的，像龙朱那样。莫言的世界里没有神性的概念，与病态人性相对立的是民间自由自在的生命境界，是敢爱敢恨，是"有种"。莫言的人性观念基本上是人类学意义上的，是属于民间大地的，又有些接近老庄的天真未凿的境界。

---

[1] 鲁迅：《南腔北调集·偶成》，载《鲁迅全集》第四卷，第584—585页，人民文学出版社1981年版。

[2] 沈从文：《习作选集代序》，载《从文小说习作选》，上海良友出版公司1945年版。

　　莫言笔下健康的人性是像"我爷爷""我奶奶"那样的具有顽强的、野性的生命活力，如同一眼望不到头的强壮的红高粱。他们敢爱敢恨，蔑视一切传统和世俗的观念。"我奶奶什么事都敢干，只要她愿意。"这是一种完全自由自在的人生境界。他们的人性美是一种混杂着各种矛盾要素的元气淋漓的混沌美，一切现有的赞美词汇都显得苍白："她老人家不仅仅是抗日英雄，也是个性解放的先驱，妇女自立的典范。"当"我"试图将"奶奶"形象纳入到现有的官方历史叙述中时，其实这套话语并不恰切。倒是"最美丽最丑陋，最超脱最世俗，最圣洁最龌龊，最英雄好汉最王八蛋"这自相矛盾的语言表达得更到位。沈从文小说中优美的人性有个加工提纯的过程，翠翠、夭夭那样的人物优美得让人忧愁。莫言小说的人性美则是原始的、粗犷的，也是无所畏惧、有战斗力的。"我爷爷""我奶奶"生命中最辉煌的篇章出现在高粱地里的野合、杀单家父子立家、伏击日本鬼子等几个段落中，基本上是处于自发的民间状态。而当他们被动卷入高密东北乡权力纷争的历史时，他们也就黯然失色了。

　　在莫言后来的小说中，类似于"我爷爷"这样的人物很少出现，《丰乳肥臀》里的司马库可以算一个。他敢作敢为，从容赴死，是条硬汉子。所以小说里母亲说："都收拾收拾，去送送这个人吧，他是混蛋，也是条好汉。这样的人，从前的岁月里，隔上十年八年就会出一个，今后，怕是要绝种了。"《生死疲劳》中的蓝脸可以算半条好汉，不论有多少压力始终坚持自己的立场，保持一定的个体独立性，他是小说中唯一与大历史相对抗的人物。《天堂蒜薹之歌》里的马脸青年和高马也可以算半个。马脸青年面对警察的暴力折磨始终面露轻蔑的微笑，高马也是不畏暴虐的有血性的汉子，可惜他们的性格都没有得到进一步的展开。

　　蓝脸等人只能算半个好汉其实是按莫言所建立的标准来说的。《红高粱家族》中有个重要的主题，那就是种的退化："他们杀人越货，精忠报国，他们演出过一幕幕英勇悲壮的舞剧，使我们这些活着的不肖子孙相形见绌，在进步的同时，我真切地感到种的退化。"小说中的父亲被狗咬掉了一个睾丸，虽然也有生育能力，但相比"我爷爷"只能算半条汉子了。从莫言后来的作品来看，更多的是连半条汉子都算不上的人物。最典型的代表就是《丰乳肥臀》里的上官金童，他基本上是个被阉割的人物，没有多少性的能力，只知道吊在母亲的乳房上生活，永远长不大。如果说"我爷爷"是个顶天立地的男人，上官金童实质上就是一个窝囊废。拿作品中人物的话来说就是："马洛亚下的是龙种，收获的竟是一只跳蚤，不，你不如跳蚤，跳蚤一蹦半米高，您哪，顶多是只臭虫，甚至连臭虫都不如，您更像一只饿了三年的白虱子！"连哺育了上官金童几十年的母亲都对他表示了愤怒："母亲用挑战的、发狂的声调说：'你给我有点出息吧，你要是我的儿子，就去找她，我已经不需要一个永远长不大的儿子，我要的是像司马库一样、像鸟儿韩一样能给我闯出祸来的儿子，我要一个真正站着撒尿的男人！'"

莫言的小说往往以"种"的概念来评判人物，这是一个地道的民间概念，它包括"有种""孬种""杂种"等说法。上官金童是母亲和神父马洛亚的混血儿，从生理的遗传学角度来讲，应该有"杂种"优势。从文化上来讲，也是中西合璧，很有象征意味的。但作者是从人类学的人种的角度来写上官金童的，他是种的退化的样本。莫言笔下有"纯种"与"杂种"的区别，《白狗秋千架》开篇写道："高密东北乡原产白色温驯的大狗，绵延数代之后，很难再见一匹纯种。"如今村子里的狗都是混血的，有的狗看上去是白色的，但总有哪个地方是发黑的。"杂种"当然是劣于"纯种"的。如果在莫言的隐喻结构里预设了文化观念，那么作者塑造上官金童这个人物是不是对中国文化历史与现状有着批判性思考？"杂种"之外，莫言的小说还涉及"变种"的问题。《酒国》中"老革命"看不惯丁钩儿窝囊的样子，说，"我们播下虎狼种，收获了一群鼻涕虫。"《生死疲劳》里蓝千岁是个头大身子小的侏儒，记忆力极强但动不动就出血的怪胎。这些都是生命力萎缩、种的退化的人物形象。"变种"的另一类形式表现为司马粮、鲁胜利（《丰乳肥臀》）、庞抗美、欧阳金龙（《生死疲劳》）式的无所忌惮、敢作敢为，他们好像也有"我爷爷"自由自在的精神气质，但本质上却是邪恶的、贪婪的，是人性黑暗的一面的极端发展。

历史的、文化的、人性的维度是莫言小说中国想象的三个重要层面，这三者之间又是相互缠绕的。我们于其苦难的、循环重复的历史叙事中见到暴虐的政治文化这根主轴，后者又可以理解为产生前者的原因。人性在暴虐中扭曲、变态，种的退化在所难免；而病态的人性反过来又催生或新或旧的暴虐的历史景观。莫言小说正是在历史、文化、人性这几个相互勾连的维度上展开他的中国图景的批判性想象。不明就里的外国人想当然地从莫言的身份、某些外在行为认定他的文学立场和观念，实际上是大大的误解。当下中国，身份与身份认同悖反，语言的能指与所指背道而驰，并不是什么特别奇怪的事情。文学家是要靠作品说话的，作品才是我们做出判断的根本依据。正如我们前面从历史、文化、人性三个层面所论述的，莫言的作品毫无疑问具有鲜明的批判性、否定性，甚至可以说，他的批判还相当猛烈、相当彻底。莫言是站在民间的而非官方的、历史的而非当下的、人性的而非党性的、人类的而非中国的立场来看待问题，这是他的作品批判现实主义的基本立场。

当然，莫言小说的中国想象还值得进一步深入分析。莫言的历史叙事给他的作品带来历史的纵深感和厚重感的同时，也出现结构上的模式化、情节上雷同化倾向；而当他将现实同历史作同质化想象时，又容易将复杂的现实问题简单化，无法还原历史与现实的丰富性。更重要的是，莫言对百年中国历史与现实的思考还缺乏更为深邃的思想穿透力。他的历史循环、重复的历史观念是乞灵于古人的结果，几部古典的历史小说所带给莫言的滋养并不足以支撑宏大的历史建构。莫言从暴虐的政治文化角度书写中国，的确相当独特而尖锐。但如同他的叙述语言和夸张的想象一样，缺乏应有的节制使他的作品暴虐泛滥。莫言对人性的考察以历史的眼光提出了"种的退化"这个重要命题，但上官金童、蓝千岁这些退化后的标本人物往往是符号化的、抽象化的，缺乏应有的生动饱满而又复杂的人性内涵。总之，莫言小说的中国想象批判性、独特性有余，但其所呈现的中国景象的深刻性、丰富性、复杂性则还有更多拓展的空间。

乡土现实的艺术超越

《牛鬼蛇神》是马原歇笔二十年后的第一部长篇小说，它与马原此前作品构成一种什么样的关系？本文认为，在小说的通俗性上，《牛鬼蛇神》与前期作品是一脉相承的；作品的变化表现在叙事方式、自叙传色彩、哲理思考等方面。本文也揭示了作品承续与转变的原因。在深入考察小说哲理分析部分的同时，我们认为它与故事部分紧密相联，充满忧患意识与批判色彩，也有文学家的睿智与诗性。马原借《牛鬼蛇神》实现了自我超越。

> "也许她老了，丧失了做先锋派的锐气了。我说她更聪明也更透彻了。"
>
> ——马原谈萨洛特[1]

在 20 世纪 80 年代的中国文学界，马原是个风云人物。某种程度上可以说"先锋文学"自马原始，他的创作也影响了其他很多作家。90 年代初期开始，马原不再写小说，后来甚至还宣称"小说已死"。时隔二十年，马原又以一部《牛鬼蛇神》重出江湖，"王者归来"（当然，有人对这种说法很不以为然）。作为当代重量级作家、先锋文学的核心人物之一，马原的复出是当代文坛重要现象。是什么原因促成了马原的复出？复出后的马原创作与二十年前有何关联？马原有没有试图超越自己，又是在哪些层面超越自己？马原创作变化的内在理路何在？这些都是值得认真讨论的问题。

---

[1] 马原：《小说》，载《文学自由谈》1989 年第 2 期。

一、承续：先锋作家的通俗性

20世纪80年代马原以《冈底斯诱惑》《拉萨河女神》《虚构》《上下都很平坦》等小说一举成名。在当时的接受语境中，人们关注更多的是马原的"叙事圈套"，关注他在小说"怎么写"方面的突出贡献与形式上的创新，而较少关注马原"写什么"。实际上，马原恰恰在作品的写作内容上有他鲜明的个人特点。他总是以西藏这一偏远的空间为其叙事场域，写西藏特异的自然风貌、风土人情。可以说，马原是汉族作家中专心致志写西藏的第一人。他对西藏地域文化、地域风情的展示，对"天葬"、麻风病、野人等奇异事情的描写令人耳目一新。马原大概可以说是先锋作家中最通俗的一位了——就其内容本身来说。对于绝大多数汉族读者来说，西藏都是神奇、隐秘的一方土地。马原小说开头那句为人所熟悉的陈述："我就是那个叫马原的汉人"，经常被批评家从叙事学的角度加以剖析，还据此指认马原小说"元小说"的特点。实际上，这句话再清楚不过地表明了"看"与"被看"的关系。小说开宗明义交代了作者是以一个"汉人"的眼光来看西藏。在电影界，张艺谋等所谓第五代导演从海外获奖归来，往往被国内的"后殖民主义"批评家批评，认为他们的电影为西方提供了"东方奇观"、想象的"他者"形象。同样的情形，但是却没有人以此眼光来深究马原笔下的西藏异域奇观及其背后的文化心理。

在《牛鬼蛇神》中，马原将这种奇特的地域风情、地域文化所带来的小说的可读性进一步发展、提升。西藏奇观仍然是其小说的重要看点，同时又增加了同样地处偏远的海南岛作为叙事的另一重心。通过大元游海南岛，李德胜、林琪修女游西藏，详尽地描述二者远离中原汉文化的地域文化物质。因而，我们在《牛鬼蛇神》中读到了阳光泛滥的圣城拉萨、八角街的宝物、康巴汉子莫名其妙的馈赠、喜马拉雅山麓的珞巴族小村、色拉寺的石刻、美丽绝伦的羊湖、神传的格萨尔王说唱艺术以及幽森潮湿犹如幻象的海南岛吊罗山、"五毒乐园"、飞隼瀑布等，还有大元带从美国归来的林琪修女游西藏看到的布达拉宫、甘丹寺、雍布拉康、桑耶寺、罗布林卡等名胜。可以说作者以其对西藏、海南的熟识为读者提供了游览这二地的导游图。异域风光，纷至沓来，令人目不暇接。从这个意义上说，马原可以算是接续了沈从文、汪曾祺传统的乡土文学作家。

不仅如此，马原还是个讲故事的高手，他的小说绝不追求平淡质朴，而是尽其可能地将故事编织得引人入胜。他讲猎熊人遇到的可能是野人，虔诚的老太婆或许是杀人凶手，高大英俊的猎人在射杀雪豹之后又被与其偷情女人的丈夫射死，故事情节曲折离奇。这在马原是一以贯之的。《牛鬼蛇神》对马原前期作品的直接抄用高达六七万字之多，而其中绝大多数都是传奇故事。某种程度上说《牛鬼蛇神》是马原的一部总结之书（程永新语）并没有错。"传奇堪比雪山之美"[1]，注重故事的传奇性、放大传奇性是这部小说的一个重要特点。而这一特点又是与马原前期作品相一致的。

同余华、苏童这些先锋作家在 20 世纪 90 年代以后的表现一样，复出后的马原朝着文学的通俗性大踏步前进。《牛鬼蛇神》中的故事不单单是传奇性的，而是神秘到"迷信"的地步。在李德胜的故事里出现了诸如恶鬼托梦要降瘟疫、巨大的车鼋令妇人肚子膨大、神婆安魂等离奇的情节。李德胜是作为一个可以通神的"半仙"形象出现的，马原借这个人物在人、鬼、神界自由穿梭。从高原到海岛，从地北到天南，小说因而具有了无限广阔的叙事空间和思考空间。从隐秘的西藏马原向前迈出了关键的一步，他迈进了超越此在的鬼域、神域，那些难以解释的现象索性拿到不可讨论的玄奥的神灵世界中来。《牛鬼蛇神》无疑更带有民间性，更具有阅读的趣味性。《牛鬼蛇神》将马原早先小说中通俗性的一面放大到了极致。

马原在《牛鬼蛇神》中更多考虑读者的因素是同写作的具体历史语境密切相关的。20 世纪 80 年代，马原的先锋写作恰逢其时，正是那个精英文化年代读者的阅读期待造就了先锋的马原。时过境迁，二十年后在消费主义盛行的历史语境下，马原不可能再重复过去形式的高蹈，而要充分考虑到市场经济条件下作为大众的读者的阅读快感需求。他必须加大故事的传奇性、可看性。有人对小说开头讲述的大串联故事没有了下文耿耿于怀，认为这么重大的历史事件怎么可以不对人物后来的发展留下任何印记？[2]况且小说的标题又是那个令人很容易联想到"文革"时期的"牛鬼蛇神"。吴亮认为，马原的小说是流浪汉小说，一开头的大串联即是主人公流浪的开始[3]。这不失为一种解释。但在我看来，马原更多考虑的是阅读的需要。今天的读者对那段历史充满了好奇，而对那些从那个年代走过来的人来说，又是历史记忆的重温。更重要的是，北京的相遇是大元和李德胜一生缘分的起点，特别是大元后来竟然娶

---

[1] 马原：《牛鬼蛇神》，第 252 页，上海文艺出版社 2012 年版。

[2] 同济大学马原《牛鬼蛇神》作品研讨会上郜元宝的发言。

[3] 同济大学马原《牛鬼蛇神》作品研讨会上吴亮的发言。

了李德胜的女儿，这是多有意思的巧合。从读者的角度来说，我想小说《牛鬼蛇神》大可以叫作"大元奇遇记"，北京即是大元奇遇的开始[1]。

早在 1989 年，马原写了一篇名为《小说》的文章，从中我们可以看到马原与他的作品阐释者很不相同的见解。马原在谈到格里耶时说："他之所以沿用这些通俗类型小说的形式，无非是想让自己的作品先具有可读性，也就是说他内心里非常明白被前辈现代派大师们破坏了的故事规则必须恢复，可读性是小说价值系统中的第一要义。"[2] 马原认为小说创作总在变化之中，但也有其恒定不变的法则："天变道亦不变，有些东西是必须要变的，比如视角，比如关注点，比如慢节奏的叙述和流水时序，但是故事规则不可变。曾经变了，现在（仅仅经过了半个世纪）又变回来了。"[3] 在文章的结尾部分，马原更是直接道出："作家选择的方法应该是对他的阅读对家最具效果的方法，我想那就是生动可读的故事形态的方法。"[4] 马原的看法早就表达得清清楚楚，他的作品也的确与他的观念表达相一致。然而作家说什么似乎并不重要，我们更多接受的是批评家的看法："在我的印象里，写小说的马原似乎一直在乐此不疲地寻找他的叙述方式，或者说一直在乐此不疲地寻找他的讲故事方式。他实在是一个玩弄叙述圈套的老手，一个小说中偏执的方法论者。"[5] 于是，马原的形象被经典化为一个先锋派，一个寻找叙述方式的"方法论者"。《牛鬼蛇神》不再有形式上的试验，被有意遮蔽的那个会讲故事的马原——也是马原自己认可的那个作家马原，那个关注通俗读者的马原，应该可以得到清晰指认了。

二、转变及转变的契机

如果说地域特色、传奇性以及由此带来的小说的通俗性、作者对读者的重视，

[1] 同济大学马原《牛鬼蛇神》作品研讨会上笔者曾向马原求证李德胜这个人物的原型，马原称是他后来的岳父。

[2] 马原：《小说》，载《文学自由谈》1989 年第 2 期。

[3] 马原：《小说》，载《文学自由谈》1989 年第 2 期。

[4] 马原：《小说》，载《文学自由谈》1989 年第 2 期。

[5] 吴亮：《马原的叙述圈套》，载《当代作家评论》1987 年第 3 期。

是《牛鬼蛇神》与马原此前作品相承续的一方面的话，那么，二十年后马原的创作又有哪些新的变化？我想，马原的转变主要表现在以下三个方面：其一，《牛鬼蛇神》已经不再讲究叙述的试验，基本上采用传统的叙事手法。先锋时期的那种将形式上的"叙事圈套"所带来的扑朔迷离之感同内容上的亦真亦幻的神秘性近乎完美的结合，这一重要特征在《牛鬼蛇神》中已经很难找到了。至于马原不再重视形式实验的原因在上文中已作论述。其二，《牛鬼蛇神》明显具有强烈的自叙传色彩。虽然马原一直喜欢将自己的生活写进小说，有人据此说他是个"自恋"的人，但此前小说毕竟虚构大于纪实。在《牛鬼蛇神》中，马原六十年的生命轨迹清晰可辨。他的多年西藏生活经历、创作情况、离婚、到上海一工科大学（同济大学）谋得教职、教学与停止创作、在海南遇到后任妻子、结婚生子、肺部长肿瘤、拒绝治疗逃出医院等，都是现实中马原真实的人生经历。其三，《牛鬼蛇神》中出现了大量哲理性的议论文字，这在马原此前的小说创作中是未曾有过的。

20世纪90年代初马原的小说创作实际上已经停止，后来马原更是高调宣布"小说已死"。是什么原因促使马原重新拿起笔来继续他早已宣告"已死"的小说创作？为何他的新小说出现了上述的大变化？应该说这一切都同马原生命中发生的一个大事件有关，那就是2008年马原被查出肺部长有一个大肿瘤，医院检查认为"十之八九"是令人谈虎色变的癌症。这样一个现实生活中足以摧毁大多数人意志的大事件对马原的冲击可想而知。患了癌症就意味着被宣判了死刑，剩下的只是何时执行的问题。这件事必然会影响到马原的情绪、心理以及对生命、人类乃至宇宙的重新认识。他决定放弃治疗：不将生命交付给机器，哪怕这机器是价值数千万元的外国货。马原选择远赴海南寻找"好水"的自然疗法，并最终奇迹般地康复了。他对宇宙人生的看法于是得以形成，并带有强烈的个人体验的色彩。马原在经历这样不平凡的事件过后，他肯定觉得自己有太多一般人难以体验到的东西可以同读者一起分享。刚好他又是一位小说家，他可以用他熟悉的"手艺"以幸福的胜利者的姿态为自己立传，同时也分享他的思考。"小说与现实生活之间的高度同构，证明了马原本人的全情投入。这是一次难得的诚意之作……整个叙述松散而素朴，从容不迫，充满温情。"[1]生命的劫难给马原提供了一次转变的契机，也是一次超越自我的契机。

疾病对作家的创作有着不可忽视的影响，这一点众所周知。从现有的研究来看，

---

[1] 徐刚：《先锋记忆的缅怀与溃散——评马原长篇小说〈牛鬼蛇神〉》，载《扬子江评论》2012年第3期。

这种影响可能还比较复杂，并不一定都是消极的。卡夫卡、鲁迅都患有肺结核，尼采是梅毒病毒携带者，陀斯妥耶夫斯基受着癫痫病的困扰。据说肺结核这种慢性病的毒素和其引起的虚热能激发人的智力，活跃创造力。"肺结核培育并滋养了天才的说法也许是有根据的。"[1] 福楼拜也指出梅毒与人的高脑力活动紧密相关。癌症患者的情形可能会有很大的不同。苏珊·桑塔格指出，文学作品却总是"当描绘垂死的结核病人时，就把他们塑造得更美丽、更真诚，而当描绘垂死的癌症患者时，就尽数剥夺了他们自我超越的能力，让他们被恐惧和痛苦弄得毫无尊严"[2]。有意思的是，马原恰恰反其道而行之，从中我们看到了患病后自我超越的可能。

马原的死亡体验，特别是死而复生的传奇经历——马原以自己的方式战胜病魔这一神奇事件导致他对宇宙、人生有一种不同于一般知识分子的全新见解。马原不再相信科学，而迷信不可知的神秘力量。冥冥之中似乎一切早已注定。小说中大元"驱魔"的方式无疑来源于小说中李德胜这个可以通神人物的启发。其实，说驱除病魔是不对的。按照小说关于神鬼的见解，李德胜见识了神婆对于阿根老婆的处理，恶鬼是不能驱赶走的。恶鬼进了你的身体它并不想害死你，因为你死了它也不能存活。同样的道理，当你与恶鬼同为一体时，你伤害了恶鬼也就伤害了你自己。这就是大元放弃治疗的"理论依据"。他把肿瘤视为进入他身体里的恶鬼，如果用医学的方法开刀，然后放疗、化疗，企图杀死肿瘤，坏的细胞杀死了，好的细胞也死掉了。生命机体最后就会同肿瘤同归于尽。马原拒绝治疗的"理论前提"是肿瘤并不想要人的命（肿瘤似乎也有灵魂），因为人死了，肿瘤也就死了。马原的理论在现代医学看来荒诞不经、愚昧落后，但他却成功了。这是件不可思议的事情，用现有的科学知识难以解释。

也正因为如此，马原在小说中大胆质疑科学，质疑许许多多以前形成的认知，而大肆谈玄，谈那些神秘现象，那些幽深难解的东西。"我不论鬼神存在与否，神秘感就是鬼神的温床。"[3] 反过来说，是马原的患绝症及神奇般的康复促使他将过去热衷的写神秘事物进一步引向不可知的鬼神世界。小说结构上按从三到零的章节次

[1] 谭光辉：《症状的症状：疾病隐喻与中国现代小说》，第 34 页，中国社会科学出版社 2007 年版。该书引用了勒内·杜博斯和琼·杜博斯在《肺结核》一书中的观点。

[2] ［美］苏珊·桑塔格：《疾病的隐喻》，第 17 页，程巍译，上海译文出版社 2003 年版。

[3] 马原：《牛鬼蛇神》，第 268 页，上海文艺出版社 2012 年版。

序排列，三是多，零是起始。道家讲：道生一，一生二，二生三，三生万物。小说从三到零的结构安排明显表示作者要寻本溯源，而这个零是无，"无"中生"有"，它接近于"道"了。马原在"零节"部分跳脱开故事大谈人类、宇宙，并没有什么可奇怪的。《牛鬼蛇神》中形而下的纪实与虚构同形而上的哲性思考有着深层的内在关联。

三、超越：文学家的哲学思考

现在可以讨论《牛鬼蛇神》中出现的大量议论性文字，主要集中在小说的第零节。这是这部小说争议最大的部分，很多人并不看好。有人认为马原恰恰就卡在这涉及经验世界根本性问题的"第二口气"[1]上。是否真的如此？我想判断应该建立在对这部分内容的仔细研读上。对于普通读者来说，跳过第零节不读无可厚非（马原在搜狐视频接受采访时说，读者如果不爱看，可以跳过零节部分），但对于专业批评家来说，则绝不应该。有些批评家对这一部分望而却步，仅凭一句故事和议论"两张皮"就宣判小说的死刑，应该说是比较草率而武断的。

《牛鬼蛇神》在结构上相当均齐、匀称。一共四卷，每卷四章，每章四节。除"卷"的部分是按从零到三的次序排列外，章和节都是从三到零。每一节的第四部分即第零节是纯粹的哲思性文字（第8个和第16个零节除外。第8个只有一句话"今天休息"；第16个是小说的结尾，类似于小说的抒情性总结）。也就是说，小说一共有14节这样的议论性文字。作者试图在这部分直接而集中地回答哲学的三个基本问题，即：我们从哪里来，我们是谁，我们往哪里去。小说较详细地讨论了前两个问题，而第三个问题作者认为已经蕴含在前两个问题的讨论之中了。具体来说，小说这16节中，第1到第3节确定讨论的方法，第4到第10节讨论"我们从哪里来"，第11到第15节讨论"我们是谁"。也就是说，小说的哲理性讨论可以分为前后三个部分，先确立方法后具体讨论，马原的思路是相当清晰的。

在第一部分作者确定了方法论，那就是"以常识作三问"。所谓常识就是以事实为基础，"不能用科学去度量"。以常识来讨论问题原因在于，一方面，科学本

---

[1] 殷罗毕：《马原：第二口气卡在中间》，载《文艺报》2012年6月8日。

身总是在订正过程中；另一方面，许多事实是科学不能解释的，比如甘草能治咳嗽，艺术凭直觉同真理无关等。从这里我们不难看出死亡体验对马原的深刻影响。马原的神奇康复就是科学很难解释的，但却是事实，这就是"常识的力量"。况且，在死亡面前人人都是哲学家，"因为常识与你的学历没有关系，所以任何人都没有理解的障碍，博士也未必比文盲理解得更透彻。""真正的哲学问题与你的知识水平没有任何关系。"

在"我们从哪里来"部分，作者具体讨论了三种人类起源说。其一是进化论，其二是上帝造人说，其三是外星人。作者的议论是相当睿智的。他在讲到上帝造人说时，引用《圣经·创世纪》："起初神创造天地。地是空虚混沌，渊面黑暗；神的灵运行在水面上。"证明水不是上帝创造的。而水是生命的来源中，这是常识。又引用《创世纪　伊甸园》："耶和华神用地上的尘土造人"，但生命里几乎不包含泥土的成分，人体中比重最大的是水，这也是今天的常识。上帝造人说在此不攻自破。照此方式，作者推翻了今天关于人类起源的三种说法。那么，到底人是怎样来的？小说给我们讲了两则故事。其一是"空中花园里的蟋蟀"，十七楼空中花园居然凭空出现了不会飞的蟋蟀，它是从哪里来的？其二是"挖坑里的鱼"，修水渠挖出的小坑里下雨后居然有鱼，这也是难以解释。由这两个小故事作者获得启发："当宇宙间具备了某一些必要条件，与这个条件相适应的生命自然就来了。"[1] 空中花园具备了蟋蟀生成的条件，蟋蟀就来了。水坑具备了鱼生存的条件，鱼就来了。同样的道理，地球这么适合人的生存，所以地球就等来了人。"一切都具备了，等着它来就是了，人就是这样被等来的。"[2]

在"我们是谁"部分，作者认为我们与其他物种最大的区别就是心和智的结合。心主要面对的是善和恶，而智则用来处理具体事物。人心富于情感、良知和想象力。人的智一部分用于生计和生存，一部分则用于创造艺术等无用的东西。人类因智而创造了辉煌的文明，这也是常识。比这更重要的是，"人与其他物种最大的不同之一实际上是坏。"[3] 人类喜欢杀戮，排除异己，人总是造出自己的异己，这个异己就

---

[1]　马原：《牛鬼蛇神》，第 258 页，上海文艺出版社 2012 年版。

[2]　马原：《牛鬼蛇神》，第 258 页，上海文艺出版社 2012 年版。

[3]　马原：《牛鬼蛇神》，第 357 页，上海文艺出版社 2012 年版。

是魔鬼。"人类一直在寻找魔鬼，但最后知道真正的魔鬼就是自己的。"[1] 注意，这里又出现了魔鬼，并强调人类与魔鬼是一体的。其思路与故事层面的鬼进了人的身体（李德胜的故事）、肿瘤是恶鬼（大元的故事）是相似的。同样，人类也不能驱赶魔鬼消灭自己。然而，今天的事实却是："我们做的所有的一切，都是在毁灭地球并自我毁灭的道路上加速度，再加速度，拼命做的一切都是在走向毁灭。"[2] 人类模仿上帝，创造一切也主宰地球。人类在不断地屠戮异己，地球上的大动物几乎全都濒临灭绝，而人类的数量则超过六十亿。人类对地球的改造最大，伤害也最大，四千年里将资源几乎耗尽。此外，全球暖化，地质灾害频发，生态问题日益严重，这都是人类机体上恶性肿瘤逐渐膨胀的结果。在这里，马原将个体生命体验转化为对全人类的哲理思考，具有浓郁的忧患意识。他是宇宙本位的，是反人类中心主义的。他的反思性、批判性是相当强烈的。

概括起来讲，马原的哲理性思考具有这样几个方面的特点：其一，虽然在论述上有着清晰的逻辑线索，但马原的思考不以哲学抽象的思辨性见长，而是体悟式的，同作者的生命体验有着紧密的纽带关系。其二，马原的思考不是深邃的，并不具有令人难以辩驳的说服力，但却是睿智的，闪烁着点点智慧的火花，有着强烈的诗性色彩。其三，作者以宇宙本位的眼光审视人类的行为，具有强烈的反思性、批判性以及浓郁的忧患意识。马原的哲理思考仍然带有鲜明的作家本色。从这种意义上说，小说中的议论章节不仅没有脱离故事文本，而且在形而下与形而上之间有着深层的内在联系并形成叙事张力。马原的先锋性也就在这种张力中得到了延续。这是一次有意义的自我超越的尝试。读者可以跳开零节部分不读，马原却绝不能放弃零节不写，否则他就不是那个马原了。

回到篇首所引的马原谈萨洛特的话："也许她老了，丧失了做先锋派的锐气了。我说她更聪明也更透彻了。"二十多年后，完全可以用到马原自己的身上。他抛掉了也许是故弄玄虚的先锋做派，返璞归真。他用最通俗的方式抵达生命最本真的层面，比年轻时代"更聪明也更透彻"。《牛鬼蛇神》与马原过去的作品相比自然有许多变化，但也可以说马原借这部书实现了自己的夙愿。因而，我们说《牛鬼蛇神》是马原二十年后自我实现与自我超越的一部小说。

---

[1] 马原：《牛鬼蛇神》，第 358 页，上海文艺出版社 2012 年版。

[2] 马原：《牛鬼蛇神》，第 370 页，上海文艺出版社 2012 年版。

新历史小说之后的历史叙事

贾平凹的《老生》应放在新历史小说谱系中加以讨论，方可评判其为"老生常谈"还是别有洞天。《老生》以历史祛魅的方式展开对当代史的批判，在叙事策略与价值立场上并无新意；《老生》的创新表现在两个方面：其一，以道家历史哲学贯穿四个独立故事，实现作者对当代史的整体审视；其二，接续古典小说志怪传统，融合民间村野趣味，从而提供一种新的审美形式。然而，以九大段《山海经》原文带出道家理念显得较为生硬，四个故事在审美艺术水准上也很不平衡。

贾平凹的不少作品以表现转型期的中国社会著称，包括《小月前本》《鸡窝洼人家》《浮躁》《废都》《秦腔》《带灯》等。这些小说反映了作家对现实生活的敏锐观察与深入思考。贾平凹似乎是较少写历史的。或许是渐入老年的缘故，近年来他似乎有意识地加强了历史书写，《古炉》这部叙写"文革"的力作就给批评界以深刻的印象。他的新作《老生》也以相当大的篇幅写了三段当代史：解放、土改、整肃与改造。

作家对当代史的书写是要冒很大风险的，除了意识形态方面的原因外，当代史已经是一个小说的密植区。作家还能不能提供新的历史经验与思考？在传统历史叙事（"十七年"文学、"文革"文学等），尤其是在新历史小说出现之后，关于当代史叙述的正反两方面的可能性似乎已经耗尽。在这样的背景下，作家还能不能以新的视野整合历史？还能不能在历史叙事中提供新的审美形式？这些都是对后来作家的考验，也是我们评析《老生》这部小说的着眼点："老生"到底是"老生常谈"，还是别有洞天？

一、去道德化：历史的颠覆与批判

《老生》这部长篇一共讲了四个故事，第一个故事是以老黑为主人公的游击队的故事；第二个故事是以马生、白土为主角的土改故事；第三个故事是以老皮、墓生为主角的社会主义思想改造故事；第四个故事是以老余、戏生为主人公的当代经济发展故事。与传统历史叙事以及《白鹿原》《活着》等新历史小说不同的是，这篇小说不再是一个前后连贯的完整故事，从情节内容上看，四个故事基本上各自独立、互不相干。

第一个故事讲的是革命的起源。在传统革命叙事中，这是需要浓墨重彩表现的英雄故事，往往有一个压迫—觉醒—反抗的叙事流程，以此来证明革命的合理性。小说中的老黑，对他进行革命启蒙教育的是表哥李得胜，然而，他对这套政党理论根本不感兴趣。他是个文盲，只知道"谁有了枪谁就是王"，"管他给谁背枪，还不都是出来混的"。老黑是一个草莽，没有理念，没有信仰。《水浒传》中的草莽还知道"替天行道"，还讲"忠义"。李得胜教他的不起作用，他之所以决定"拉杆子"是杀了人出于无奈，说他是个亡命之徒也不过分。有两件事可以看出老黑这个人物的道德亏欠。一件事是老黑对王世贞的态度。老黑父亲原本是王家的长工，王世贞对老黑可以说是恩重如山，不仅在老黑父母双亡时给他以活路，还在保安队里提携他。王世贞相当信任他，让他做贴身保镖。按理说，他是旧制度的既得利益者，但他却轻易地走向制度的反面。当密谋暴露时，老黑先是凶残地杀了他的同伙，杀人灭口；继而射杀了主子王世贞。从传统道德伦理来看，老黑堪称忘恩负义。另一件事是在跛脚老汉家吃糍粑，李得胜误以为跛脚老汉偷听了二人的密谈要告密，一枪打中了老汉。这时才发现老汉是要摘花椒叶。老黑说，打错了。李得胜却说老汉没有让他相信他是去摘花椒叶的。这个故事像极了《三国演义》中曹操因多疑杀吕伯奢一段，作为革命者的李得胜在此处的形象也是耐人寻味的。既然明知做错了，想办法补救才是正理，否则良心会不安的。然而，老黑非但不补救，反朝老汉的脑袋补了一枪，这一枪直接要了老汉的命。作者在塑造老黑这个人物时是去道德化的，也许正因如此，在他被捕并被残忍处死时，读者并不感到多么悲痛。

这个故事中的另一重要人物匡三，日后成了省军区的司令，而他的"发家史"是完全反崇高、反英雄化的。匡三在故事中的突出形象是吃，他干革命的目的只是为了吃饱饭。"他吃馍用竹棍儿一扎五个，多烫的包谷糁稀饭，别人还唏唏溜溜吹着气，他一碗就下肚了。"匡三自小嘴大，能把拳头一下子塞进去。因为太能吃，家里把东西都变卖了，他爹甚至在他睡着时想用绳子勒死他。没有勒死，只好父子俩一块儿去要饭——大人物的家族史居然这么不堪。匡三能吃却胆小，办事不济，交代他侦查财东家却不能完成任务。老黑责怪他，他却狡辩。战斗结束后他向老黑谎报军功。老黑把妻子四凤托付给他，他将女人打晕藏在地窖里，之后即弃之不管。匡三的品性从根子上是坏的。在贾平凹的叙述中，我们没有看到"灰姑娘"的转变。只知道他后来成了司令，他的亲戚、家人也成了省、地、县的要员。

第二个故事中的马生是个流氓无产者。小说为他的出场写了几个细节。一是从不念叨爹娘，不给爹娘坟上烧纸，有人说他坟上不烧纸是绝死鬼，他答："那不是把穷苦绝了？我过好光景。"二是夏天在柿树下睡觉，怀里抱着个凉快的竹美人。还有一处写白河让他帮忙赶驴，给他面吃，他却答："叔哎，你摇摇树，让蛋柿掉到我嘴里。"一个好吃懒做、不讲道德、贪图安逸、狡猾善辩的人物形象跃然纸上。就是这样的一个地痞、无赖，在土改运动中成为积极分子，得到政府的重用。由这样的人来主宰老城村的土改进程，其后果可想而知。这个故事更集中地采用民间道德的视角来观察历史。张高桂的地是几代人省吃俭用一亩一亩攒下的，体现的是中国乡村传统价值观念，勤劳、节俭、珍视土地。尤其是十八亩河滩地，原本巨石成林，是张高桂父子两代人血汗付出换来的。土改来了，一切都化为集体财产，张高桂成了地主被批斗。"天变了"，传统的乡间伦理坍塌了。小说特别写到张高桂死后想埋到河滩地里，但以马生为代表的农会坚决不同意。张高桂的妻子到农会哭求，马生却说就算哭成了河也不行。张的妻子以死抗议，马生给她寻绳子，让她在院子里的树上吊死。中国传统伦理讲人死为大，要让死人安息，马生则毫无同情心，他同新政权倡导的你死我活的无情斗争是合拍的。至少在张高桂的故事里，作者以人性的立场、道德伦理的视角反思了土改运动。

第二个故事中最出人意料的一笔是白土居然同地主婆"畸恋"，这大概是这个乡土故事中最富有传奇色彩的地方。白土是王财东家的长工，是个实诚的憨人。他为了让大家相信自己的话而把耳朵割下了半只。抓阄分到了地，他高兴地把纸放在鼻子上闻，给农会主任磕头。拴劳说地是共产党给你的。白土就问共产党在哪？拴劳说共产党是太阳。白土就往天上看，抓阄用的纸却吞进了肚子里。白土脸都变了。

这些细节相当出色，把一个老实憨厚的农民写活了。若是在过去的年代，他跟漂亮的财东媳妇玉镯简直是非分之想，他也压根不会有这样的想法。时移世易，玉镯落难了，家里的财产被瓜分，丈夫也死了，自己也时时受到马生的骚扰。她从一个有财有势者变成了一个受欺负的弱女子。人生的戏剧性莫过如此。白土和玉镯过到了一起。但玉镯仍然受到马生的骚扰，最后他们逃到了首阳山这个"世外桃源"，与世人老死不相往来。

如果说第二个故事讲述的是物质财富的重新分配、社会关系的重新调整，第三个故事则集中讲述思想层面的整肃与统一。过风楼公社的领导人是老皮，他主持工作的方式是，大家讨论不合他意的就继续讨论下去，合乎他意图的才表态同意"大家的意见"。他憎恶老百姓都是会伪装的、善变的"竹节虫"。他也笑骂冯蟹是会变的竹节虫，但却任命冯做棋盘村的村长。这里面有个小故事。老皮问一只鸟是喜鹊还是乌鸦。冯蟹答是喜鹊。老皮问明明是乌鸦为何说是喜鹊？冯答人人皆知是乌鸦，你仍有此一问，说明你想别人答喜鹊。老皮笑骂他会变，冯说"我跟你变"。不久，冯成了村长。这明显是指鹿为马故事的翻版，两千年过去了，中国人的政治思维依然如故。老皮并不是真的在意别人是否善变、伪装，他要的是对他的服从、效忠。他统治的子民一定要老老实实、死心塌地地顺从。而实现这种统治的方法，一是思想灌输，控制舆论宣传机器，小说中刘学仁干的就是这种工作；一是对不听话的实行劳教，小说中的苗天义、张收成就受到了残酷的专政。为了达到整肃的目的，在基层政权机构发动群众互相揭发，虽然作者没有写到"文革"，但我们已经感受到了"文革"的恐怖气氛。

关于当代史的历史叙述大致有这样两类，一是红色主流历史叙事，一类是新历史叙事。前者代表的是官方主流意识形态，后者则是以民间立场的人性逻辑来解构政治的逻辑。20世纪80年代中后期以来，不少著名作家以其新历史叙事赢得声誉，莫言（《红高粱家族》《丰乳肥臀》等）、王安忆（《长恨歌》等）、余华（《活着》等）、陈忠实（《白鹿原》）、苏童（《妻妾成群》《我的帝王生涯》等）等人已经留下了里程碑式的作品。作为一名与这些作家旗鼓相当的作家，贾平凹能不能突围至为关键。《老生》仍然是在颠覆主流的历史叙述，用去道德化的民间立场来解构政党政治的合理性，毫无疑问我们应当在当代新历史小说的谱系中来考察这部长篇。以此观之，从上面的分析中我们得出的一个基本判断是，这部小说在主体架构上、在总体价值判断上，甚至在作为主线的情节内容上，都是对新历史小说的一种延续。假如这部小说早出现二十年，它将是当代文学了不起的创造。然而，二十年之后，特别是在众多杰作出现之后，对它的评价自然是要打折扣的。

尽管新历史小说已经很有成就，贾平凹仍然试图写出他自己的特色——至于能否成为不朽的杰作需另当别论，至少主观上贾平凹是有这样的雄心的。这是笔者的第二个判断，也是接下来要重点阐述的部分。结合这部分的论述，首先在结构上这部小说即有它的追求。小说不追求故事的完整性、连贯性，而是采用"定点爆破"的方式集中火力重点狙击，以实现历史批判这一最大目标。小说所关注的三个历史时间节点，全是对党史的反动与"歪曲"。而这几段故事又是历史的大关节，是党史中被高度道德化、正义化的部分。作者甚至不再写"文革"这一早已被正统理论否定了的历史内容（《古炉》已专门写过也是重要原因），而志在挑战历史的权威叙述。而这种挑战方式是直接指向特定的时间与空间，在历史内部逐一引爆。

二、《山海经》与道家历史哲学

《老生》这部小说提供的一个新的引人注目的形式因素，是小说照录了九段《山海经》原文。这九段长长的晦涩难解的古文分别插入四个故事之中，再加上对这些《山海经》段落的粗略解释，这部分的篇幅就相当可观了。这些内容游离于故事情节之外，粗暴地打破故事进程。仅凭这一点，如果是一般作者，大概早就被没有耐心的编辑将文稿弃之一旁了。然而，作者是熟读《山海经》的文坛高手贾平凹，这就不能不小心对待了，这里面大概是有深意存焉的。

我们首先来看《山海经》在小说中出现的缘由。棒槌山上的牧羊人祖孙三代都是男性，与土窑里的唱师为邻。一日，唱师病得要死了，牧羊人在守候他的断气。不料一等即是二十多天。牧羊人为孙子从镇上请来先生，先生教他的就是这本《山海经》。于是，先生一段一段地教，孙子也便一段一段地学。遇到不懂的还向先生请教。二百年来，秦岭天上地下，天地人间无所不知的唱师却从未听过《山海经》。病入膏肓的唱师听着《山海经》，感觉自己的"头发还在长，胳膊上腿上的汗毛也在长，像草一样地长，他听得见炕席下蚂蚁在爬，蝴蝶的粉翅扇动了五十下才在空中走过一步……蝴蝶是飞出了窑门，栖在草丛里，却变成了一朵花"。庄生梦蝶，羽化登仙。《山海经》令通灵的唱师起死，作者这样设计整部小说的开头又具有怎样的象征意义？

在历史叙事的内容及立场上，新历史小说之后作家已经很难再有创新，寻找独特的叙事视角应是这部小说的自觉追求。贾平凹在这部小说中交叉运用两种叙事视角，一种是全知全能的隐含作者视角，另一种是作为历史亲历者的唱师的限知视角。前者基本上是人文知识分子的视野，后者则是民间的立场。当然，唱师因其特殊的职业技能，他也接近于全知全能。所以较多的时候读者会感到这部小说叙事视角上的含混，你不知道故事讲述到某处到底是谁在叙述。《山海经》的加入，贾平凹应是有意识地再增加一种参照视野。这种参照视野就是历史传统，来自几千年中国文化的积淀。于是乎，这部长篇就具有了三重不同的历史观照：民间的、现代人文知识分子的、中国传统的。丰富多元的叙事视野令这部作品呈现出饱满的艺术张力。

《山海经》给予贾平凹的首先是一种叙事智慧。在小说的后记中，贾平凹写道：《山海经》写的是作者所经历的山与水，《老生》写的是贾平凹经历的人与事；《山海经》是一个山一条水地写，《老生》是一个村一个时代地写。《山海经》写一座座山一条条水，却写出了整个中国，而言下之意，《老生》也是要写出整个中国的。《老生》这个故事的新的叙事方法受到了《山海经》的启发，至少贾平凹试图让我们相信这一点。当然，也许这一点并不太重要。重要的是，《山海经》可能带给贾平凹一种深层次的启发，这种启发有益于贾平凹在小说中建构一种他的历史哲学。

小说中所引的《山海经》原文大都单纯讲某处的山与某处的水如何如何，并不容易看出其中的思想。原文之后师徒的一问一答是对《山海经》要义的简要阐发，倒是值得注意。细读这部分的内容，我们发现作者重点阐发了这几方面意思。

其一，对《山海经》的主旨及其与现代人的关系进行阐释。认为《山海经》是上古人对自然的朴素观察，在这过程中形成了中国人的原始思维，而这种原始思维又一直影响到今天。"有金玉而无草木，上古人发现了这种现象，才可能使伏羲总结归纳出了金木水火土相生相克的五行说。"[1] "《山海经》里上古人的思维是原始的，这种思维延续下来，逐渐就形成了集体无意识，形成了文化。"（第75页）

其二，镇上的讲师借《山海经》讲得最多的是人与人的关系。"人在大自然中和动物植物在一起，但人从来不惧怕任何动物和植物，人只怕人，人是产生一切灾

---

[1] 参见《当代》2014年第5期，第15页。文中多次引用，以下仅标明页码，不再一一做注。

难厄苦的根源。"（第 15 页）"当人主宰了这个世界，大多数的兽在灭绝和正在灭绝，有的则转化成了人。过去是人与兽的关系，现在是人与人的关系。"（第 41 页）"那里也有专政？有人群就有了阶级。一切国家都是一定阶级的专政。这是为什么呢？有了名分，统治就要有秩序。"（第 52 页）小说将人放在整个自然中来观察，发现人是最厉害也是最残忍的动物。"人永远都是饥饿的……人史就是吃史。"（第 7 页）可怕的地方正地于此。人的欲望永远都无法满足。当人征服了兽，就把对待兽的办法用来对付人。在小说中我们看到，林县长在捕到老黑后，用极其残忍的手法要在肉体上消灭老黑，并且用铁锤砸老黑的睾丸，要让这类人灭绝；土改阶段，当权者用专政的力量也要将地主阶级赶尽杀绝；社会主义思想整肃时期，对于思想异己分子也要用暴力的方式强行改造他们的思想。贾平凹看到的是现代人同上古人精神的同构性，写出了人性的野蛮与残忍，这也是这部小说穿透当代史所达到的哲思高度。

其三，道家思想的渗透，构成这部小说历史哲学的内核。"问：天帝派诸神来地上治理，而还有那么多怪兽怪鸟怪鱼，蛮蛮带来水涝，毕方带来火灾，傲狠吃人，钦原人蜚人见木蜚木，甚至神与神也发生战争……答：世界就是阴阳共生魔道一起么，摩擦冲突对抗，生生死死，沉沉浮浮，这就产生了张力，万事万物也就靠这种张力发展的。"（第 66 页）世界上为什么会有恶的存在？争斗为什么不能平息？答案是世界本就是"阴阳共生魔道一起"的，这在《山海经》的叙述里天然存在着，也是中国传统道家哲学的要义。这种哲学思想似乎与马克思主义的对立统一理论相近，以人性的视角观之也是一种人类本然的无奈。"《山海经》可以说是写人类的成长，在饱闻怪事中逐渐才走向无惊的。"（第 7 页）见怪不怪，这里面有一种世事洞明的传统智慧。《老生》里写了很多的奇闻异事，其路径却是通往"无惊"的。"纯然存在的美，那属于本性的无限光芒。树木不知道十诫，小鸟也不读《圣经》，只有人类为自己创造了这个难题，谴责自己的本性，于是变得四分五裂，变得精神错乱。"（第 89 页）所谓"纯然存在的美"，所谓本性的"光芒"，都是道家的思想，要"绝圣弃智"回归本然。外来的诸如"革命""解放""阶级斗争""思想改造"乃至"致富""发展"等概念既促动社会变化，也压抑人的本性。有了"名分"，就会有争斗，就会有暴力、死亡，就会有折腾。逃到首阳山远离尘嚣自然老死不失为一种理想选择，而小说最后瘟疫流行村人死绝实在是对中国历史、对人类社会的一种沉重思考。

《山海经》的加入意在提示作家的理念，有了道家历史哲学作为整部小说的思想基础,这无疑给小说增加了深厚的思想底蕴。然而,《山海经》在小说中的植入方式是粗暴的,基本上与四个故事相脱离,作家缺乏巧妙的构思,将其融入到小说故事之中;即便从思想呼应的层面来说,如果没有"解经"的倾向性,读者也很难看出它与道家哲学的紧密联系性;再者,作者引用《山海经》原文过长,引用过多,没必要地将小说拉长了。

三、志怪传统与村野趣味

《老生》这部小说区别于其他新历史小说的另一重要特点在于,它带有浓郁的中国传统小说审美趣味。一个重要体现是,这部小说继承了中国古典小说的志怪传统,在对灵异事件的高度兴趣中蕴含着中国人的思维方式和民间信仰。这种审美趣味是地道本土的,绵延了上千年的历史,而在当下的新历史小说谱系中却又是别具一格的。

小说开篇写上元镇上有座空空山(这个开头令人联想到《红楼梦》的开头,而地名又让人想到道家文化),山里有个高高的石洞,有大人物从此经过石洞才往外流水。唱师能历数哪些人来石洞流过水。有一年,省长经过,众人以为会流水,唱师却不出来唱,省长不是大贵人。唱师出入于阴阳两界,能把磨棍插在窑前,一场雨后磨棍就发了芽;给孝家唱阴歌听到棺材响,就逮住一只老鼠在棺材前绕,然后将老鼠一扔,念道:"你走!"老鼠就变成蝙蝠飞走了,棺材也不再响了。与之相似的是,第二个故事中,张高桂死了,马生不让埋十八亩地,先是鬼魂附在邢钴辘身上,继而化作一条蛇形尘土游向马生办公室。马生喝一声"让你去埋了,你就老老实实躺着去"。那尘土蛇便软了下去。到底是马生的阳气重。一个人在山里坐在一段枯木上吸旱烟,磕烟灰时才发现枯木是条大蟒蛇。蟒蛇没伤害他,他却吓成了植物人。植物人的儿子叫雷布,他带头捕杀了大蟒蛇,后来当了游击队员。中国古代不少历史故事、民间小说中都喜欢讲蛇,这是一种神秘而又令人恐怖的动物。老黑给王世贞取蛇皮,到雷布家见到一老婆婆给一个老头子揉搓身子,老头子昏迷不醒,身子缩得像个婴儿。看到后面我们知道这老头子其实就是那条蟒蛇。老黑问蛇皮在哪,老婆婆答蛇皮被儿子钉在崖壁上,好让他的父亲鬼魂附体。通往崖壁的独木早已朽烂了,下面即是深涧。老黑坚持过独木取蛇皮,刚取了蛇皮独木就咔嚓断了三截掉下洞去。小说至此完成了一段传统特色的英雄叙事的前奏，只是这个英雄后来并没有成就一番大事业，而是惨死在敌人的手里。在这里，贾平凹似乎同传统英雄叙事开了个玩笑。

小说中有相当多的乡野趣味的"志怪"描写，反映了民间的思想信仰与精神结构。就像老黑刚过独木桥独木就断了，他自此觉得自己命硬；老黑逃到"卧黑沟村"，徐老板（后来当了副县长）说不好，犯了地名，果然老黑在这里被捕；王世贞在院子里打太极，树上掉下来一条蛇，喊人打蛇，蛇吃了老鼠跑不动，就往外吐老鼠，蛇虽然打死了，王世贞心里却不痛快，因为他属鼠，这一年，王世贞被老黑打死了，老黑也被抓住打死了；白河种张高桂的河滩地，其他地方都出苗，唯独埋张高桂的地儿一棵苗都不长；马生做梦嘴里的牙全掉了，王财东解释说这是要脱胎换骨，果然马生土改后摇身一变当了农会副主任；王财东死前也做了一个梦，梦见海，海里都是水，玉镯说见到水就是见到财，没想到却是掉到尿桶里给溺死了；邢轱辘和许顺争分到的树，请马生来处理，马生一斧头把树砍了，树往外流红水，像血一样——这树原本就不是他俩的。这些描写从现代科学的眼光看来，大多属于"迷信"思想，是不能够信的。但却是中国人传统的思维方式，是一种集体无意识。它既反映了中国民间的精神结构，也是民众喜闻乐见的形式，往往以民间传说的方式四处传播。这种形式天然地同中国传统小说紧密相连。

从这个意义上说，《老生》是贾平凹虔诚的一次回归，回归传统，回归到中国小说的原初状态。这里所说的小说传统不是指文人小说传统，而是它更早的源流：来自乡里民间的街谈巷议、道听途说，口口相传的神话与传说。在《后记》里，贾平凹坦言《老生》里的故事大多是他幼年时期听来的，是故乡流传的奇闻异事。因其是乡野百姓口中的流传，故事大都带有粗野的质地。作者写马生看到白菜往庙里去，心生妒恨，找到白菜的鞋印用尿浇，浇湿了十三个鞋印；白菜同庙里的和尚有鬼，马生喊白菜的丈夫把和尚打死了，埋在寺前的地里。耙地的时候，马生把和尚头盖骨耙开了，还要喊白菜来看，白菜看过后从此人就傻了。马生是小说四个故事中写得最生动的一个人物。有人说流氓创造历史，文人讲述历史，大概是这个意思。冯蟹原本喜欢搞男女关系，当了村长第一件事就是当众展示他的生殖器，说这权当是把生殖器给杀了。宣誓后还真的没再犯作风问题。游击队员在老二家里借住，老二媳妇每晚起来小便，叮叮咚咚的响声令队员们想入非非。大家争着要住到老二家，雷布只好决定派人轮流去住。受这件事的启发，游击队的宣传标语竟是打出"秦岭进省城，一人领个女学生"！

村野趣味、传统的志怪方式构成了《老生》的审美主调，也是这部小说打通历史与当下的另一关键——如果说以道家思想为核心的历史哲学是作家审视历史与当下的一大关键的话。由此观之，小说第四个故事写到的戏生挖当归挖到人形的秦参，将其送领导却令他终生无子（戏生相信这二者之间的神秘联系）；戏生带领村人致富，掺了各种药物的饮料令鸡生出四个翅膀、三条腿；为了骗取上面的政策支持，称在秦岭发现老虎，撕下弥天大谎；瘟疫来临，当归村人几近死绝等。这些故事不仅在历史思考上与此前的小说叙事相一致，而且在总体的审美趣味上也是一致的。道家讲"虚静""无为"、讲"顺其自然"，但小说所呈现出来的这近百年来的中国当代史却充满了各种欲望，包括个体的、政党的、社会的甚至国家层面的，有欲望就有争斗，诸事刻意为之因而是非自然态的、是怪异的，这大概是小说内在的道家历史哲学与外在的志怪叙事方式的联系之所在。

需要指出的是，《老生》在艺术上是前后不平衡的。四个故事中，第一个故事艺术上最为成熟，最得中国古典小说志怪传统神韵，又带有民间粗野趣味；第二个故事刻画马生相当出色，也是富有个性色彩的民间人物，但志怪风格已经减弱；第三个故事则差强人意，主要人物墓生和老皮都游离于故事之外；第四个故事试图回归志怪传统，但较为勉强，作家对来自新闻报道的素材还缺乏强大的同化能力，让人感觉有意为之，艺术上自然不够纯熟。

第三章　城市与乡村：乡土叙事的空间转移

新世纪打工小说中的农民工心态表述

　　新世纪打工小说展现了进城农民工这样几种心态：其一是因物质到精神绝对贫困而产生的卑微感；其二是作为城市"异乡人"无根的漂泊感；其三是受尽磨难后产生的仇恨、报复心理。农民工失去了可以依赖的精神价值根基，他们迷失在城市之中，直至走向危险的深渊。作家们在叙事层面上也相应存在一些偏颇：他们没有预留乡土精神价值空间，致使农民工成为无根的一群；夸大了城市的排斥性而忽略了城市的包容性；渲染仇恨、暴力，而丧失了清醒的批判意识。

　　城市化是现代化的一个重要指标，这一点已为世界各国的社会历史发展所证明。从人口学的角度看，现代化即是这样一个过程：由分散居住在农村的人口向城市集中移动的过程。农业人口的不断减少，农民在国民中比例的不断降低，从事农业劳动的人员逐步被吸纳到城市转而从事工业生产，这是现代化发展的一般轨迹。城市化既然是现代化发展的大趋向，城市与乡村就自然有了等级差异，它们绝不是等值的二元关系。中国现代化建设的策略在于优先发展城市，发展工业，城乡经济社会的长期的不协调发展，造成乡村劣势地位更加显明。要求改善物质上的极端贫乏成为乡下人进城的主要内在动因，这在当下农民工书写中已经是不需详细交代的时代背景了。20世纪中国文学作品中关于农村贫困的表述不绝如缕，相比于城市的物质富足，乡村具有精神、道德甚至是人性层面的优越性，这在左翼文学、十七年文学以及沈从文等作家的创作中都可以见到。不同于以往的乡村—城市表达，新世纪农民工小说所表述的，是一幅在城市面前乡村无论物质还是精神全面溃败的图景。我们看到，在作家们笔下，农民工们是一群没有值得称道的"前史"的人。乡村面对城市几乎连道德优越的最后一块遮羞布都荡然无存，在城里人面前，农民工连阿Q、陈奂生式的精神胜利的念头都没有，一句话，他们是彻彻底底的不足道的卑微者。陈应松的小说《归来·人瑞》（《上海文学》2005年第1期）中，去城里打工的喜旺从高楼上掉下来，摔死了，喜旺媳妇从城里领到赔偿款回来。叙事的焦点集中在喜旺的家人、亲戚、朋友都在打这二万八千元钱的主意，争得不可开交，令喜旺媳妇十分为难。奇怪的是，没有人关心喜旺的死因，也没有人因喜旺的死而流露出本应有的悲伤的情绪，即便他的父母、兄弟都是如此。也就是说，喜旺是作为一个纯粹的物质的人，一个可以清楚地进行商业标价的物品而存在的，他没有任何的精神意义。即便是作为物质的他，其标价也相当的低廉。小说中作为旁观者的阮白脸的话更是饶有意味："摆脱贫困，总是要有一代人作出牺牲的……桃花峪有二十几个妮子长了梅疮，就是梅毒，没了生育。可人家楼房都做起来了，富裕村哪，哪像咱们这儿。后山樟树坪穷死，可去年死了八个，挖煤的，瓦斯爆炸，一下子竟把全村的人均收入提高了一千多块。为啥，山西那边矿上赔的么……要奋斗就会有牺牲。"他的脱贫理论借用"要奋斗就会有牺牲"这样的革命话语，颇具反讽意味，这背后所透露出来的农民工精神价值上的无意义、生命价值的卑微感却是力透纸背的。李师江的《廊桥遗梦之民工版》（《上海文学》2004年第1期）讲一个随时都有生命危险的造桥工人，每次经过发廊后在意念中想象得到发廊女人的按摩服务："难道这就是做鸡？如果是，那么花20块钱就可以当上嫖客了。嫖客，一个多么风光的身份，简直可以让自己从农民中脱颖而出。"他许诺要带上他的工友去按摩，并在这种许诺及想象性按摩经历描述中觉出一种优越感。但这个诺言没能实现，因为他舍不得这20块钱的消费，他的工友最终没能享受到发廊女的按摩就被凝固在第九个桥墩里了。阿德勒认为，人所处的环境对人的压抑与排斥，是造成自卑感的重要原因，而对优越感的追求则是人类的通性。"由于自卑感总是造成紧张，所以争取优越感的补偿动作必然同时发生。"[1]在造桥工人这种纯粹建立在想象基础上的优越感里面，我们看到的是一个卑微的灵魂。在小说《泥鳅》（尤凤伟，《当代》2002年第3期）里，几个来自农村的打工者在城里遇到困难而又无力解决的时候，有这样一段对话：

---

[1]　[奥]A·阿德勒：《超越自卑》，第76页，刘泗编译，经济日报出版社1997年版。

"人家是什么人，咱是什么人，一个天上一个地下。"小解说。

"咱啥时候能混到人家那一步呵。"王玉城叹口气说。

"永远也不可能。"小解断言说。

"为什么？"

"只因我们是些小虾米。"

"小虾米？"

"有句话叫大鱼吃小鱼，小鱼吃虾米，虾米吃淤泥。咱们种地的是吃淤泥的一类，不是虾米是啥？"[1]

农民工这种生命的卑微感在这里表达得再清楚不过了。小说的主人公国瑞这个外形酷似周润发的有理想有追求的善良青年，最后获得的是在城市里毁灭的命运，而自始至终他都不知道自己犯了什么罪。他被利用成为腐败的金钱政治的替罪羊，是一个被戏耍的、廉价的牺牲品，他不正是一只吃淤泥的小虾米吗？

从叙事层面来看，众多农民工小说文本表达了一种类同化的自卑性体验。为什么会在心态表述上出现这种相似的情感体验？一方面，当农民工遭遇城市时，他们所从事的职业几乎无一例外的都是低贱的、不体面的、甚至是不能言明的不道德的灰色职业。从职业类别来看，来自农村的男性，要么是建筑工、挖煤汉等危险的苦力出卖者（《民工》《归来·人瑞》），要么是捡垃圾的（《高兴》《到城里去》），还有失去人身自由被强制性劳动的（《被雨淋湿的河》《太平狗》），以及承载更多道德压力的做"鸭"（男妓）（《泥鳅》）。而女性除了在现代化工厂流水线上超强度长时间劳作外，就是保姆、发廊妹、按摩女甚至是直接卖淫者等灰色及非法职业者。稍有姿色的可能享受的待遇要高一些，充当城里人的情妇，过一种依附性的、被包养的寄生生活。无论从事哪一种职业，都是不能引起一丝自豪感的，职业角色安排决定了农民工不能挺直脊梁做人；另一方面，更重要的是，写作者并没有预留多少乡村价值空间，当农民面对城市时没有可以依赖的精神价值属地。乡下人的善良、纯朴、率性自然、诚实信义，乡下人完整的道德感、优美健康的人性等美好的精神价值，在当下的农民工小说中要么处于缺席状态，要么在商业化的城市法则面前显得不堪一击。缺乏精神文化根基的农民工不具有完整的人格力量，在表象优越的城市面前，

---

[1] 尤凤伟：《泥鳅》，第 69 页，春风文艺出版社 2002 年版。

他们很容易丧失应有的尊严感。

尽管城市带给他们不愉快的体验，农民们还是义无反顾地到城里去。他们的动机可以是各种各样的，但是方向只有一个，那就是城市。而太多的文本告诉我们，这个作为农民运动方向的城市根本不是他们的终点，他们同城市的关系是一种"在而不属于"的关系。《明惠的圣诞》（邵丽，《十月》2004 年第 6 期）中的明惠，出于自尊、好强，她要胜过从城市归来引来村民关注的女孩桃子，来到了城市里。在一家洗浴中心为人按摩，也出卖色相。她拼命地攒钱，因为她需要厚实的经济作为人格的支撑。后来她遇到失意的李羊群，改名为圆圆的明惠能看出李羊群心底的悲伤，在明惠看来，他们的交往超出了一般的按摩服务的内容，而更多指向精神、心理的层面。在一个圣诞夜，两人的关系得到实质性进展，明惠搬进了李家，成了李的情人。这个圣诞夜对于明惠来说自然具有特殊的意义。"我们回家吧"，她仿佛在这个城市找到了自己的归宿。她心甘情愿地过着这种难以说清身份的日子。在另一个圣诞夜，她同李又一次外出过节，遇到了李过去的一些朋友。这一次遭遇使明惠意识到自己根本就不属于李的那个圈子。"她们无一例外地充满自信，而自信让她们漂亮和霸道，她们开心恣肆地说笑，她们是在自己的城市里啊……圆圆是圆圆，圆圆永远成不了她们中的任何一个！"这种城市里的局外人的深刻体认，使明惠感到来自心灵深处的悲哀，最后她选择了自杀。具有讽刺意味的是，李羊群直到圆圆死后，才从她的身份证上发现圆圆叫肖明惠，而让他始终不明白的是，圆圆为什么要死？这就进一步印证了明惠的判断，她从来就没有真正进入这个城里人的内心世界。《米粒儿的城市》（阿宁，《北京文学》2005 年第 8 期）中的米粒儿来到城里，从曹老师家的保姆，到青青发廊里的洗头妹，到"三哥"公司里的职员，再到柴行长的情妇，这就是她的城市履历。直到最后她才明白，原来她只不过是一个充当交易的物品，"三哥"将她转卖给柴行长来获取巨额的商业贷款。而乡下人的纯洁、单纯、天真，是最大的卖点。她被骗了，很长时间里却一无所知，还为失身于柴行长而深感对不起她喜欢的"三哥"。米粒儿终于明晓了自己的命运，自己可悲的角色。她将"三哥"第一次送给她的为她一直珍藏的玉蟾扔进了坐便器："然后坐在那里解大便，一边解，一边默默地笑，笑着笑着，她又哭起来。"米粒儿同明惠一样，她们来到城市，以其乡村的纯洁、天真得了城市的喜欢。她们真诚地付出自己的情感，希望情感有一可靠的归依。城市可以容纳、收留她们的肉身，可情感呢？

情感是没人要的，不管这情感多么真挚。

　　孙惠芬的小说《吉宽的马车》里的装修公司老板林榕真事业上小有成就，似乎也获得了爱情（看起来好像比明惠、米粒儿好一点），因为这份爱情他理所当然谋求与城里女人宁静更加稳固的情感关系。这时他才发现他与宁静的巨大差别，宁静直接同他摊牌："林榕真，你应该找准自己的位置，我不过是用用你的身体，我怎么会跟你结婚。""我们不一样，在我这里，爱情不比金钱更重要，我要我现在这种安宁的小资生活，你给不了我这种生活。"也就是说，林榕真根本不可能得到这个自己想要的城里女人。为什么会是这样的结局？其实很简单，就像吉宽在谈论这件事时说的那样："就凭咱们没钱没地位，是个不起眼的乡下人呗！"在这座城里，林榕真找不到自己的另一半，无论怎样努力他也挤不进这座城市，他只能这样漂泊着，最后死在这里。而小说的主人公吉宽可能从一开始就没想到要融进这座城市，他的进城缘于自己的爱情挫折，吉宽的马车比不上城里小老板的轿车，心爱的女人因此选择嫁到城里，他也随之进城。虽然身在城里，内心却无比怀恋乡村懒散而自由自在的生活方式：

　　　　林里的鸟儿，

　　　　叫在梦中；

　　　　吉宽的马车，

　　　　跑在云空；

　　　　早起，在日头的光芒里呦，

　　　　看浩荡河水；

　　　　晚归，在月亮的影子里哟，

　　　　听原野来风。[1]

　　这首不断在吉宽脑际回响、梦中萦绕的乡村牧歌是其城市漫游者心态的油然外现，对于吉宽们来说，"城市是他者的，民工只是钢筋水泥森林里的一个'闯入者'一个'城市的异乡客'、一个'陌生的侨寓者'一个寄人篱下的栖居者，他们既是

---

[1]　孙惠芬：《吉宽的马车》，第220页，作家出版社2007年版。

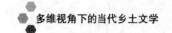

魂归乡里的游子，又是都市里的落魄者。"[1]

相对来说，吉宽是幸运的。他是城市的匆匆过客，是"候鸟"，漂泊在城市之中，但也有自己明确的归属地——乡村，尽管这样的归属显得有些诗化、理想化了。而另一类务工者则大大不同，城市不属于他们，归乡之路也早已断绝，他们只能辗转于各个城市之间，做一个无根的漂泊者。项小米的《二的》中的小白，认识到在封建意识主宰下乡下人的"生儿"观念是个残忍而冷漠的杀手，它直接导致了妹妹"二的"的死亡，这一切为小白所亲历，残酷现实教她深刻认识到"老家是实在回不去了"。她进城做保姆，从主人聂凯旋和单自雪垂死的婚姻中看到了融入城市的希望，但这一愿望很快被现实击得粉碎。小说所呈现出来的故事结局一如单自雪对小白预言式的忠告："一个结过婚的男人的诺言，基本等同于谎言；相信男人的谎言最后受尽伤害，那不是男人的问题，是女人的问题。"小白最后带着一颗伤痕累累的心不辞而别就是顺理成章的事了，无家可归的小白又漂向了另一个不知名的城市。刘继明的《送你一束红花草》中的樱桃，她的城市故事在文中没有正面叙述，而是通过叙事者小宝——乡村诊所里的一名学徒的眼睛来隐约交代。从城里归来的樱桃患有不可根治的疾病，至于是什么病，小宝并不知道，小宝只是负责给她注射几百块钱一瓶的药。虽然樱桃从城里挣来的钱给家里盖了很好的楼房，患病的她却被无情地驱逐出来，村里也有不少关于樱桃的闲言碎语。只有小宝同情她。樱桃喜欢红花草，这是一种美丽的但只要季节一到就会被铁犁犁去，同乌黑的烂泥一起腐烂的花。小宝在给樱桃打针的时候总要捎带一束红花草，这一点浪漫温情更加彰显现实世界的冷酷无情。一个被城市践踏、摧残的可怜悲悯的美丽女子，乡村也不是她的归依之地，不仅不能提供给她疗救的机会，反而加深了她的悲剧。城市摧毁了她的身体，乡村却又在精神上给予她重重的一击。

作为一种社会现象，农民工进城自然是有悲也有喜，酸甜苦辣咸，五味杂陈，这原本是一个极为丰富的文学表现领域。当下农民工叙事却往往走在一条狭窄的路上，农民工进城故事总被处理成一个个悲剧。作家们不厌其烦地讲述一个个千疮百孔的心灵受挫的苦难故事，以农民工代言者身份自居的作家们在对农民工自上而下的同情中也蕴含了对他们所理解的城市文明的道德谴责。同情也好，谴责也罢，这本身无可厚非，相对于20世纪90年代以来的"游戏文学""消费文学"来说甚至

---

[1] 丁帆：《"城市异乡者"的梦想与现实》，载《文学评论》2005 年第 4 期。

是难能可贵的，但千篇一律的模式化的单薄想象在客观上无疑遮蔽了农民工进城生活本身的丰富性、生动性和复杂性，这不能不说是一种遗憾。此外，在城市化不断推进的今天，千千万万的农民进入城市，安身立命，这应该说是不能忽视的现实情境。而在作者们的城市想象中，可能夸大了城市的排斥性，而忽视了城市的包容性。

在城里屡屡碰壁、受挫，只能漂泊在城里而不能扎根，顺着这种思维逻辑，进城的农民工自然就有了怨恨乃至仇恨的情绪，有不少文本甚至直接表现农民在此种心理驱使下付诸行动的报复行为。

周崇贤的《杀狗——悲情城市系列》（《当代》2009年第1期）讲述从农村来的王二和小芒在城里吃尽苦头，小芒怀孕却养不起，准备打掉，后转卖给一个香港人。王二做期货，主顾光头趁机占有了小芒，导致二人离异。小芒在一家工厂做工，为顶替一个月经大出血的女工（她被要求加班）活活累死。王二则发达起来，做期货交易公司赚了不少，与城里的一个女研究生同居。值得注意的是，他之所以选择城市女生是基于这样一种心态："在王二的感觉中，进入城市的女生，就像是获得了城市的认可与接纳。那种满足感，就像一个漂泊无依的农民，历尽艰辛与屈辱，终于获得了在城里永久居住的权利。身体的躁动，心灵的漂浮，以及长期的焦灼和压抑，都可以得到安慰，得到平静、安宁和妥帖。城市女生为他张开的双腿，就像是城市紧闭的大门，而他，就像是一门乡村的土炮，看起来固若金汤的城池，终于被他轰然攻陷。"小说中的另一主要人物三三，其男友把她奉献给台湾主管换取提升机会，三三因而发疯，王一几年的精心照料才使她恢复健康。王一当时在狗老板处做工，而狗老板在王一收纳三三期间使三三怀孕，愤怒的王一因而总是提着锋利的尖刀追杀城里的狗。小说的作者直接把城市比作是农民工的墓地和灵堂，"他们飞扬的青春、梦想甚至生命，就是这么年复一年地，一点点地被活活地埋葬。"看来，充满愤怒和复仇情绪的还不只是小说中的人物，作家本人的立场昭然若揭。王祥夫的《一丝不挂》（《花城》2004年第4期）讲述打工者"阿拉伯"和他的哥哥向老板复仇的故事。三年前，包工头"年轻老板"拖欠他们的工钱，让他们白白干了一年的活。"年轻老板"也假装破了产，开出租车，这种做法已经有了担心被报复的意思。最终还是被兄弟俩寻到——这三年大概无时不想找到他，可见仇恨之深。兄弟俩用刀子逼"年轻老板"脱得一丝不挂，"不要你的命，就是想让你也光一回"。最后赤裸裸的司机受不了路人的目光，出租车被撞翻了，车毁人亡。这个故事里面的报复者算是比较温和的了。罗伟章《故乡在远方》(《长城》2004 年第 5 期) 里的石匠陈贵春到城里打工，也是不断遇挫。为包工头干半个月，不仅没有收入反而倒欠老板四十元伙食费；被人贩卖到私人石场强迫劳动，差点送命；好容易找到点正经事做，又听说家里的小女儿一个人烧饭被火烧死了。悲恸的陈贵春买票回来，路上竟被盗，分文全无，无法转车，也就是说在城里被掠夺得干干净净的陈贵春回家的路也断绝了。走投无路的他最后成了抢匪，第一次抢一个大个子男人并把人打死了，然后是落入法网，被枪决。小说提出这样一个社会问题，善良、纯朴的农民进了城怎么就变成坏蛋、恶棍了？作者的态度其实已经蕴含在文本的叙述之中了，即农民是无辜的，是城市出了问题，农民是被动的，被逼上绝路而不得不如此。前面提到的《米粒儿的城市》中的米粒儿在明白了自己的真实命运之后，她要报复，她以匿名的方式到市纪委告柴行长，结果却被三哥用钱摆平，不但不能奏效，相反却害了一个被误认为是告发者的三哥公司的一个小伙子，三哥指使人把他撞残了。米粒儿回到农村，看到哥哥手上打工留下的老茧，而得到的报酬却极为低廉。再次返回城里的米粒儿，手提包里装了一袋毒鼠强。善良、柔弱的米粒儿要以投毒的极端方式来解决她的城市困惑和不平。《泥鳅》中的蔡毅江搬运的时候挤破了睾丸，公司经理对此拒不负责，打官司又败诉，到医院救治时因为是没钱的农民工而受尽冷眼与怠慢。为了治病，他默许甚至鼓励女友寇兰卖淫。蔡毅江最后成了收保护费的"黑社会"，也以"黑社会"暴力的方式惩罚了之前的公司经理，并请人将他受伤时态度傲慢不肯诊治的女大夫强奸。这种农民进城故事的暴力叙事并不是新世纪以来的新鲜事，20 世纪 90 年代鬼子的《被雨淋湿的河》可以说是其滥觞。小说的主人公晓雷先是被骗到采石场，拿不到工钱，一怒之下杀了老板；第二次在一家有外资背景的服装厂，老板认为一名怀孕的女工偷了他的衣服而惩罚她，晓雷仗义出头，老板大发淫威，命令所有的工人下跪，全厂只有晓雷没有照办，他获得了尊严但丢掉了工作；回到家乡，晓雷到一煤场干下井挖煤的工作，发现这煤场是教育局长亲戚开的，而教师未发的工资都到了这个煤场，晓雷用一个本子记下了他的发现，最后他被人谋害死在井下。晓雷从未停止过反抗，甚至不惜采用暴力犯罪的方式，他被处理成受"民族资本""买办资本""官僚资本"重重压迫的打工者。这看起来似乎是左翼文学的回归，但实质上与左翼文学有着极大不同，它是个体的而非有组织的反抗，因而在基调上也缺乏"全世界无产阶级联合起来"的理想主义和浪漫情怀，而显出深厚的悲剧色彩和压抑格调。这一点在所有的农民工报复心绪表达中都是如此，他们只是个体的无望挣扎，理想主义之光照不进这片黑暗的仇恨森林。

报复心理是此前农民工进城所体验到的卑微感、漂泊感的合逻辑发展的结果，也是一种极端化的表现，它往往以诉诸暴力的方式加以宣泄，因而具有了血腥的、恐怖的甚至死亡的气息。值得注意的是，作者们在表现农民工此种值得警惕的内心体验时，几乎无一例外地都赋予其正义色彩。正如左翼文学的暴力叙事一样，无产阶级（工人、农民）的暴力革命的合法性乃是基于资产阶级、地主阶级的滔天罪恶的认定之上，农民工的报复行径也总是被逼入绝境、不得不为之的选择。是这个社会"逼良为娼"，他们被"逼上梁山"[1]——在这里，农民工的精神谱系竟可上溯至传统的落难草莽英雄。从心理学角度来看，仇恨、报复乃是由于此前的某种愿望不能达成而产生的过度强烈的情绪，它需要以极端的方式来宣泄、排遣。它的结局不外乎两种情况，一种是报复成功，得到情绪宣泄的快感体验；另一种是报复失败，酿成更深的悲剧。农民工的反抗、暴力报复的结局又往往是没有希望的，是悲剧性的自我毁灭。这样，作者便赋予了农民工故事双重的同情和悲悯——报复前的不公正的同情及报复后毁灭的同情。这种不加辨析的同情倾向值得警惕，仇恨与暴力不是医治创伤的良药，不加批判的同情只能助长暴力。而在仇恨、报复心理之中所显现出来的农民工人性的异化更是作者应当指出而未能指出的大问题。如果说左翼文学的暴力叙事是叙事者被淹没在意识形态的洪流中而丧失自我主体意识的话，对于农民工无条件的同情则是当前底层叙事中常见的一种急于"代言"的创作倾向。为底层弱势群体代言，让这沉默的大多数的声音为大众所关注，唤起公众的良知及改造社会的注意，这本身应是知识分子分内的职责，值得称道。但过分强烈的代言欲望又有可能使代言者为其想象的苦难所淹没，而缺少批判性的审视眼光。创作主体批判意识的缺失既不能深刻、全面地表现叙述对象，也不能唤起读者真正的艺术共鸣。

---

[1]　江腊生：《当代打工文学的叙事模式探讨》，载《中国文学研究》2008年第4期。

农民工小说的城市想象

农民工，来自农村又在城里做工，过往的农村生存环境、生命体验将会与新的城市境遇发生怎样的关联与冲突？这是农民工题材小说必须要处理的一个重要问题。小说是作者想象世界的一种方式。值得注意的是，农民工小说的城市想象具有类同化的倾向。在这些小说里，城市的形象基本上是负面的否定性的，它不适宜乡下人的"生长"，是充满诱惑的陷阱，甚至是令农民工命丧黄泉的"坟墓"。

一、"城里不长庄稼"

农民工进城无疑是在这样的一个时代背景下发生的：农村经济凋敝，农民在农村无法获取足够的生活所需；而以劳动力密集型产业为重要发展路径的现代化在城市里稳步推进。城市就像一张巨大的吸盘，可以吸纳大量的农村剩余劳动力。农民涌入城市做工，于是，农民工的故事开始了。应当说，大多数农民工是充满希望与幻想来到城市的，他们要挣钱，要寻找发展的机会，他们也希望在城里扎下根来。可这仅仅是故事的开始。几乎所有的农民工小说都在告诉我们，城里没有适宜农民工生长的土壤。正像一篇小说的标题《城市里不长庄稼》（刘思华，《北京文学》1994 年第 1 期）那样，农民工自始至终都无法融入城市，他们只是城市的局外人，找不到归属感。小说《糖藕娘子》（李肇正，《上海文学》）中杨莲芳温柔美丽，来到上海靠卖糖藕为生。市场管理员陈四光不过是个混混，却总是想着打杨莲芳的主意。"陈四光情不自禁就有了联想：从年龄而言，他不具有优势，他要比糖藕娘子大了十几岁，但是，他是上海人，糖藕娘子是乡下人，这身份的优势又足可弥补了。再朝下想，他在上海有房子，那么，娶她就是帮她了。为难的倒是他，讨个乡下老婆，怎么向父母亲戚交代？"这段心理描写再清楚不过地表达了城里人在乡下人面前那种无所不在的优越感了。范小青的《我就是我想象中的那个人》（《当代》2006年第5期）中的农民工胡本来，一次在小偷的手里花二十块钱买了辆自行车，被人怀疑是他偷的。从此以后就有了精神强迫症，总是怀疑自己就是那个做坏事的人，要被警察带走。一有事情就猜想别人在怀疑他，搞得精神紧张，手足无措。这个故事揭示了农民工在城里不受信任，无缘无故受人歧视的境遇。作为城市的主体，城里人对农民工的歧视、鄙视和排斥是农民工对城市没有归属感的重要原因。

在自我意识的深处，农民工总会产生某种程度的自卑，他们对城市有着深深的隔膜。难怪荆永鸣的小说《陡峭的草帽》（《小说月报》2009年第3期）在结尾会发出这样的慨叹："是的，无论哪个城市都像是一顶草帽。而且是一顶'破了边儿'的草帽。聚居在这里的大多是外地人。他们是手工业者、人力车夫、街头小贩等。尽管他们怀着对高楼大厦的向往来到都市，却注定无法进入它陡峭的中心。从某种意义上说，包括李平泉在内，他们都是'草帽'边上的人。"小说里的老程夫妇辛辛苦苦赚了点钱回家去了；聪明、漂亮的女服务员周月同北京人杨罗恋爱，怀孕了又不能结婚，后来还不断受到杨的骚扰，只好离开北京；忠厚老实的王栓在店里做杂工，不小心让老婆怀孕了，也不得不离开这座城市。他们就像是一只只"候鸟"，城市只是临时的迁徙地，而不是故乡，因而终有一天会飞走的。

然而，故乡就那么美好吗？其实并非如此。我们看到许多农民工面临在城市与乡村之间进退维谷的困境。方格子的小说《上海一夜》里的主人公杨青为一家酒店服务，收入很不错。但她却感到苍老和无聊，这是她在上海最强烈的两种感受。她不属于上海这个繁华的都市，连她工作的酒店都不允许她从大厅进入，她们这些小姐有专门的秘密通道。杨青这个角色很像曹禺笔下的陈白露，当年的陈白露身陷大上海，一切都感到倦怠和无聊，她再也"飞不动了"，最后选择自杀。杨青混迹上海十年，也早已是疲惫不堪。她就像小说结尾的那个啼哭中的婴儿，遭人遗弃。没有什么好留恋的，她决定返乡。可是故乡也不是个理想的归所。在同研究生聊天中，杨青称家在天堂，意思是"有生之年无法到达的地方"。家乡的那个"他"等了杨青十年，最终还是结婚了。她的好姐妹阿英结婚后生了小孩，在杨青这个城里生活多年的人看来，孩子的样子傻傻的。她也要过这样的生活吗？"我们农村孩子就像田里的庄稼拔出根来，在城里找不到栽种的泥土，想回去吧，却再也不能满足原来地里的养分，变得不再是一株庄稼，也成不了城里的路灯，你会感到把自己放到哪里都不合适。"（《城里不长庄稼》）《发廊》（吴玄，《花城》2002 年第 5 期）里的方圆也是如此，她在城里开带有色情服务的发廊，由于种种原因在城里简直呆不下去了。可是她也回不去了，故乡西地早已不适宜她的生存，过年回家除了同男朋友做爱，简直一点乐趣也没有。小说《接吻长安街》（夏天敏，《山花》2005 年第 1 期）里的"我"直接表达对乡村的不满："当我从报刊杂志上读到一些厌倦城市、厌倦城里的高楼大厦、厌倦水泥造就的建筑，想返朴归真，到农村去寻找牧歌似生活的文章时，我在心里就恨得牙痒痒的，真想有机会当面吐他一脸的唾沫。这是做秀，这是假模假式，是吃饱了撑的。假设他（她）真想去农村，我和所有的乡下人毫不犹豫地愿意对调，他们应该长期在那里住下来，住泥土舂的房子，热爱屋里的潮湿、阴暗、热爱煮猪食的馊臭味和黑压压的苍蝇，热爱门口的臭水坑和下雨后裹着牛屎马粪猪尿的泥泞，他们喜爱大自然，农村毫无保留地坦露着任他们去热爱。清晨可以牵着牛、扛着犁，踩着白花花的霜，裤脚被霜打湿，身上被荆棘划破、肚子里全是煮洋芋，晨曦染红天空，薄雾弥漫坡地，人和牛在地里耕耘、剪纸一般，诗意着呢。"作者以调侃的笔法表现主人公对乡村生活的厌恶，也撕下一些人虚伪的面孔，可是城市又怎样呢？"城市真是一个魔鬼，它连你的灵魂、你的血液、你的骨髓也能悄悄换去。但它换去你的灵魂、你的血液、你的骨髓之后它又不接纳你，你是乡下的叛逆，是城市的弃儿啊！"鲁迅先生《在酒楼上》的一段话："北方故不是我的旧乡，但南来又只能算作一个客子。"这样一种悬浮的尴尬是可以用来比照农民工的，他们在城里找不到归属感，而城市生活方式又令他们与原来的乡村生活格格不入。他们处在一种危险的尴尬之中。也许我们可以把卡夫卡的城堡命题反过来用在农民工的城市体验上，不是我们早已为你敞开了城市大门，而是即便你早已身在其中，你也从来不曾真正进来过！

二、充满诱惑的陷阱

如果说徘徊在城乡之间的找不到归属感的农民工还只是自我迷失的话，不少农民工小说文本描绘了农民工在城市诱惑下陷落的值得悲悯的图景。城市的诱惑主要是来自金钱的、物质的层面，可一旦进入城市，就再也不是原来的那个纯朴而完整的自我了，它会让你永远背上耻辱的十字架，永远摆脱不了遭人鄙薄、唾弃的结局。《虫子回家》（席建蜀，《当代》2003 年第 6 期）里的虫子在外地打工，工地上过年也不放假，打电话回家得知妹妹桃子和自己心仪的女孩小燕要到南方打工。虫子隐隐感到不妥，叮嘱妹妹等他回来再说。一次虫子与老乡去嫖妓，妓女与小燕一般的年纪，一样的名字，完了之后虫子决心回家。等到他费尽周折到家时，妹妹和小燕已经到南方去了。在虫子看来，南方都市是个陷阱，年轻女孩子一去就要付出终生的代价。小说的叙事也在作如此暗示。虫子决定到南方去，一定要找回妹妹和小燕。陈应松的《归来·人瑞》（《上海文学》2005 年第 1 期）有这样一段对话："摆脱贫困，总是要有一代人作出牺牲的……桃花峪有二十几个妮子长了梅疮，就是梅毒，没了生育。可人家楼房都做起来了，富裕村哪，哪像咱们这儿。后山樟树坪穷死，可去年死了八个，挖煤的，瓦斯爆炸，一下子竟把全村的人均收入提高了一千多块。为啥，山西那边矿上赔的么……要奋斗就会有牺牲。"农民工要想获得财富就必须付出惨重的代价，要么是难以根治的疾病，要么是生命的代价。巴桥的《阿瑶》（《钟山》2003 年第 4 期）中的阿瑶到广州做妓女，这是世界上最低贱的职业。这个在陪客人的时候还不乏幽默感，总是要逗逗客人的姑娘，似乎看得很开。然而，漫长的皮肉生涯，让她经历了很多不堪回首的事情。阿瑶虽然也赚了一点小钱，可她做人的尊严就这样一点一点地被践踏，纵使她有强大的内心世界，也经不起这样一点一点地打击。一次，她要好的朋友，也是同事的小群同男朋友木头吵架，为的是小群被木头的手下嫖了。二人和解的方式是出卖阿瑶，小群交出了阿瑶出租屋的钥匙。阿瑶简直绝望了，最后，"阿瑶动了动刚才挣扎时扭到的脖子，说，木头，戴个套吧。"到此时她做人的尊严彻底被摧毁了，她接受了这个非常残忍的现实，她的未来会走向彻底沉沦吗？《泥鳅》（尤凤伟，《当代》2002 年第 3 期）里乡下来的国瑞单纯善良，长得酷似周润发，在吴姐的介绍下认识了玉姐，并做了玉姐的情人。这玉姐大有来头，是省长的儿媳。通过玉姐，国瑞认识了她的丈夫"三阿哥"。"三阿哥"似乎对他很好，让国瑞做他旗下一公司的老总。然而，这只不过是个幌子，是个巨大的陷阱。该公司和国瑞成为"三阿哥"用来权钱交易、洗黑钱的工具。最后公司出事，国瑞成了替罪羊，被判死刑，而且毫无挽救的可能。小说里描述的泥鳅煮豆腐这道菜可以说是小说的核心意象，当四周的水温慢慢变热，泥鳅钻入凉凉的豆腐中，以为是个好的去处，最终却难逃死亡的命运，一条条死在豆腐里，成了主人的美味。在作者看来，国瑞们不正像这些泥鳅吗？

农民工小说中还经常出现这样的故事，一些在建筑工地从事辛勤劳动的农民工，常常受到拿不到工钱的困扰，先前的许诺不过是一个个骗局。龙懋勤的《本是同根生》（《当代》2007 年第 5 期）中的幺舅是个农民工的小老板，"我"没考上大学投奔他，进而有机会了解到幺舅发财的法门。他承包工程，招揽农民工，是个中间人，从大老板那领到钱又向农民工谎称没得到。有时也自导自演，怂恿农民工闹事，借助全社会对农民工的同情向大老板施压，而领到的钱并不全额发给农民工，而是大量截留在幺舅处。农民工上当受骗却毫不知情。王祥夫的《一丝不挂》（《花城》2004 年第 4 期）讲述打工者"阿拉伯"和他的哥哥向老板复仇的故事。三年前，包工头"年轻老板"拖欠他们的工钱，让他们白白干了一年的活。"年轻老板"也假装破了产，开出租车。最终还是被兄弟俩寻到，兄弟俩用刀子逼"年轻老板"脱得一丝不挂，"不要你的命，就是想让你也光一回"。还有一些农民工小说讲述单纯的农民工被骗到某地从事强迫劳动，不仅拿不到工钱，还失去人身自由。鬼子的《被雨淋湿的河》、罗伟章的《故乡在远方》、刘庆邦的《卧底》等小说对此都有深刻的揭示。对于这些老实憨厚、缺乏社会经验的农民工来说，城市似乎处处布满了诱惑的陷阱，一不小心就会陷落进去，难以翻身。

三、城市——农民工的"墓地"

农民工小说热衷于死亡叙事，死在城里是许多农民工小说的共同结局。这也许是一种策略性的城市想象，城市——"墓地"，这样的城市想象可能是基于作者强烈的为农民工代言的需要，他要将农民工的现实处境写到极端。这就给农民工小说的城市想象蒙上了一层浓重的阴影。

陈应松的《太平狗》（《人民文学》2005 年第 10 期）讲述来自神农架的山民程大种到汉口打工，他的赶山狗太平紧随着他，无论怎样暴打，依然不离不弃。实际上，这条叫作太平的狗随主人来到城里，它的命运就同主人一样九死一生。在这个悲惨的故事中，城市是作为万恶的形象出现的，人情冷漠，充满黑暗与暴力。程大种入城，姑妈不肯收留，工地工作苦累而低贱，没有人道。后被拐骗到一个严重环境污染的黑厂强迫劳动，失去人身自由，被折磨得奄奄一息。太平狗脱离险境，来解救它的主人，终未成功。最后，主人死了，太平狗只身返回故乡神农架。《明惠的圣诞》里的明惠，自尊、好强，她要到城里赚很多的钱。后来，她成了李羊群的情妇，过上了优裕的小资生活。在一个圣诞夜，她同李羊群的朋友圈子接触。才发现她根本就不属于这个城市："她们无一例外地充满自信，而自信让她们漂亮和霸道。她们开心恣肆地说笑，她们是在自己的城市里啊……圆圆（明惠）永远也成不了她们中的任何一个！"最后她自杀了。而李羊群在她死后才看到她的身份证上的真名叫肖明惠，但他始终弄不明白明惠为什么要自杀。这就进一步印证了明惠的判断，也正是因为这份清醒的认识，明惠没有办法在城里活下去，她是这个城市里的孤魂野鬼。贾平凹的《高兴》写出了乡下人在城里的备受排挤和鄙视："拾破烂却是世界上最难受的工作，它说话少，虽然五道巷至十道巷的人差不多都认识我，也和我说话，但那是在为所卖的破烂和我讨价还价，或者他们闲下来偶尔拿我取乐，更多的时候没有人理你，你明明看他是认识你的……你打老远就给他笑，打招呼，他却视而不见就走过去了，好像你走过街巷就是街巷风刮过来的一片树叶一片纸，你蹲在路边就是路边一块石墩一根树桩。"这还不算什么，城市还是吞噬乡下人生命的妖怪。小说中的五富善良诚实又勤劳，他留恋家乡的田野、思念家里的老婆，经常萌生返乡的冲动，最终却惨死在工地上，成了这个城市的"一个游荡的野鬼"。

　　农民工小说讲述了一个个这样的残忍的没有人道的故事，在作者们笔下，城市就像是一个冷血的悲惨世界。残雪的小说《民工团》，工头三点过五分就叫醒农民工去扛二百多斤的水泥包，民工掉进石灰池就回家等死，掉下脚手架就当场毙命。陈应松的《归来·人瑞》中，去城里打工的喜旺从高楼上掉下来，摔死了。李师江的《廊桥遗梦之民工版》中的工友最终没能享受到发廊女的按摩就被凝固在第九个桥墩里了。罗伟章《故乡在远方》里的石匠陈贵春到城里打工处处遇挫。最后走投无路成了抢匪，第一次抢一个大个子男人并把人打死了，然后是落入法网，被枪决。周崇贤的《杀狗——悲情城市系列》（《当代》2009年第1期）说得再清楚不过了："这个华丽的南方城市，就像是一个热闹的灵堂。谁死了，谁还活着？又是谁在祭奠谁？谁在为谁哭泣？不知道。也许永远不会有答案。又或者，打有城市那天起，所有的人都死了，只是没有人知道自己早就死了，大家都沉浸在城市华丽的热闹之中，都以为，是在赴一场宏大的盛宴。没有人知道，人们之所以从四面八方向城市聚集，根本的原因，就是他们已经死亡，或正在死去。他们在城市里，编织一个又一个的梦想，只不过是在为自己、为这个城市的明天，举行一场盛大的葬礼。"

城市化是现代化的一个重要指标，农村人口向城市的集中是中国现代化进程的必然趋势。农民工的城市生活、体验以及最终的结局可能是千差万别、千姿百态的，但是，近年来农民工小说的城市想象却往往是概念化的，缺乏细致分析，甚至简单地将城市妖魔化。它们往往强化城市的排斥性而忽略城市的包容性，将城市想象成人性异化的场域。这样的城市想象自然是出于作家批判现实的策略性的考虑，但它所造成的客观效果是城市的负面性被人为地放大，而城市复杂多样的本来面目则被简化后的图景遮蔽了。

文学期刊与打工文学的分化

打工文学发端于广东的《佛山文艺》《江门文艺》等地市级文学刊物，作者和受众主要是打工者，这类打工文学是消费化的、比较低端的，文学性也相对较差；20 世纪 90 年代中后期以后，《当代》《上海文学》《人民文学》等大量纯文学期刊开始刊发打工文学作品，这类作品在人文关怀的深度上、现实思考的力度上以及审美品质的优化上都与前者有重大差别，它是高端的、精英化的。期刊的作者、受众、品位等的不同促成打工文学的分化，我们应当走出打工文学就是粗糙的文学这样一个认识误区，有区别地研究、评价打工文学。

改革开放以来，越来越多的农民选择进城务工，寻找机会，改善生活。据统计，截至 20 世纪 90 年代，进城务工的打工群体人数已超过 1.5 亿。有关这个庞大群体的文学表现，时间上最早始于 20 世纪 80 年代末 90 年代初，空间上最早局限于广东境内的某些最先开放城市。文学传播的载体也主要是打工者聚集密度较大的深圳、佛山、江门等地的地市级文学刊物，像《大鹏湾》《佛山文艺》《江门文艺》等。到 20 世纪 90 年代末期，尤其是新世纪以来，打工文学越来越受关注，一些全国性的纯文学期刊也加入进来，这无疑改变了打工文学的分布格局，也丰富了打工文学的内涵。至此，打工文学已然分化，通过文学期刊的对比研究，我们将清楚地看到这一点。

一、消费化、通俗化的打工文学

打工文学发端于珠江三角洲，这一地带进城务工者云集。起初的《特区文学》《佛山文艺》《江门文艺》等杂志敏锐地发现了这样的一种双向的强烈需求，即打工者诉说、表达自身打工生活、生命体验的需要，以及阅读、感受与自己有同样经历的群体的故事的需要。这几份刊物分别由广东省深圳市、佛山市、江门市文联主管，这些地市级的文学杂志恰如其分地充当了写作者与阅读者之间的中间媒介的作用。打工群体这个庞大的消费市场的存在也给杂志带来了可观的利润回报。《佛山文艺》最高峰时单期发行量超过 50 万册，远远超过了国内一流的大牌文学杂志。《江门文艺》的每期发行量也大致超过了 10 万册。在国内众多文学期刊纷纷改版以谋求生路的背景下，特别是地市一级的刊物更是举步维艰，这些以打工为主要内容的期刊却风景这边独好，不仅闯出一条生路，而且影响越来越大，让人不得不佩服他们经营手段的高明。像《佛山文艺》就已经是在全国范围内享有一定知名度的期刊，被誉为打工文学第一刊，它在 2006 年还联合《人民文学》《莽原》等刊物发起"新乡土文学"，影响深远。

《佛山文艺》《江门文艺》等刊物的成功关键在于准确地定位自身，它们的宗旨是要为消费者服务，期刊主打的打工文学在这里也就变成了一种消费品。《佛山文艺》以"贴近现实生活，关怀普通人生，抒写人间真情"为宗旨，以"清新活泼、平易亲切、情趣盎然、可读性强"为特色，坚持"读者参与互动携手共进"。[1]《江门文艺》的定位是"关注现实生活，坚持平民意识，面向打工一族，兼顾城乡大众，文学性和可读性并重，雅俗共赏"的办刊宗旨，致力成为普通读者的生活知音，打工一族的精神家园。《江门文艺》杂志自称"浓缩了三亿打工人的生活状态，十亿老百姓的相关故事"。《打工族》半月刊原名《外来工》，从刊名就不难看出它是一份专门为打工者服务的杂志，隶属于佛山期刊出版总社，是国内创刊最早的打工类杂志，有"打工人的娘家"之称。它把文学作为一种消费品，强化刊物的服务意识，在每一个细节上都注意招徕顾客。期刊的封面某种程度上是刊物的脸面，读者拿到刊物首先看到的就是封面。《佛山文艺》《江门文艺》《打工族》这几本杂志的封面竟无一例外地都选择时尚、漂亮的年轻摩登女郎照片，让人看着觉得舒服。这种舒服是一种感性的愉悦，与一般的纯文学刊物喜欢以某些较为晦涩的艺术作品作封面完全不同。它给读者的第一印象就是通俗性，第一时间就能吸引读者的眼球。

从栏目的设置来看，《江门文艺》设有本刊推荐、小说万象、人世间、情感天空、诗歌广场、打工岁月、长篇连载等二十多个栏目，《佛山文艺》栏目有名家长廊、

---

[1] 《94'奉献》，载《佛山文艺》1993 年第 12 期，第 1 页。

特别推荐、草样年华、生为女子、非常人家、新乡土小说、流行读本、言情连载、痴人知语、网罗天下、诗江湖、百味人生等十余个。这些刊物的栏目设置有两个特点：一是栏目多而杂，这样留给每个作品的篇幅往往比较短小，适合快餐式的阅读；二是与传统的文学期刊相比，小说、诗歌等"纯"文学的容量减少，而一些亚文学的栏目增多，超过了前者的规模。这样的栏目设置自然是读者本位的，充分考虑到它的受众群体的文化层次、工作状况、兴趣爱好等各方面因素。再来看一份《打工族》的征稿启事：总的要求是，要有可读性、趣味性和启发性。因为面向普通打工人，所以，需要有鲜明的打工气息，不欢迎过于小资的文章。栏目及要求：1. 纪实：表现打工群体中的各种奇情奇事，每期刊发两篇，需要有很强的冲击力，能在第一时间吸引眼球，情节峰回路转，引人入胜。需提供照片，一般不超过 6000 字。2. 挑战成功：普通打工人的成功故事。第一方面主人公成功的切入点要比较特别，具有启发性。第二方面，要有一个好看的故事，记录主人公成功路上具有转折意义的故事和细节。第三方面，要对主人公的成功进行简单总结，给读者参考。4000 字左右的稿子最容易用。3. 打工百态：发生在打工人身边的各种各样的故事，调子要积极向上，叙述要明快简洁，强调真实性、趣味性，切忌太多的风景描写、心理描写和对话。1000字左右的稿子最容易被采用。4. 打工心声：站在打工人的产场，对当下出现在打工群体中的现象或与打工人密切相关的新闻事件进行评论，要观点鲜明、一针见血、酣畅淋漓。800 字左右的稿子最容易被采用。5. 人在江湖：好读的打工小说，需在情节设置、人物形象、语言表达、细节表现等方面有出彩之处。3000 字左右的稿子最容易用……很少看到纯文学期刊在约稿的时候会有如此具体而微的要求，从这些文字说明当中可以非常清楚地看到刊物的编辑意图和刊物本身的鲜明风格——与其说是风格，不如说是生产标准，就像工厂流水线一样，按标准生产才是合格的产品。这些刊物都带有泛娱乐化的性质，或者说，它是不纯粹的文学杂志，是类似于《读者》《知音》这样的"读物"。既然是"读物"，可读性就是至关重要的第一位元素了。不需要多么高深的探讨，尽一切可能引起读者的阅读兴趣是最重要的目标。"曲高和寡"这一类说法不可以是对它们的评语，甚至这简直是致命的危险。至于怎样引起读者的阅读兴趣，不外乎两条，一是好玩，一是刺激。好玩，就是要做到娱乐化。今天是个娱乐化的时代，打工者工作已够疲累的，他们没有精力，也没有耐心去沉思，一切能带给他们简单的快乐就好。这快乐很可能是肤浅的，但无关紧要，重要的是能够在工作之余轻松地笑一笑。而阅读的刺激可能来自故事情节的跌宕起伏、扣人心弦；也有可能来自人物命运的辛酸坎坷，甚至是悲惨绝伦，关键在于任何故事都必须有让人刺激的兴奋点。

八成以上的读者是打工者，他们的文化水平基本都在大专以下，这些以服务打工群体为目的的文学期刊不可能登载有很好的文学性的作品。《打工族》2009年6月下半月刊"人间万象"有篇文章，题目叫《鸠占鹊巢：霸占主人新房的装修工竟然打赢了官司》，标题就很吸引人，故事的大致内容是装修工趁主人不在家，"借"别人的新房当起了新郎，不料，主人提前回来，迎面撞见沙发上做爱的小两口，那惊魂一刻，让装修工患上了阳痿，并为此打起了官司。最后获胜的一方居然是装修工。故事涉及青年男女性事、法理人情纠缠，情节有峰回路转，引人入胜。一篇名为《婚礼＝非礼？生猛打工妹开伴娘公司挑战野蛮风俗》（《打工族》2009年6月上半月刊）的故事也同样具有很强的可读性：在我国的很多地方，"闹婚"是婚礼中最热闹的一出戏。过去，"闹婚"闹的是新娘，而现在却闹伴娘。有些地方"闹婚"的方式越来越离谱，伴娘被性骚扰，被扒光衣服在隐私部位画老鳖，甚至还在婚礼现场被强暴。这种丑陋风气的盛行，导致很多年轻姑娘都害怕做伴娘。有一个打工妹，从中看到了商机，闯出了一条致富的大道。在河南漯河，有这样一个勇敢的打工妹：她不顾亲人反对，勇敢地挑战当地恶俗民风，带着一帮姐妹做起了"专职伴娘"。两年之后，她不仅获得了丰厚的经济回报，而且有效地扭转了当地的闹婚风气，成了当地时尚婚礼的践行者！这个故事的看点在于性骚扰的陋习，满足读者隐秘的窥淫癖欲望；同时，他人的成功的财富故事也是普通打工者梦寐以求的事情。《佛山文艺》2000年第3期有则短篇小说，题目叫作《寂寞都市》，讲述"我"到南方打工，凭着自己的聪明和努力，从一个打工妹升到部门经理，事业有成但也有缺憾，男友不在身边使她常常感到孤独寂寞。在心灵深处是挥之不去的强烈的生理渴求和空虚。正是在这个背景下，小说细致描述了"我"同一位陌生男人在灯红酒绿之中相识，被他"磁性而温柔的声音"吸引，最后在半推半就之间与男子发生性关系的全过程。"把自己整整守了25年的女儿身，献给一个刚刚认识的男人。"小说以接近色情的叙述带给读者以极大的刺激。《江门文艺》2006年第18期"小说万象"栏目有一篇叫《民工德子之死》的小说，讲德子在工地上做工，妻子小琴来看他，只有一天的假。德子与妻子久别，很想利用这一天的宝贵时间同妻子亲热。他太性饥渴了，可工棚里有工友生病，只好到外面开房间。就在他们想办事的时候，警察将他们带走，因为有卖淫的嫌疑。好不容易放出来后，妻子小琴必须走了，否则老板就要开除她。伤心绝望的德子在喝完酒后误把卖淫女当成小琴，与之发生关系，此举被警察逮个正着。德子被罚三千块钱，但他实在拿不出，又怕丑事传扬出去，因而选择了自杀。这个故事结构巧妙，情节跌宕起伏，有很强的可读性。德子的死显得有些突兀，小说有较强的传奇性，这一切当然都是从满足读者兴趣角度考虑的。

二、打工文学的精英化、审美化

20世纪90年代中期以来，打工文学逐渐进入了《北京文学》《上海文学》《十月》《当代》《人民文学》等纯文学期刊的视野。尤其是21世纪以来，发表打工文学的作品的纯文学刊物增多，作品数量也急剧增加。打工文学的影响由于大量纯文学期刊的传播而日益扩大，俨然成为新世纪以来的一个重要文学现象。纯文学期刊的加入也自然给打工文学带来新的质素，它将打工文学带入一个新的境地，再也不是迎合消费者的俗化的文本了，而是注重深度开掘与人文关怀的、更多纯文学审美性的文学。

纯文学期刊选择打工文学有几个重要原因，从时代发展与中国文学特点来看，中国文学素来就有反映现实与批判现实的现实主义精神传统。农民进城打工可以说是最近三十年来中国的一个重大现实，这个现象甚至可以说是史无前例的，将来也不大可能重演。从世界历史的横向比较来看，也是较为特殊的。文学没有道理对此不闻不问，作为纯文学的打工文学的出现是顺理成章的事情。从当代文学演进的路径来看，20世纪90年代个人化、私人化写作盛行，缺乏现实关注的文学是贫血的，作家理所当然的应该走出狭小的个人世界。纯文学期刊也不应该成为知识分子独语式表白的长期舞台。这样，打工文学连同所谓的底层写作就自然而然地成为了新的创作方向。

主流意识形态的介入也是促成打工文学由低端向高端、由商业化向精英化转化的一个重要因素。特别是2004年以来，中央以连发"一号文件"关注"三农"问题（农业、农村、农民）的形式一再重申党和政府对"三农"问题的高度重视。2004年下半年，由共青团中央、全国青联主办的进城务工青年鲲鹏文学奖评选活动，简称鲲鹏文学奖，正式拉开帷幕。鲲鹏文学奖的评选工作以"贴近实际、贴近生活、贴近群众"为原则，要求评选出思想性、文学性统一，真实地反映进城务工青年现实生活、精神风貌的优秀文学作品。这次评奖活动共收到稿件 1445 篇，经过审读筛选，评选出获奖作品小说、散文、诗歌各 30 篇，报告文学 8 篇。由某个官方组织对具体的文学现象组织大规模的评奖活动还不多见。这一活动的象征意义十分明显，它表明打工文学由底层的消费化的阅读现象已然转身为高层的意识形态化的接纳与认可。随后，2005 年这一年的《人民文学》集中刊发了项小米的《二的》（第 2 期）、荆永鸣的《大声呼吸》（第 9 期）、陈应松的《太平狗》（第 10 期）、罗伟章的《大嫂谣》（第 11 期）等 4 个中篇，并在第 11 期配发开篇"留言"，专门谈到刊物对打工文学的理解。"有一件事我们不可忘记，作为一个公民不可忘记、作为一个小说家也不可忘记，那就是，那些农民工不是'他们'而是'我们'也就是说，农民工不是社会意识中的一道风景，不是被拉开一定的距离去审视和怜悯的对象，相反的，农民工的所有问题是我们自身问题的一部分。他们中很多人过着艰辛的生活，他们的权利和尊严遭到践踏，对此，文学所能做的绝不是满足知识分子或小市民的怜悯之心，而是让人们看到这些人身上、他们的生活和心灵中那些坚硬的真理，是要站在他们之中，和他们一样体验和想象，决不是站在他们之外流廉价的泪水。"这篇体现刊物对打工文学认识和理解的"留言"，要求作家以农民工为"我们"，而不是"他们"，它代表的是区别于"知识分子"和"小市民"的另一种声音。它的关注是在人民之中的，也是自上而下的、宏观的、总体的。《人民文学》作为一种"国家期刊"[1]，它的意识形态色彩是相当浓厚的。作为国家级的最高刊物，《人民文学》选择刊发打工文学作品自然有其意识形态背景，而打工文学又假借《人民文学》这个平台实现了自己的华丽转身。它不再是局限于一隅的以商业利益为最高诉求的小角色了，而是堂而皇之地登上了大雅之堂。

纯文学期刊在发表打工文学作品上与《佛山文艺》《江门文艺》相比的重大差别在于，其一，它们绝不以打工文学为唯一的刊物选择，打工文学作品只是作为一种题材类型散见于纯文学期刊的各期之中，它们获得的是一种累积效应。这种发表方式虽然没有《佛山文艺》那样的专门性特点，但在文本质量上可以有更高要求。

---

[1] 吴俊：《〈人民文学〉与"国家文学"——关于中国当代文学的制度设计》，载《扬子江评论》2007 年第 1 期。

尽管也有人批评这些打工文学创作的不足，但从当前文学的横向比较来看，总体来说这些发表在纯文学期刊上的打工文学水平还是相当不错的。其二，作家的身份再也不是以打工者为主体的兼职身份，而是职业化的知识分子作家。尽管也存在像王十月、周崇贤这样的打工作家，但给纯文学期刊供稿的打工文学写作者大都不具有打工经历，真实、鲜活的打工生活在这些职业作家的作品中已经很难读到。然而事物总是有两面性的，知识分子作家的优势在于，他们往往可以跳开现实记忆的纠缠，以更宽广的视野、更深沉的思索以及更审美化的方式处理打工题材，因而打工文学在他们手里显现出精英化的纯文学特征。其三，阅读受众的不同。文学期刊作为一种现代传媒，受众扮演了极为重要的角色。有人比较了《人民文学》与《佛山文艺》在读者定位、发行区域、作品风格等各个方面的不同，其表格 [1] 如下：

期刊名	定价	读者定位	发行区域	发行量	期数	作品风格	销售方式	发行地点	广告
人民文学	8元以内	文学批评者、文学爱好者	全国各地	10万以内	月刊	现实性、严肃性	订阅、零售	图书馆、书店	高档酒类、烟草、旅游胜地等
佛山文艺	3元左右	打工者（蓝领为主）	佛山、广州、深圳、东莞等珠三角地区	最高峰50万	半月刊	民间性、通俗性	书商二渠道发行、零售	车站、路边摊为主	百元以下的小商品、医疗保健、征婚交友

这份表格可以看作是纯文学期刊与消费化的打工期刊的比较，由于服务的受众的不同，二者在定价、作品风格、发行区域、销售方式乃至发行地点、附带广告等方面都有所不同。特别是由于受众在文化层次与欣赏能力上的巨大差异，二者在刊发作品的内在要求上也迥然有别。

纯文学期刊给打工文学至少带来以下三个方面的变化。

第一，人文关怀的浓郁。作为人文知识分子的作家，绝不可以一种游戏的心态用自己的作品去取悦读者，而应当以宽广的胸襟，以深厚的人文主义情怀去同情、悲悯他笔下不幸人们生活的艰辛、遭际的不公以及命运的悲哀。纯文学刊物在选择登载打工文学作品时绝不以打工者生活的艰难困窘来满足读者猎奇心理或博取读者廉价泪水，这应当是纯文学刊物的一条基本原则。《十月》2004 年第 6 期刊发的《明惠的圣诞》就是这样的充满人文关怀的作品。罗伟章《故乡在远方》（《长城》

---

[1]　贺芒：《〈佛山文艺〉与打工文学的生产》，载《文艺争鸣》2009 年第 11 期。

2004 年第 5 期）里的石匠陈贵春到城里打工，不断遇挫。好不容易找到点正经事做，又听说家里的小女儿一个人烧饭被火烧死了。悲恸的陈贵春买票回来，路上竟被盗，分文全无，无法转车，也就是说在城里被掠夺得干干净净的陈贵春回家的路也断绝了。走投无路的他最后成了抢匪，第一次抢一个大个子男人并把人打死了，然后是落入法网，被枪决。陈贵春一无所有，灾难却接踵而至，作者的叙述让我们不但不觉得他的暴力行为的可恨，反倒是觉得他的命运的可悲。还有不少作家将笔触伸向打工者的精神层面，关注这个群体精神上的追求。《山花》2005 年第 1 期上发表的《接吻长安街》（夏天敏）讲述来自云南的打工者，在北京这座城市遭人鄙视，他要实现一个惊人的梦想，那就是与女友在长安街上接吻。"在长安街上接吻对我意义非常重大，它对我精神上的提升起着直接的作用。城里的人能在大街上接吻，我为什么不能，这是一种精神上的挑战，它能在心理缩短我和城市的距离。"就是这样一个看似简单的举动实施起来却很不顺利，令主人公沮丧不已。最后还是在众民工的鼓励下，重新振作起来。小说的最后一幕是一大群民工穿戴一新，整整齐齐、浩浩荡荡地来看"我们"的第三次长安街接吻。这接吻已完全脱离了原有的男女亲近的内涵，而变成一种庄严而怪诞的仪式，一个极富象征意味的集体仪式。2007 年第 5 期《当代》发表贾平凹长篇力作《高兴》，作品在给予以五富、刘高兴为代表的农民工深切的同情的同时，也探讨他们身上精神层面上的闪光特质，即使是在极端贫困状况下也不失却乐观开朗的心境，也不忘记去帮助一切应当帮助的人。

第二，现实思索的深入。《打工者》《江门文艺》等商业化低端文学杂志刊载的打工作品往往满足于对打工生活浅层的表面化生活的记录，很多作品不过是类似于新闻素材的形式，像是报纸上的记者报道，没有深入生活的潜流，作者的思考也不能穿透现实生活的坚硬外壳。加上写作者视野的相对狭小，他们只能就事论事，不能形成对现实生活宽广丰厚的认识。而纯文学期刊的加入，则使打工文学的面貌为之一新。专业作家们往往从中国长期以来形成的城与乡的对峙的背景去理解打工者的不幸，或者说，作家们在打工故事背后看到了城乡对峙中乡村文化的全面溃败以及中国现代化进程中农民所付出的沉重代价。陈应松的小说《归来·人瑞》（《上海文学》2005 年第 1 期）、周崇贤的《杀狗——悲情城市系列》（《当代》2009 年第 1 期）、李肇正的《糖藕娘子》（《上海文学》2003 年第 9 期）、荆永鸣的《北京候鸟》（《人民文学》2003 年第 7 期）等小说都是如此。周崇贤的小说甚至直接将城市比作是乡下人的墓地、灵堂，荆永鸣的小说表现了乡下人在城里的尴尬处境，《归来》表现了乡下人飞蛾扑火般地投入城市，《糖藕娘子》反映了进城农民维持生计的艰辛和城里人无所不在的优越感。刘庆邦的《到城里去》（《十月》2003 年第 3 期）则在城乡对立的背景下深入探讨农民自身的精神缺陷，乡下人可以凭借进城获得极大的虚荣心的满足，而进城的农民返乡则必须是衣锦还乡，哪怕用的是弄虚作假的方法，否则就会被人瞧不起。

　　第三，审美品质的凸显。对于打工文学，有人想当然地认为这是一种粗糙的文学，其文学性经不起考验。其实这是一种误解。不能说所有的刊登在纯文学期刊上的打工文学都是精品，但这些作品总体上说是具有文学审美性的。《上海文学》2004 年第 1 期上发表的李师江的《廊桥遗梦之民工版》对造桥工人有相当细腻的心理刻画，他在劳动之余总要经过一个发廊，每次经过发廊后就会在意念中想象得到发廊女人的按摩服务，这是一种扭曲的心理，放在一个底层的农民工身上又十分的真实可信。他不断向朋友吹嘘自己想象的按摩经历，还许诺带他的朋友一起去，可最终因为舍不得 20 元钱而没有实现诺言。《北京文学》2005 年第 8 期的《米粒儿的城市》（阿宁）中的米粒儿到城里打工，直到最后她才明白，原来她只不过是一个充当交易的物品，"三哥"将她转卖给柴行长来获取巨额的商业贷款，而她之前一直把自己最纯真的情感寄托在"三哥"身上。当米粒儿明晓这一切之后，她将"三哥"第一次送给她的为她一直珍藏的玉蟾扔进了坐便器。这一段非常出色地写出了米粒儿觉醒之后悲哀的内心世界。除了细腻深入的心理刻画外，有些小说在叙事上也很注意。吴玄的《发廊》（《花城》2002 年第 5 期）中的叙述人"我"，既是故事的参与者，又直接对当事人的生活遭际展开自由的评述；刘继明的《送你一束红花草》（《上海文学》2004 年第 12 期）通过叙事者小宝——乡村诊所里的一名学徒的眼睛来隐约交代主人公樱桃的故事。从城里归来的樱桃患有不可根治的疾病，虽然樱桃从城里挣来的钱给家里盖了很好的楼房，患病的她却被无情地驱逐出来，村里也有不少关于樱桃的闲言碎语。只有小宝同情她。在给樱桃打针的时候小宝总要捎带一束红花草，这一点浪漫温情更加彰显现实世界的冷酷无情。文本的张力正是通过选择叙事人小宝这个涉世未深、懵懂无知的少年来实现的。孙惠芬的小说《吉宽的马车》（《当代》2007 年第 2 期）在打工小说中可以说是最富诗情的了，那首不断在吉宽脑际回响、梦中萦绕的乡村牧歌，反映了吉宽对懒散的、诗意的乡村生活的无比眷恋。

打工文学的发展至今已有二三十年的历史，我们关于打工文学的认识长期以来存在一个误区，那就是把具有"底层写"和"写底层"两种不同形式的打工文学混为一谈，并想当然地认为凡是写底层的文学就是粗糙的、缺乏文学性的文学。由于打工文学发端于广东的《佛山文艺》《江门文艺》等商业色彩很浓的地方性文艺杂志，并且这些刊物有意识地把自己打造成专门的打工文学期刊，人们习惯于先入为主地把对这些刊物的判断用来评判整个打工文学。实际上，由于20世纪90年代中后期以来，特别是21世纪初以来主流意识形态的介入和纯文学期刊的加入，打工文学已经走向高端，实现了自身的分化。职业作家的加盟大大提升了打工文学的审美品质和精神内涵。所以，我们在评价打工文学时为了避免以偏概全，需要慎重地加以区别。

乡下人进城与城里人下乡

从 20 世纪中国现当代文学与中国发展史来看，二者起步的时间其实是差不多的，都是在 20 世纪初。但在 20 世纪前 80 年，中国文学相对于影视处于一个明显的优势地位。这里面的原因有经济的、政治的及文化等多方面因素。改革开放以来，随着政治上的拨乱反正、思想解放，经济的逐渐腾飞，影视业取得了长足发展，尤其是到了 20 世纪 90 年代以后，影视在传播能力上逐渐超越文学，文学被边缘化了。反映在文学与影视二者关系上就是 20 世纪前 80 年的影视作品主要得力于文学作品的改编，90 年代以后，影视越来越脱离文学这根"拐杖"，并且以其强大的传播影响力使得文学就范，即文学创作出现了向影视靠拢，并服从影视语言需要的现象——文学沦为影视的脚本！这种现象在今天不仅没有丝毫的收敛，反而有愈演愈烈之势。

文学与影视关系在近二十年来的逆转引来不少文学批评家的哀叹，其实大可不必。影视对文学的冲击在所难免，究其原因，影视代表的是更具传播效力的媒介，它能以更轻松的方式让民众接受并认同，而文学在这一点上要远远落后于它。当然，这并不是说文学要终结了，而是说文学不可避免地会发生分化。从传播学的角度来看，文学要么适应当前大众传播的需要，或者向影视靠拢，或者借助更便捷的传播途径——网络，制造网络文学以求发展，再或者是向通俗的也是低端的消费群体靠近；要么是坚持其精英文化立场，成为艺术金字塔的塔尖部分，但传播范围自然将相当有限。

如果我们关注近年来的纯文学（通常是写给少数精英文化阶层阅读作品）的影视改编的话，就会发现一些有意思的问题。以近年来的打工文学为例，同样题材的电影在主旨思想、审美趣味等方面都发生了出人意料的变化。打工文学属于底层文学的一部分，它关注在经济发展的大时代背景下处于贫困状态的弱势群体，生活的艰难，命运的悲苦是这类小说一贯的主题，介于此，作者们对这一群体的同情乃至悲悯的创作心态，以及强烈的社会批判意识是这类小说的精神特质。反观以打工为题材的电影，我们不难发现当前此类电影出现了一股喜剧化的创作倾向。根据贾平凹长篇小说《高兴》改编的同名电影便是一个典型的例子，这部电影无论是思想内容还是艺术手法上都十分鲜明地体现了喜剧化的特点。首先，导演将这则农民进城故事处理成歌舞片的形式，在时尚、动感的说唱、歌舞表演中，充分展现轻松、欢快的氛围。形式与内容产生巨大的分离效果，这样的艺术处理方式令人错愕，这大概也是喜剧性得以产生的重大原因吧。其次，如果比照小说原著与改编电影，我们不难发现，电影剧情是做了重大修改的。电影剧情的另一重大改变是开篇即加入的刘高兴自造飞机的情节，以及最后五富的起死回生。自造土制飞行器是影片为了达到喜剧效果而加上的一个噱头，刘高兴的飞行试验自然令人捧腹。为了把死去的五富送回老家，自造飞机的情节设计很好地派上了用场。在滑稽可笑的一系列飞行动作安排之后，五富被颠簸得前仰后合，并将腹中秽物吐出，最后奇迹般地复活了，电影便在这种情节突转中达到了喜剧的高潮。当然，小说原作所具有的对社会现实的理性思考、对体制的批判、对农民工命运的深切同情，也在这轻松一笑之后一切都化为乌有。

在电影《落叶归根》（2007，张杨导演）中，农民工老王死在城里，他的朋友老赵一定要将他背回家安葬。原本是个讲述农民工客死他乡的凄凉以及农民工之间纯朴情谊和信义的故事，但无疑，电影也将这个故事喜剧化了，尤其是著名小品演员赵本山的精湛表演，将电影的喜剧效果推到了极致。影片中的几个喜剧段落令人印象深刻。其一是汽车打劫一场戏，由相声演员郭德刚扮演的抢匪上车打劫，其诙谐幽默的效果不亚于《天下无贼》中同样的打劫戏。其二是腹中饥饿的老赵在半路上遇到办丧事的一户人家，老赵滥竽充数并饱食一顿，为棺木中的"死者"发现，二人交谈甚欢，原来"死者"害怕死后场面凄凉，所以提前办丧事给自己热闹热闹———一场闹剧！其三，是途中遇到一拾破烂供孩子上大学的女人（宋丹丹饰），二人在收容所共同表演"双簧"，内容是模仿收容所官员讲话，这就像一部影片中加入一段小品表演。其实整部影片都可以看作是由若干小品段落构成的，在影片获得一段段冷幽默的喜剧效果的同时，农民工题材本身的严肃性以及这则故事的悲剧性被极大地淡化了，打工死在城里的那个农民工不过是一个僵硬的戴着墨镜看不清面庞的道具。

2008 年香港电影"喜剧之王"周星驰自导自演了一部作品——《长江七号》，竟然也将它的主人公设置为一对农民工父子。虽然农民工贫困的生活状态、劳累而危险的工作环境一如片中所呈现的那样，狄爸教育儿子的那句口头禅："虽然我们穷，但我们不说谎。我们不去偷，我们不去抢，不属于自己的东西我们不会拿。"也是地道的农民口吻，然而，整个影片的剧情却是荒诞不经的，一个社会最底层的农民工哪怕主观上多么想自己的孩子念贵族学校，客观上也是无力办到的，而与贵族学校美丽、优雅的女教师的爱情对于农民工来说，连主观上幻想的可能性都不大，影片的末尾狄爸拿着一枝玫瑰花站到女教师面前就像电影中的外星人来到地球一样不可思议。因此可以说，影片只不过是一个完全脱离现实语境的童话。如果说农民进城故事在小说里更多地表现为一部屈辱的苦难史，那么，同样的故事在近期的影像中则较多地表现为喜剧化。

是什么原因导致了打工文学影视改写从悲剧到喜剧这样根本性的变化？这可以从文学与电影不同的传播功能的角度加以解释。打工文学面对的是较少人数的知识分子受众群体，它同知识分子的良知、社会责任感相印合；打工电影面对的则是社会大众，影视承担更多的是娱乐功能，它要使受众在观赏的过程中开心快乐。在这样一个娱乐至上的消费文化时代，文学原有的娱乐功能更多地为影视所承载，文学由于其边缘化的地位、知识分子受众群体反倒强化了它的社会批判功能。

建国以来的"十七年"文学、"文革"文学，甚至 20 世纪 80 年代初期的文学都具有较强的教育功能，即通过这些文学作品的传播教育民众，强化执政党执政的合法性、当前路向选择的正确性等，坚定民众的信念，以文学作品的艺术感染力教育民众认识到什么是对的，什么是应该批判的。随着影视的崛起，文学传播的教育功能为影视传播所取代。如果说打工小说讲述的更多的是打工者的苦难史、失败史，那么，打工电影更多的则是张扬打工者的奋斗史、成功史。虽然电影中也有农村来的务工者在城市遭遇的种种苦难，但这些不过是一个个成功故事的前奏，人物终究会苦尽甘来。电影《农民工》的主人公大成在进城的早期可以说吃尽了苦头，但他最后靠着自己的艰苦打拼终于成就了一番事业，成了百万富翁。成了大老板的大成始终不忘记一个农民的本分，不会见利忘义去赚昧心钱，同时还尽自己所能地去捐资助学。整部影片在精神基调上是"催人奋进"的。《梦想就在身边》是一部典型的农民工题材的励志电影，讲述一个农民工在城市里艰苦奋斗、光荣地成为一名鸟巢建设者的故事。影片让我们相信，只要通过勤劳刻苦的工作就一定能获得成功，而此前你的付出可以成为日后幸福的回忆。这样，影视传播就成功地引导、教育大众，要走上一条正确的轨道，也要能清醒地认识暂时的困难。榜样的力量是无穷的，许多打工电影在塑造农民工人物形象时大力凸现他们性格中光彩亮丽的一面，隐晦其人性中否定性的一面。《所有梦想都开花》突出林芳的善良、坚韧与爱心，"像弹簧，压力之后的释放 / 像流水，百折千回后的面前 / 是承受命运的挤压 / 我们仍然爱着 / 积蓄向上的力量 / 完成人生的每一次跳跃中"。正像电影中的这首诗一样，女主人公对于命运的坚强抗争与不断向上的顽强毅力给人以深刻印象。电影《一诺千金》《上车，走吧》等影片在描述农民工灰色的生存状态及艰难的奋斗经历的同时，也突出了他们身上所具有的美好品德。这样的底层描述无疑是具有很好的教育意义的。

作为大众传播的影视同逐渐边缘化的文学在传播限制方面具有不同的尺度。文学作品由于其传播范围有限，影响也相对有限，尤其是它已经很难传播到普罗大众，不是由于文学放弃了大众，而是大众有了新的替代而放弃了文学。在这样的情形下，文学作品传播的禁忌相对较少，作家们基本上还是能够比较自由地表达自己的思考，有些甚至比较尖锐的思考也照样能够得到发表、出版的机会。文学作品的此种待遇相当程度上得益于自身的传播劣势。对于管理部门来说，电影电视则是应该慎重对待的艺术，由于影视能轻而易举地进入千家万户，有关影视传播的禁忌也要更多一些。传播学上有个重要概念叫"守门人"，意指把关的人，他决定哪些能够得到传播，哪些则要被拒之门外，这实际上是传播中的一种筛选机制。在实际操作中，影视作品的制作者不必等到审查之时就已经进行了严格的自我筛选。在这一过程中制作者就要决定哪些作品是可以进行改编的，哪些内容必须调整、修改甚至删除。由于影视作品不像文学创作基本属于个体行为，它需要多部门的配合，尤其是需要大量资金的投入，因此，一般来说影视作品创作者在对待意识形态禁忌问题时会十分审慎，不会轻易冒险。在打工文学作品中，作家们热衷于表现农民工的仇恨—复仇—死亡，其基本叙事逻辑是农民工进城受到不公正待遇，处处遇挫，因而产生报复心理，最后往往以死亡作结。《明惠的圣诞》《杀狗》《太平狗》《被雨淋湿的河》等作品都是如此，这些作品基本上不适合影视改编。比如鬼子的《被雨淋湿的河》，小说的主人公晓雷先是被骗到采石场，拿不到工钱，一怒之下杀了老板；第二次在一家有外资背景的服装厂，老板认为一名怀孕的女工偷了他的衣服而惩罚她，晓雷仗义出头，老板大发淫威，命令所有的工人下跪，全厂只有晓雷没有照办，他获得了尊严但丢掉了工作；回到家乡晓雷到一煤场干下井挖煤的工作，发现这煤场是教育局长亲戚开的，而教师未发的工资都到了这个煤场，晓雷用一个本子记下了他的发现，最后他被人谋害死在井下。王祥夫的《一丝不挂》讲述打工者"阿拉伯"和他的哥哥向老板复仇的故事。三年前，包工头"年轻老板"拖欠他们的工钱，让他们白白干了一年的活。"年轻老板"也假装破了产，开出租车，这种做法已经有了担心被报复的意思。最终还是被兄弟俩寻到——这三年大概无时不想找到他，可见仇恨之深。兄弟俩用刀子逼"年轻老板"脱得一丝不挂，"不要你的命，就是想让你也光一回"。最后赤裸裸的司机受不了路人的目光，出租车被撞翻了，车毁人亡。根据刘庆邦的小说《神木》改编的电影《盲井》得不到公映就是个很好的例子，由于影片讲述了两个农民工在暗无天日的煤井下谋杀冒牌亲戚，向矿主讹要赔偿款，展现了人性在利益驱动下的残忍与丑恶。小说《高兴》中的孟夷纯是个提供色情服务的"小姐"，她挣钱的目的是为了救弟弟，而要救弟弟就要不停地付给当地公安办案费用以助其抓到真凶。在电影中，孟夷纯只是按摩女，包养她的男人不见了，她为了读书而挣钱，结果弟弟把她的钱全部卷跑了。这样移花接木式的处理自然减轻了小说原有的深沉意味。

从传播学的角度来看待当下的文学与影视之关系应该说是个有意义的课题，因为很多问题都可以从中得到很好的解释。当然，除了本文所探讨的传播的娱乐功能、教育意义以及传播禁忌之外，还有许多层面值得进一步分析。

通常来说，打工文学及其电影表现都是以乡下人进城为叙事内容，与之相反，城里人下乡所看到的是完全不同的乡土景观。此种叙事新就新在引进了一个新的观察视角，以标准的城里人的眼光来看乡村，与本乡本土的乡村人看乡村是很不一样的，也与鲁迅式的有着童年乡土记忆的作家眼光完全不同。以城里人的眼光打量乡土世界，乡土叙事因而出现了一种新的叙事景观。本文以电视剧《马向阳下乡记》为例对此加以讨论。

一直以来，表现农村生活的电视剧都是我国现实题材电视剧中的重头戏。然而，坦率地说拍得有新意的农村题材电视剧还比较少见。曾在央视一套黄金时段热播的电视剧《马向阳下乡记》却给人以别开生面之感。

　　一个乡土故事的讲法无非两种，一种是将其作为一个相对封闭的世界客观地加以描述，这种讲法最为常见；另一种是以外来者的眼光介入乡土世界，有较强的主观性。鲁迅先生的一些乡土小说就是以"归乡者"的眼光来写阔别多年的故土，这些小说带有浓郁的抒情色彩。与之不同的是，马向阳这个外来者与大槐树村完全没有关系，他是一个特殊来客。他来自大城市，享受着现代生活，同时又是一名接受任务的党的工作者。电视剧既关注这个特殊人物的行为与心理，也透过他的眼睛来讲述转型期中国农村的现实与未来，同时，通过这位下乡的"第一书记"又宣扬了党在当下农村工作中的意义。这样，电视剧巧妙地选择马向阳这个外来者的视角，同时起到了一箭三雕的作用。

　　作为时下流行的"乡下人进城"叙事的反向运动，城里人下乡会是一种什么样的局面？乡下人进城有明确的利益诉求，往往是积极乐观的调子，城里人下乡则完全不同了，马向阳能坚持吗？这可以说是观众收看电视的最大心理期待了。电视剧一开头马向阳和他的同事坐着游艇出海钓鱼，他的手机响了，领导命令他下乡担任第一书记，他本能地抵触这件事。当他迫于领导的压力最终选择来到大槐树村时，他开着自己的越野车，车顶上缚着山地自行车，他还带来了钓鱼竿、蛐蛐罐、露营帐篷以及大箱的方便面及其他各色食品。优裕的城市生活使他对乡村世界敬而远之。与其说他是来当第一书记的，不如说他只想作一次短暂的旅行，他在等待转机的出现好迅速抽身逃离。马向阳在乡下遇到的第一件麻烦事就是没有厕所，他只好开着车到玉米地里解决；而另一件尴尬事：住所晚上闹老鼠迫使他临时搭起帐篷睡觉，又让他在村民面前颜面尽失。这样的人能担当起带领村民致富的大任吗？观众的心里是要打上大大的问号的。而这点恰恰是这部电视剧的新颖之处，它没有把人物英雄化，而是还原其本来面目。这样的表现方式是亲切的、接地气的，也是真实可信的。

　　与传统的主旋律电视剧不同，马向阳这个"党代表"一开始是不想干，"身在曹营心在汉"；既而为村子里的两派势力所左右，时时被捉弄、被整治，处处显得窝囊、尴尬；最终才成长为一个有威信的党的农村领导。从这个意义上说，这是一部成长题材的电视剧。它提供了一个新的党员干部形象：亲民、温和、作风正派而民主。在为村民修路的过程中，在保护大槐树的斗争中，尤其是在为村民争取最大利益的土地流转斗争中——他愿意无偿地拿出自己的房子作抵押——我们看到了一个全心全意为人民服务的、大公无私的共产党员形象。电视剧最终还是回到了主流价值观的轨道，但这一转变过程却是耐人寻味的。

一个处于转变过程中的外来者，他看待乡村的眼光前后是有变化的。观众就是一群好奇的人，随着这位外来者认识、心理的变化而不断更新自己对乡村的认知。这种转变中的外来叙事视角就使得作品对乡村的表现更富有层次感。从开始的隔膜、拒绝进入，到被怀疑、被捉弄，再到理解的深入、情感的认同，最后升华为以党的农村政策的理性高度来全心全意为村民服务。这时的马向阳已经完全抛弃了个人的得失，彻底融入到这片土地中来。观众的情感、心灵也随着马向阳的变化而得到净化：从开始的站在人性的角度同情马向阳到最终与主流价值观产生高度共鸣。

农村题材的电视剧容易脸谱化，这往往是因为创作者对农村生活的隔膜，想当然地去写农民。比如容易把农民写成憨憨傻傻的样子，以此来娱乐观众。像《马向阳下乡记》这样，在一部剧中塑造了多个个性鲜明人物的作品还比较少见。

除了主角马向阳外，剧中塑造最为成功的角色当是"二叔"刘世荣。他是农村宗族势力的代表，虽不是干部却在刘姓村民中极有号召力。但他颇有些心术不正，为了家族利益可以牺牲大伙儿的利益。玩聪明、耍手段是他的强项。他对村里的公众事务极有兴趣，觊觎着村主任的宝座。他的标志性动作是，坐在自家二楼平台上，拿着望远镜四处打量，有人来了就以蒲扇遮住望远镜。他足不出户也能把村里的事分析透彻，在很多事情上马向阳不得不向他请教。二叔原本可以竞选获胜的，可他却在竞选时给村民送鞋，最后贿选的事迹败露，他也就败选了。他是村里的能人，可偏偏心眼太多，私心太重。马向阳刚来村里，二叔也想笼络他。可当二叔发现马向阳做事正派，不能给他的家族带来利益时，他就想方设法阻挠马向阳。剧中相当多的矛盾冲突是由二叔制造的，就像故事结束时二叔对马向阳开玩笑说："你应当感谢我，没有我你成不了现在这样的男人。"不过，编导没有把二叔简单地作为反面人物来处理，而是写出了这个人物身上复杂的一面。他占秋香的两垄地，在马向阳主持公道量地时，他却在暗中做手脚，结果不仅没占到秋香的地，反倒是秋香占了他两垄。他之所以要占秋香的地，是受封建宗法思想的影响：有了秋香的两垄地，二叔家的地变成四四方方的，儿孙就可以在外做官，家族就能兴旺发达了。可这占地的事却也一直是他的心病，在结尾拿出地后，他说这地天天在他心里量着。为了侄子玉彬买村里大槐树的事，他前后张罗，煽动大伙儿同马向阳对抗，但内心却也不忍看着长了几百年的大槐树挖走。这份良知和情怀令他最终决定走到马向阳一边，保卫大槐树。

李云芳是个王熙凤式的人物，精明强干、语言犀利，村子里上上下下没有人不知道她的厉害。她是村子里的另一派势力，团结了二乔媳妇等一些外姓人，要跟二叔对着来。靠的是什么，还是她的能言善辩。但她也"刀子嘴豆腐心"，明大义，通情理。李云芳为了维护丈夫，极力鼓动马向阳修路，可当修路要拆她的小卖部时，那是死活都不肯的。刘玉彬要承包土地，云芳拿了他的好处，站出来支持土地流转，令所有人都感到吃惊。她是有很强的私心的，她在剧中上蹿下跳很多时候即是这份私心使然。这个人物是真实可信的，同时性格也是丰富而饱满的。

此外，剧中的配角也大多个性鲜明。老祖奶德高望重、正气凛然，而且乐观开朗、民主开明；花小宝总是惹是生非，歪招邪招频出，却又嫉恶如仇，对马向阳忠心耿耿；会计梁守业善于溜须拍马，胆小怕事，喜欢见风使舵，但在关键时刻也知道坚持正义，敢于挑战二叔的权威；二乔爹一方面感激马向阳对他家庭的关照，但另一方面又总是被二叔利用当枪使而不自觉。剧中这些个性鲜明的人物群像的出现，得益于编剧没有将人物简单化，而是致力于开掘人物性格上的多面性。

当代的一些影视剧对农村的想象往往将其作为城市的对立面，着力表现乡村的土气和憨气。在这些影视剧里，乡村在收获质朴的赞誉的同时，也是落后而滞重的。《马向阳下乡记》则与之不同，它带给我们一股时尚、清新的气息。

这部电视剧由国内一线明星吴秀波担纲主演，这位演员从形象到气质都是完全都市风格的时尚派。这个角色的设置也不需要演员作太多的形象转变，演员身上充满时尚感的小资情调与角色的要求是完全一致的。越野车、登山服、墨镜与山地车，是他的时髦装备。剧中，他与另一时尚明星王雅捷扮演的周冰之间的感情戏是该剧的一大焦点。故事采用欲扬先抑的手法，让这段感情变得扑朔迷离。再加上节外生枝的另一对：林小曼与于院长，先是鸳鸯错配，后是终成眷属，这种多角恋爱交织缠绕的编剧方式完全是现代都市言情剧的风格。相较而言，林小曼比周冰更具时尚感。她性格开朗，打扮入时，她的爱情观念也更加前卫、开放。周冰因为角色限制反倒显得拘谨。不过她在影片结局如观众期待地回到马向阳身边，二人同向大槐树真情告白，并在齐长城遗迹摇微信："离我最近的人距离十公分"，这样的美好结局极为浪漫而俗套。《马向阳下乡记》给人的启示是，通过启用一线明星，借鉴都市言情故事模式，农村题材的电视剧也能拍得很时尚。不同的是，这种时尚因与乡土大地相联，而带有一种明显的理想主义的、也是健康清新的特点。马向阳与周冰的爱情如此，玉龙与齐槐的爱情同样如此。

作为人物主要活动场景的大槐树村风景优美如画。这里有巨大的大槐树，有灵动的瀑布，碧绿的田地，清澈的湖水，还有历史遗迹齐长城。这样的画面带给作品以清新之气。在这样的背景中电视剧所讨论的话题完全是当代农村改革中的新命题：包括土地承包流转、乡村旅游开发、村民民主议事、特色产业培育等。从这个意义上说，《马向阳下乡记》试图以时尚、清新的风格表现当下农村变革中最前沿的问题。这种努力是值得肯定的。

乡土叙事的地域空间

新中国成立以来，九江土生土长的以及长期生活于此的作家层出不穷，其中不少在省内还具有一定的知名度。像王一民、毕必成、陈世旭这样的作家在国内还曾有一定影响。但仔细研究，我们发现九江作家中很少创作力旺盛同时作品艺术生命力长久的创作。大部分作家虽有着极强的文学创作激情，但一直以来默默无闻；有些佼佼者也不过是昙花一现后隐没在其他作家的光环里。其中原因复杂，但从地域文化这个角度来看，还没有哪一位作家真正深入开发了九江地域文化这座"富矿"。

一

九江，古代也称柴桑、浔阳、江州，是一座历史悠久的文化名城。九江地域文化首先表现悠久丰厚的历史文化上。九江之称最早见于《尚书·禹贡》中"九江孔殷""过九江至东陵"等记载。秦始皇划天下为三十六郡，就有九江郡。九江自古以来也是名人荟萃，文风不绝。陶渊明、谢灵运、李白、李渤、白居易、苏轼、苏辙、王安石、陆游、朱熹、杨万里、唐寅、王守仁等文化名人都曾造访九江，留下不朽的篇章，有的还寄居于此，他们的身影流连于青山碧水之间。我国四大书院之首的白鹿洞书院就建在九江境内庐山五老峰南麓，这里有完整清晰的教育理念和教育规程，对于我国古代的文化教育具有极其深远的影响。九江在古代曾是兵家必争之地。汉高祖刘邦派车骑大将军灌婴追击九江王英布，三国时期，东吴水军都督周瑜在鄱阳湖上操练水师，南宋绍兴年间岳飞率部五次戍守江州。元代末年，朱元璋与陈友谅在鄱阳湖上进行争夺天下的鏖战，太平天国将领石达开在湖口重创清军水师。有些历史故事在九江民间广为流传，比如周瑜点将台的故事、朱元璋与陈友谅大战鄱阳湖的故事。灿烂悠久的历史文化为作家们提供了多少驰骋想象的空间，遗憾的是，九江作家当前对这一领域的表现却极为有限。

九江最具特色的历史文化是它的隐逸文化。东晋陶渊明不为五斗米折腰，毅然辞官归园田居于故里柴桑，"采菊东篱下，悠然见南山"，在隐居生活中获得怡然自得的心境。陶渊明的隐逸人格为历代文人所激赏，凡是论及不与世俗权力合作、精神的高洁与独立，就会自然而然地想到陶渊明。不单单是陶渊明，李白、白居易、周敦颐等都曾隐居于九江，九江这块地方几乎可以成为隐逸之地的代名。寄情于山水林泉之间，不与世俗社会同流合污，始终保持精神人格的完整与高洁，这是隐逸文化的核心内涵。从目前的创作来看，表现隐逸文化的作品还比较缺乏。

九江庐山寺院密布、道观丛立，九江的历史文化中宗教文化独树一帜，在全国都颇负盛名。道教在庐山的传播有史可稽的早在三国时期，而最有名的道士是陆修静。陆修静是南天师道代表人物，他于刘宋大明五年（461年）来到庐山，建太虚观，研经传道授徒，长达七年之久。东晋著名僧人慧远在庐山东林寺聚众讲学、弘扬佛法，长达三十五年，他的庐山僧团在中国佛教史上具有重大影响。九江宗教文化的一个显明特点是它的"和合"精神。有学者认为："五百里庐山，荟萃众家，到处是书堂、佛寺、道观、教堂。整个庐山地区，道、释、儒、基督教多家'和而不同'求同存异，体现了中国文化的雍容和大度。"[1]

胡适曾经说过这样一段话："庐山有三处史迹，代表三大趋势：一、慧远的东林寺，代表中国佛教化与佛教中国化的大趋势。二、白鹿洞，代表中国近世七百年的宋学大趋势。三、牯岭，代表西方文化侵入中国的大趋势。"[2]这段话极为清晰地指明了九江历史文化所具有的重要地位，这无疑为作家们的创作提供了丰厚的创作资源和宽广的想象空间。目前为止，有关九江历史文化写作的作品主要局限在庐山近现代史的表现上，像方方的《到庐山看老别墅》、姚雪雪的《夏都绘影》。这仅仅是冰山之一角，而且文学体裁主要是轻巧灵魂的散文，而不是更具厚重感和穿透力的长篇小说。九江作家需要下苦功深入钻研九江的历史文化，以更大的胸襟和抱负去整

[1] 江腊生、欧阳毛荣：《论庐山文化的精神内核及其价值体系》，载《江西社会科学》2009年第10期。

[2] 胡适：《庐山游记》，第248页，上海亚东图书馆1934年版。

合相关的文化资源，以十年磨一剑的心态去创作，这样就一定能有所作为。

二

九江文化的第二个层面是它的民俗风情文化。相对来说，在民俗风情文化表现方面，九江作家的当作创作是比较多的，特别是围绕鄱阳湖的地域风情写作。建国以来，有关鄱阳湖地域风情的文学写作主要集中在鄱湖自然风光、沿岸风俗、风土人情这样几个方面。当代的鄱阳湖写作中，对其美景的讴歌一直不绝如缕。王一民可以说是当代鄱阳湖的第一个歌手，他笔下的鄱阳湖如诗如画："一望无际的湖水春波荡漾。两只乳白色的沙鸥低低地贴着水面向湖心飞去。"（《乡情》）"江南丘陵，矮矮的山坡下，一个青竹环抱的村庄。夕阳半落，绚丽的晚霞在竹梢上涂一抹金黄的油彩。一双双归燕啁啾着向村庄飞去。"（《乡思》）王一民擅长用一种简洁的笔法，勾画出鄱阳湖古典的田园诗般的优美景象，在他的笔下，鄱阳湖的美是以一种类似于一帧帧明丽照片的形式展现出来的。王一民对于鄱阳湖景象的表现基本上是传统的方式，优美的自然景观是故事人物活动的场景，又与人物的美好情操紧密相联。

一直自觉地致力于九江风俗表现的是作家陈永林。他的鄱阳湖风俗系列小说有两个主要特点：一是篇幅短小、结构精致而寓意深刻，这可能同他长期致力于小小说创作有关，优点是短小精悍，缺点是风俗展现总不能像湖南作家古华、江苏作家汪曾祺那样优裕从容；另一个特点是，陈永林往往以时代变迁的理性眼光来看待风俗，他对风俗的表现少了一份欣赏，多了一份思考。在《鄱阳湖故事二题》中，作者讲述了鄱阳湖一带盛行已有一二千年的"拉干爹"风俗。"婴儿满周岁的那天，婴儿的父亲带上鸡鸭鱼肉，天没亮就在一条路上拉一根细白线。无论是谁，只要是绊了白线，谁便是婴儿的干爹。若不想当干爹，就落一辈子骂名。"这种风俗的形成与当时生产力落后，与人们遇到困难时想得到更多人的帮助有关。但小说中的德福为了能拉有权有势的村长做孩子的干爹，竟然满足村长弟弟的无耻要求，最终还是竹篮打水一场空，小说对德福这类势利人物进行了辛辣的嘲讽。在《鄱阳湖三祭》的桥祭故事中，作者讲述了鄱阳湖桥祭的习俗。桥修好的那天得有人站在桥上喊："喂

—喂—桥祭哟—桥祭哟……"如这时有人应答，那应答的人就为桥祭的人。桥祭的人不久就会死去，灵魂铸进了桥里面。这桥有了魂就坚固耐用。有人应答后喊桥的人就会喊："我们的桥哟—有了魂啦—百年不倒千年不塌……"这里面的风俗奇异而又恐怖，作者要借这样的风俗来演绎一段父子亲情故事。陈永林笔下的鄱阳湖风俗故事给人以新鲜而又古怪的感觉，这无疑构成了鄱湖风情中神秘而特异的一面。

在鄱湖儿女传奇故事中，最具原生态意味的创作是李志川的小说。李志川的代表作《漂流的村庄》以长年漂泊在长江、鄱阳湖上的排帮为对象，书写他们的传奇人生。"大老板"是排帮的首领，负责排上几百号人的日常生活与生命安全。排帮有严格的内部规定，"大老板"在排帮也极有威严。有人胆敢坏排帮的名声，"大老板"就要执行严格的"家法"。但在散排的危急时刻，"大老板"却极有情义。他要尽最后的努力挽救木排，当确实回天乏力时，他安排好排上所有人逃生，最后自己服毒自尽，为的是承担这份责任。排上还有一个重要角色——打鼓佬，他精通天文气象、地势水情，他们的职业代代相传。打鼓佬的鼓声是排帮的灵魂、号令，在恶劣天气下，在急流险滩中，打鼓佬的鼓声就具有决定性的关键作用，他指挥排佬们协同作战，渡过难关。每到危难时刻，打鼓佬将自己的儿子缚在桅杆上，父子俩声嘶力竭的齐声呐喊的情节，读来让上感慨万端。在这"漂流的村庄"里，一切都具有一种异样的氛围与传奇般的色彩。

九江由于是码头城市，便捷的交通带来各色人等，民俗文化也多元混融，当前的创作似乎对此还缺乏深入的分析和精准的提炼。对于九江优美的自然景观的表现也似乎在王一民之后就后继乏人了。与此同时，在人情世态表现方面，可能不应该专注于传奇性，而要对普遍的人性有所思索。

三

九江文化还有一点很值得注意，那就是它的生态文化。从当前九江经济社会发展的现状来看，生态文化具有鲜明而突出的特征。作为"后发展"地区的江西赣北地区虽然经济建设上稍稍落后于沿海发达省市，但在生态资源的拥有和保持上却堪称首屈一指。九江庐山位于北亚热带温湿气候区，四季分明，降水充沛，适宜于生物多样性成长。庐山地质公园内，属国家重点保护野生植物达45种，其中，一级保护的11种，有不少更是濒危物种，极具重要性。鄱阳湖湖生态堪称全球之冠，是世界最大的白鹤和天鹅栖息地，世界生物多样性最丰富的湿地。每年来鄱阳湖越冬的候鸟多达80万—100万只，种类达148种，有"世界候鸟保护区"的美誉。众所周知，中国近年来的快速发展在很大程度上是以牺牲环境、破坏生态为惨重代价的。根据统计，"全国70%的江河水系受到污染，3亿农民无法喝到安全的饮用水，工业固体废物产生量达到10年前的两倍，1/5的城市空气污染严重，1/3的国土面积受到酸雨影响，全国水土流失面积超过国土面积的1/3，沙化土地面积接近国土面积的1/5，90%以上的天然草原退化，生物多样性减少。"[1]在这样的背景下，九江优越的生态文化资源显得极其难能可贵。从国内国外的文学环境来看，生态写作在今天正方兴未艾，尤其是当下中国的文学界，生态文学已然成为一个热点。

　　九江的生态文化写作并非一片空白。陈世旭近年来就致力于此，他的创作已经产生了一定的影响。他以欣赏的眼光打量九江这片尚未被现代工业污染的土壤："当我重回鄱阳湖区，我是那样强烈地感觉到莫大的惊喜：千湖之县的鄱阳，有着一千只如此澄澈、如此明亮的'大地的眼睛'！58平方公里的内珠湖，水质居然达到直接饮用标准。冬季是天鹅和白鹤的天堂，夏季是白鹭和灰鹭的王国。"（《重归鄱阳湖》）"雾气在被云霞照得斑斓的湖面悠长悠长地漂浮。远山是一抹淡淡的烟痕。风吹着唿哨，在苇丛上掀起涟漪。隔年的枯草里，素净的白蒿、翠绿的笔帚菜、肥硕的铁扫帚、柔韧的马鞭草和纤细的碎米花一堆堆地汹涌绽放。生命萌动的气息四处弥漫。湖滩上的鹭或鹤，对人视若不见，或埋头在水里寻食，或专心啄羽毛，或昂首阔步高视徜徉。壮硕的水牛卧在草丛，与那些轻盈的鸟默契着，憨憨地眨着滚圆的眼睛。"（《天下小南海》）在一个环境日渐使人忧虑的世界，澄澈透明的鄱阳湖，"或许是最后最大的一湖清水，最后一方处女地，最后的水上香格里拉。"陈世旭已经做出了一个有益的尝试，依托于丰富的生态文化资源进行生态写作，很可能是九江区域作家实现整体突围的一个突破点。当然，陈世旭的生态写作还只是个开始，生态写作本身具有相当丰富的内涵："生态文学是当代生态思潮与文学艺术的结合，是对生态危机的综合回应。生态文学把'关怀'作为自己的神圣使命，通过对人与自然关系的描写来映现人与社会、人与人、人与自我的关系，表现人类所

---

[1] 孙佑海：《完善环评制度　建设生态文明》，载《中国环境报》2007年11月13日。

面临的自然生态危机及其背后所蕴涵的深层的精神生态危机，对自然、人、宇宙的整个生命系统中处于存在困境的生命进行审美观照和道德关怀，呼唤人与自然、他人、宇宙相互融洽和谐。"[1] 当前的九江生态写作只是涉及完好的自然生态这一层面，至于人与自然、人与人的和谐共处等深刻命题都还有待深入开掘。

地域文化与作家的创作有着深刻的联系。从中国现当代作家的创作来看，如果没有对湘西文化的洞察，就没有沈从文的一枝独秀；没有对北京文化的深刻体认，就没有老舍的重要地位；没有"山药蛋"地方文化特色的展示，就没有赵树理的独特贡献。此外，"狭军东征"之于狭西地域风情的把握，河南作家群之于中原文化的深切体认，文学"湘军"之于楚地风俗文化的当代阐释，都一再证明地域文化对于作家创作的重要性。九江作家要想有所成就，从历史文化、风俗文化、生态文化等几个层面深入开掘赣鄱大地丰厚的地域文化资源是一个有意义的思路。

---

[1] 刘文良：《文化诗学视域中的生态批评》，载《云南社会科学》2008 年第 4 期。

第四章　文学与影视：乡土文学的跨媒介传播

乡土：从纸上到银幕

新时期以来，相当数量的乡土文学作品被改编成电影。在这一过程中，谁的付出最多？谁所起的作用最大？有人讲是编剧，因为编剧要负责整个剧本的再创造。我以为，编剧的作用当然功不可没，但若深入考察改编的过程，起决定性作用的还是导演。从乡土作品文本的选择开始，导演就扮演着主导作用。他指导剧本改编的全过程，向编剧阐述他想要的东西，编剧贡献自己的才华，在导演的"统帅"下表达导演的意图。电影是导演的艺术，跟导演个人的文学修养、个性气质、艺术追求等具有密不可分的关系。从作家的艺术到导演的艺术，乡土文学文本如何实现跨媒介传播？我们选取当代几位导演的改编经历，对此加以初步阐述。

一

黄健中是导演中的"第四代"。他比较早认识到电影改编过程中导演无可替代的重要性，为此他专门撰写了《改编应注入导演的因素》一文。这在电影应"忠实于原著"的观念十分盛行的 20 世纪 80 年代初期应该是一个大胆的理论突破。黄健中认为，有两个重要因素决定了改编中导演的重要性：一是随着"近二十年来世界电影艺术的发展"，个性化电影的出现决定了导演在电影创作中扮演了关键性的作用。伯格曼、阿仑·雷乃、费里尼、黑泽明、科波拉、安东尼奥尼、特里弗等导演的影片，"从内容到手段，乃至他们的电影观念都是非常独特的，他们的作品是不能被任何人所替代的。费里尼的电影就是费里尼的，不能想象他拍摄了一半的影片，另一个人能接上去拍，这如同任何人都无法补上维纳斯这位艺术女神的断臂一样的奇妙"。二是"个性的排他性和个性的相互吸引"。经常会出现这种情况："一个天才的作家与一个天才的导演的合作，却生出一个畸形儿。"一部好的小说总是按其自身的思维逻辑在运作，而不能被其他门类艺术简单地替代。小说与电影在思维方法、艺术观念上都很不相同，所以，黄健中认为改编之前应该思考："为谁去改编，导演是谁？应该明确。是为郑洞天改编，还是为滕文骥改编？不能说改编出来以后谁导演都行。"[1]由谁导演决定了改编的尺度与方式方法。关于这个问题，黄健中还曾谈到："我常常对别人谈起这么个比喻：作家盖起一座高楼大厦，我必须拆掉。哪怕我在旧地基上盖起的是一座小草屋，但那才真正算是我自己的作品。这座高楼大厦是否选得合适，主要看导演有无深厚的生活底蕴。选择后的再深入生活是短期的，生活的底蕴是长期的基础性的。"[2]因导演个性的不同，对原作感兴趣的内容、处理方式等都会有很大的差异。改编一定要体现出导演的个性来，才能称得上是导演的作品。改编的成功与否，那就要看导演长期生活形成的个性是否具有足够的同化原作的能力。那么，作为一名优秀的导演，黄健中在其影片改编中什么样的"个性"起到了重要的作用？

　　黄健中的成长历程有其特殊性。他没有进入电影院校进行系统的理论学习，而是从 20 世纪 60 年代开始即进入北京电影制片厂，跟随崔嵬、陈怀凯等老一辈电影导演，在耳濡目染的拍片实践中学习。他从场记做起，到副导演，再到导演，按理说他的经历证明其优势在于丰富的实践。有意思的是，黄健中在第四代导演中恰恰是以理论见长。熟悉黄健中的人对于他的基本印象是，他勤于读书，勤于思考，也勤于理论写作。在北京电影制片厂，这个年轻人的聪明、好学给老导演留下了很好的印象。陈怀凯勉励他"十年过后回头来看"，他肯定能成长为电影厂里出类拔萃的人物。当十年过后，黄健中已小有成就时，陈怀凯让他"十年过后"再回头，见证其成长的老一辈导演对黄健中是有一份殷切期待的。黄健中能从许许多多年轻人中冒出来成为其中的佼佼者，自然有他过人之处。他的聪明首先就在于能够准确地判断自己的优势与不足，并尽力做到扬长"补"短。当你的短板经过努力变成了你

---

[1]　黄健中：《改编应注入导演的因素》，载《电影艺术》1983 年第 8 期。

[2]　罗雪莹：《五十而不知天命——导演黄健中访谈录》，载《当代电影》1992 年第 1 期。

的长处时，你自然就能脱颖而出了。

在我们这些人身上，有一个共同的趋势：都处于不断地要摆脱自己、叛逆自己、否定自己、自我反省的过程中。[1]

黄健中所处的时代正是大变革的时代，20世纪80年代电影观念必然要从几十年的文化封闭中走向更新。他们所师承的老一辈导演固然有着丰富的实践经验和精湛的艺术功力，但从电影理论观念来说，恰恰是保守的、注定会被更替的一方。长期的耳濡目染，黄健中身上自然也带有深厚的旧电影的影子。像田壮壮、陈凯歌这样新一代的导演们，他们在艺术经验上固然不如黄健中纯熟，但他们从电影院校毕业，对世界电影发展的动态，尤其是最近二三十年来，欧洲电影的新发展显然有着清晰的认识。他们在理论上有着更好的准备，对于电影语言的创新、电影面貌的改变有较大的决心。他们可以轻装上阵，没有包袱，"更加单纯"。黄健中要想在面向未来的竞争中能有一席之地，必须花大力气提升自己的理论修养，革新自己的电影观念。他的确也是这样做的。

黄健中崛起于20世纪80年代初期，作为一名苦学勤思的导演，他对于当时社会思想文化界广泛讨论的人道主义、人性等启蒙话题是比较关注的。他在总结《如意》《良家妇女》时标题即贯之以"人·美学·电影"，"人"是排在第一位的。在他后来结集出版的《黄健中导演笔记》一书中，第一部分也是这"人·美学·电影"，但是增加了讨论其导演的电影。可见，"人"是黄健中电影非常关注的一个理论命题：他对人的理解绝非泛泛，而是有着明确的理论指导。

改编《良家妇女》具有一定的偶然性。两位来自农村的文学爱好者将李宽定的小说《良家妇女》改编成文学剧本寄给《电影艺术》杂志，并指名由黄健中将其拍成电影。黄健中接到信后对小说也很感兴趣，在通读了李宽定的其他几部中短篇后决定将其拍成电影。这部小说写的是贵州北部山区落后的婚俗，十六岁的杏仙嫁给八岁的少伟，"畸形的婚姻、落后的习俗、残酷的族规，如同没有阳光的天气，使人的精神也变得扭曲。""这是在一个古老的村寨里，一曲'古老'的婚姻悲歌；

---

[1] 黄健中：《进行生活和艺术的积累与思考——为克服电影创作的平庸而努力》，载《黄健中导演笔记》，第122页，作家出版社2011年版。

是青年作家对父母辈的婚姻生活作一次哲学巡礼。"[1] 这是小说留给导演至为深刻的印象。以世代相因的残酷的婚配制度为切入口，表现愚昧、落后的文化，探寻人在愚昧的世界中如何寻找出路，这是影片的主旨，也是导演关于人的启蒙思想的延续。黄健中认为："作家对旧婚姻的批判，正是通过对人性的开拓，对人的内在深层世界的开拓，达到其上目的的。"[2] 而这也正是导演拍摄这部电影的一个基本思想。

李宽定的这篇小说在内容与风格上颇类似于沈从文的《萧萧》。从结构主义的观点分析，二者同样是讲一个童养媳的故事，同样是媳妇恋上另一个男子（花狗和李开炳），最后都面临族规的惩罚，又都被豁免了。不同的是，《萧萧》结局也是开始，它讲的是一个历史循环的故事；而《良家妇女》因为新中国的成立，历史终结于杏仙这里。在风格上，二者都擅长写风俗，笔调上都可以称得上是"哀而不怨，怨而不伤"（黄健中语）。《良家妇女》也并不以批判见长，它有一种清新淡雅的风格。也就是说，这部影片可以有另一种改编方法，也是十分贴近原小说风格的方法。这种方法正是导演读农村青年寄来的第一稿剧本时的印象："它是一幅含蓄、泊远、深邃的图画，黔北的民俗风情，让人着迷。"[3] 如果顺着这种思路去改编，将会有许多有意味的画面得到保留。

在对拍摄实景地的考察中，黄健中放弃了最初的构想，婚俗、民俗退居次要地位，"而着意创造悲剧气氛：晦暝的太阳，灰沉沉的天，到处是山雾，疯女人的悲歌贯穿全部婚礼"。[4] 电影走向另一个轨道，不是表现淡淡的哀愁，而是聚焦人物命运，揭示深沉的悲剧，批判文化的愚昧与残忍，从而主张一种更人道的生命形式与生活方式。电影从民俗风味走向了启蒙主题。

黄健中早期的电影，接受西方电影理论的影响，自觉追求影片的观念与语言创新，

---

[1] 黄健中：《〈良家妇女〉：性的魅力与浪漫气息》，载《黄健中导演笔记》，第34页，作家出版社2011年版。

[2] 黄健中：《〈良家妇女〉：性的魅力与浪漫气息》，载《黄健中导演笔记》，第44页，作家出版社2011年版。

[3] 黄健中：《〈良家妇女〉：性的魅力与浪漫气息》，载《黄健中导演笔记》，第34页，作家出版社2011年版。

[4] 黄健中：《〈良家妇女〉：性的魅力与浪漫气息》，载《黄健中导演笔记》，第40页，作家出版社2011年版。

追求电影的电影化。黄健中大量学习了世界电影 20 世纪五六十年代以来的创作实践与创新理论，这成为他在电影美学方面锐意创新的指南。黄健中对于电影美学提出自己的看法："电影作家的主要课题不仅要产生作用于眼睛的效果，而且要产生通过眼睛的效果。他必须学会制作不仅很美的画面，而且学会制作含有戏剧性因素，能够耐人寻味、给人印象深刻的那样一种画面。电影的思维和美感是不可分割的。欣赏一部影片，如果没有一种叫做电影美感的东西，那是不会感动人的。"[1] 他的理论主张完全是法国电影新浪潮以来的作者电影一派，他在多篇文章中反复强调电影的思维是一种直观的思维，强调视觉与感觉，强调画面的美感，强调通过视听要素自身的张力。一句话，电影应该"电影化"。为此，黄健中在他的电影改编实践中作了多方面的尝试。

在影片《良家妇女》中，为了表现小说中的愚昧落后的文化氛围，导演有意将拍摄场景安排在一个以石头砌成的少数民族村寨里。除了这座石头堡垒外，影片中大量用到石景。三嫂求子的石头溶洞，通向外面的石路，石刻的女体，舂米的石碓等。还有反复出现在画面中的村子入口处的巨石：泰山石敢当，这是起镇压作用的。石头象征"凝滞"，压抑、顽固不化，千百年来都是如此。影片中出现的瀑布，景色优美而灵动，破坏了整体构思，这在黄健中的理论反思中已经指出。疯女的设计以及象征着女性崇拜的石刻女体像，其画面的表意功能已经开始超出普通观众的接受能力。

启蒙思想呼唤人的觉醒，使人脱离蒙昧的状态，追求个性解放，以合乎人性的方式生存。"五四"思想启蒙运动的一个重要命题是关注妇女与儿童，因为他们是社会中的弱势群体，只有妇女、儿童得到了解放，才能说社会文明进步了。从呼吁人的觉醒的启蒙思想到关注女性命运，这在理论上是很自然的事情。我们注意到，黄健中所选中的小说作品中，有多部是关于女性命运的。他对于中国女性命运也有着较为深刻的理论思考。

这里，我们完整地引一段黄健中朋友对他的印象：

为了拍摄《良家妇女》，他精读了《文学源流浅说》及《中国古代妇女史》《中国女性史》《婚姻与家庭》等等。他有一个厚厚的导演手记，上面密密麻麻地写满

---

[1] 黄健中：《电影的思维与电影的美感》，载《电影文化》1982 年第 1 期。

了甲骨、钟鼎等中国古代文字及注释。为了拍摄《一个死者对生者的访问》，他细细地研究了《关于人的学说的哲学探讨》等一系列书籍。[1]

面对记者的提问，黄健中直截了当地强调了他的创作中理论引导的重要性，他甚至极端地认为非此则"作品只能是小家子气的"。为了拍摄某部影片，他会去读相关的理论书籍，深入研究某一相关理论问题，这在中国导演界大概也是不多的吧。为了弄清楚某一问题，他有时要研读好几部理论著作。上面提到的《良家妇女》的拍摄在黄健中的导演阐述中也有所说明，他不仅自己看，还推荐摄制团队一起研读：

"如果可能请大家阅读一下《中国妇女生活史》、《中国古代婚姻史》和恩格斯的著作《家庭、私有制和国家的起源》，也许从这里可以感受到影片的主题。"[2]

黄健中绝对是动真格的，并非故弄玄虚。在电影的开头出现一段毛笔书写的"题记"："在我们中国，最可敬的是女子，最可悲的呢，也是女子。"

紧接着的是一段旁白："汉字最早的形态甲骨文中，女人的'女'字是一个跪在地上的女子，两手交叉，温驯地放在胸前；而妇女的'妇'字，则是一个持扫帚的女人，象征着从事家务劳动。"

再接下来才是出片名字幕，出演职员表，这一段持续时间很长，衬底的画面是一系列古代妇女石刻像，包括跪女、执帚、育婴、求子、生殖、裹足、碓米、推磨、出嫁、沉潭、哭丧等，并在石刻像的上方标明不同的历史年代。片子的结尾依然用的是这些石刻像。

给古老的石刻像画面配以狼嗥和婴儿啼哭的声音，在艺术感觉上的确非常精彩，其效果从理论上来说也的确如同黄健中所阐述的，有一种历史的延伸感和蛮荒感，达到了"哲理"思考的层次。从这个精心设计的开头不难看出，导演对李宽定这篇

---

[1] 沈及明：《寻寻觅觅到中年——记黄健中》，载《影视文化》丛刊第1辑，第264页，中国艺术研究院影视研究室《影视文化》编辑部编，文化艺术出版社1988年版。

[2] 黄健中：《〈良家妇女〉：性的魅力与浪漫气息》，载《黄健中导演笔记》，第35页，作家出版社2011年版。

小说的阐释集中在对妇女命运的思考，受到相关理论的影响，导演将这种思考放置到几千年的历史长河中，并要将这种思考上升到哲理的层面。然而，现在的问题是，李宽定的小说能否承载得起这么沉重的思考？

如果说黄健中对《良家妇女》的改编有些理论先行、理念大于故事的话，在改编古华的《贞女》时，理论与故事就要契合得多了。小说《贞女》讲述爱鹅滩这个地方，树着十五座贞节牌坊，唐宋元明清皆有。小说由两个故事组成，一是清代的青玉（"情欲"的谐音）守节的故事，一个是当代桂花改嫁的故事。这两个故事在小说中各自独立，没有交集。年轻的青玉为情欲所困，封建礼教却要活活扼杀她作为一个正常人的欲望。四爷命她天天读《女训》《烈女传》《二十四孝图》之类的书籍，她的生命价值就是冲着贞节牌坊去的。礼教压抑人性透过一个细节即可见出，青玉高耸的乳房为人所讥笑，她只好用白布将其裹紧。青玉也一直服从礼教的摆布，但她的梦境还是泄露了本真的欲望。青玉的美貌引得教书的吴先生窥视，而吴先生恰恰是青玉生命价值的见证。可惜吴先生被家里的狗活活咬死，青玉这个鲜活的个体也就逐渐凋谢了。历史虽然已经进入当代，但人们的传统思想依旧。司机吴老大总是怀疑漂亮的媳妇桂花不忠，一回来就要突击检查，强迫桂花脱光身子，还动辄打骂桂花。这是对女性人的尊严的恣意践踏，桂花提出离婚，非但没人同情，反倒招来周围人的漫骂。吴老大出车祸死了，乡里人就怪罪桂花，给她开的饭店贴上"人间无情酒家女，世上最毒荡妇心"的对联。大家相约不在她的饭店吃饭，还要照老规矩用黄土将酒店填平、封埋。原本对桂花有意的车杆子，却也是礼教思想严重。有人给他提亲，他却认为是"提了个二路亲，娶个半路婆"，扬言要"砸开他狗脑壳"。

车杆子的心态是矛盾的，他很喜欢桂花，却囿于旧的思想束缚嫌弃桂花。在车杆子及周围人的身上我们可以看到传统思想所具有的巨大威慑力。好在时代在改变，桂花不会像青玉一样在压抑中凋谢，而是大胆质问："哪样叫二婚？哪样叫半路人？请你先想清白，也请你先讲清白。"

在拍摄这部影片之前，黄健中依然做了不少理论功课：

世界女性学的学者指出：在人类历史上，中国可能是最早出版"女训书"的国家（富士谷笃子主编《女性学入门》，第 151 页）。在我国"烈女传""女儿经""女训""女诫"是伴着历史、政治、经济、文化延伸着。这种名教，"戳之非刀、非锯、非水火；文亦戮之，名亦戮之，声音笑貌亦戮之。"（龚自珍：《乙丙之际著议》第九）从文化的（道德的）角度研究中国妇女，审视其命运和心态，最终以批判封建道德观对人性的摧残，也许是古华创作小说《贞女》的题旨。[1]

在论述了古华小说创作的主旨之后，黄健中深入到中国传统文化的内部来谈对个体的压抑与解放两种思想体系：

在中国哲学史上对人的个体意识就存在朱熹"存天理，灭人欲"与龚自珍"众人之宰，自名曰我"两种势不两立的哲学体系。朱熹的哲学思想是继承程颢、程颐的思想，并通过二程继承孔孟道德的正传，这是中国文化的正宗。而龚自珍提出"众人之宰，非道非极，自名曰我"是一个近代的命题，具有鲜明的反封建的性质，它标志着"自我"的开始觉醒，是中国近代人文主义思想的开端。[2]

黄健中知识视野的开阔、理论功底的深厚令人敬佩，同时，又让人心生"杀鸡焉用牛刀"的感慨。其实，古华的小说没有那么复杂，也没有那么高深。黄健中在电影改编中最有价值的设计应该是他真正打通两个时代的故事。导演让同一个演员饰演桂花和五婶，二人都追求自由的爱情，前者在现代社会获得了成功，而后者则被逼跳崖；车杆子和长工由同一人扮演，他们都是作为女子爱情对象存在的；青玉的扮演者在现代故事中扮演小妹，前者失败而后者获得了爱情；暗恋青玉的吴先生在现代故事里扮演小妹的男朋友吴老师；检查桂花贞操的吴老大，在过去的故事里演老管家，这个角色是五婶与长工偷情的窥探者和告发者；这样的人物安排，联结了两个不同时代的故事，让观众心领神会其中的奥妙，更强化了小说的主题表达。只是另外几组人物关系就有点让人不得要领了：导演让同一演员分别饰演肖村长和肖四爷、导游女和四奶奶、妇女主任和三嫂。

1994 年 4 月，黄健中拿到苏童的改编授权后，即开始着手改编工作。在做小说的改编剖析时，黄健中导演相当地严谨、细致。他专门列了长达 9 页的一张对比表（见黄健中：《〈米〉：对人类生存环境的思考》一文），表的左边是小说各章详细的

---

[1] 黄健中：《〈贞女〉：超以象外得其圜中》，载《黄健中导演笔记》，第 46 页，作家出版社 2011 年版。

[2] 黄健中：《〈贞女〉：超以象外得其圜中》，载《黄健中导演笔记》，第 47 页，作家出版社 2011 年版。

情节说明，右边是电影的改编要点。从这张表里，可以清楚地看到黄健中对小说的概括、理解、评价，可以看到他对未来电影在取舍、详略、发展、改动等诸多方面的思考。比如，在分析第五章时，小说写"五龙开始钻织云的后窗"，黄健中认为"钻后窗"是常规戏，没有特色，"五龙和织云的戏如果放在米仓里会更精彩"。第六章，五龙出于泄愤把织云的衣服扒了，将米塞入织云下身，黄健中提出："此处的改编要注意：1. 如何避免裸体。2. 性虐待到了不堪入目的地步，怎么避？但又要写出五龙疯狂的复仇。"[1] 第七章，织云离开了米店，把五龙留给了绮云，姐妹发生争执，最后绮云还是"默认了现实"，"五龙与绮云结合了"。对此，黄健中提出："绮云从恨五龙到嫁五龙，过程（或说理由）并不充分。改编怎么能写出精彩的一笔。""改编时，米店应有碾米房。碾好的米像瀑布般流进米仓，五龙把绮云抛到米仓时，绮云是同他在米堆上搏斗，不要单纯写五龙的性虐待，墙上的风扇转着夕阳的光（绮云洗澡应是在黄昏，打烊之后）。"黄健中继而提出对第七章的总体思考："从本章考虑绮云：她为什么要嫁给五龙？嫁给五龙后又重复着织云那样的被五龙的性虐待，这同此前她倔强的性格似有不符；她探望织云时对六爷、五龙的认识是十分清醒的，她不可能有反抗吗？怎样看待绮云？怎样写绮云？怎样评定绮云？在读完第四章时想到织云性格的完成在此处却落到绮云身上。"[2]

黄健中对小说中绮云这个人物的设计是不满意的，他的系列思考也恰恰击中了小说的软肋。苏童是从五龙的角度来构思织云与绮云这一对姐妹。织云是放荡的，是城市对五龙的诱惑与利用，但五龙凭借自己的狡诈，反过来利用织云干掉了阿保，实施了复仇的初步计划；然而要确认自己的城市身份，织云这个"贱货"是不行的，他还必须占有绮云这位黄花闺女。绮云越是反抗他，他越要去占有绮云，并用性虐待的方式施以报复。苏童写五龙同这两个女人的关系，是在抽象层面上反映他同城市的关系。就像后来五龙成了镇上的一霸时出入于妓院中，妓女使他染上了梅毒——他在占领城市的同时，城市也腐蚀了他，使他最终丧失了性的能力也即生命力。苏童从五龙的角度设计绮云没有问题，但黄健中的分析也是合理的，绮云这个人物最大的问题就在于，她是怎样转变过来的？对于这个人物设计的置疑使得电影在故事走向上出现了重大的转变：导演将绮云始终置于五龙的对立面，在五龙炸了吕公馆

---

[1] 黄健中：《〈米〉：对人类生存环境的思考》，载《黄健中导演笔记》，第63页，作家出版社2011年版。

[2] 黄健中：《〈米〉：对人类生存环境的思考》，载《黄健中导演笔记》，第64页，作家出版社2011年版。

成为镇上的霸主时，绮云同五龙的斗争变成了电影叙事的主线。在苏童的小说中，绮云大概只能算是一个符号，在黄健中的电影里，他出于一贯地对女性命运的关注，加大了绮云的戏份，使绮云的行动前后一致。但问题是，在更深的层面上，绮云同五龙的斗争具有怎样的象征意义呢？需要指出的是，一直在战斗的绮云从观众的角度来说肯定要比逆来顺受的绮云更具有"可看性"。在决定砍掉五龙后人的戏后，电影叙事的动力来自哪里？因而从观赏性的角度来说，绮云形象的改变是必然的。

　　上面引述的黄健中的"改编思考"还有一个重要问题，就是怎样处理小说中大量存在的露骨的性描写。五龙的陋习是将米强行塞入女性的下身，这是人物的标志性举动，象征着对女性的征服。就像是乡下的狗用它的尿液标明它的领地一样。这一典型细节是苏童对五龙这个人物的独特设计，令人印象极为深刻。五龙对于米又有一种独特的渴求、眷恋甚至是崇拜。他在乡村长大，米的缺失（饥荒）使他被迫逃离，他喜欢咀嚼生米，喜欢睡在米仓，他的终极理想要拉两车皮的白米回乡，他在做爱时要将米塞入女人子宫因而具有极为丰富的象征意义。当然，小说家可以肆无忌惮地"狂欢"，电影作为一种视觉艺术却必须面对如何"避免裸体"的难题，尤其是在没有实行电影分级制的中国。在黄健中对小说的初读里，他把五龙的性爱理解为一种"不堪入目"的"性虐待"，要避免过于直露，却又要拍出五龙的"疯狂"，这可能存在一定程度的误读。五龙的性行为主要还是追求一种肉体上的生命本能欲望的满足，五龙的"疯狂"是其生命力张扬的表征，是他来自乡村的野性、粗蛮以及对米的独特情感的象征。当然，电影最后呈现出来的效果非常好，说明黄健中对这一段性爱场面的重头戏的改编思考有一个演进的过程。导演将这场轰轰烈烈的性爱场面设计在米仓里，五龙和织云赤裸着身体在米堆中间翻滚，米粒恰好遮掩住二人身体的关键部位。既有大胆的肉体接触，同时又避免了过于暴露，黄健中很好地解决了技术上的难题。同时，秉承阅读小说时的构思："墙上的风扇转着夕阳的光"——要把性爱的画面拍得足够的唯美，导演让绮云开动碾米机，白花花的米从上空像瀑布一样"流淌"下来，打在五龙和织云的身上。二人并没有因为绮云的干扰而停止做爱，反倒激发了他们更大的激情。在夕阳的光辉中，在白米飞溅的"雾气"里，他们一直折腾到筋疲力尽。这是黄健中导演对小说中性爱描写的阅读想象，也是他贡献给中国电影的独特的、生机勃勃的画面。

　　小说《米》一共十四章，而电影《大鸿米店》大致只拍了前七章的内容。小说写到了五龙从城市的"儿子"（女婿）变成了城市的"父亲"（三个孩子的爹），而后染上梅毒由盛而衰，最终在返乡的火车上死去。而电影只是讲到五龙在城市站稳了脚跟，成了地方上的霸主就结束了。正如有人所评论的：

《大鸿米店》破坏了小说的圆形封闭结构，只叙述了五龙在城市的流浪过程，以五龙对城市的顺利攻占为高潮，以五龙换上象征着与城市高度融合的金牙为结局。故事的中断必然导致圆形结构框架中盛满的意义向四处溢出。因此，对于人物丰富的精神漂泊历程，电影只单薄地表现了人性由善而恶的转变过程并将其放大。[1]

黄健中为何作出如此大的改变？一个主要原因是他对故事后来的发展并不满意。在他的"改编思考"里，黄健中多次标记类似的内容："孩子的戏改编时似应该删去"，"写儿子和媳妇们的事，剧本拟全部删去"，"本章只有五龙的一句话改编可考虑"，"本章其他情节几乎不值得改编"等。黄健中认为小说前半部比后半部要好，"小说写宿命，所以写两代人。我更偏重于讨论生存环境。只写五龙，不写他的下一代"。[2] 从一部电影的容量这个客观实际出发，五龙后代的戏是不宜改编进来的，况且小说后半部的确不如前半部。五龙的儿子米生、柴生的性格并不鲜明，织云儿子抱玉的形象也比较模糊。只要从这种艺术的直觉出发就行了，但你看黄健中的言说方式，他一定要上升到理论的高度：他的理论逻辑是，苏童写两代人是因为他要表达宿命论的观点，而电影只写五龙是因为表现生存环境讲五龙就够了。黄健中习惯于理论思考，但偏偏就在这个地方，他的思考是有偏差的。小说是讲一个带有贬义色彩的"宿命论"的故事吗？导演也许并没有理解五龙这个人物的精神世界：尽管他成功地闯入了城市并成为城市中呼风唤雨的人物，但他始终是城市中的灵魂漂泊者，是个异乡人，乡村才是他永恒的归宿。他是带着仇恨来到城市，凭借仇恨在城里谋得一席之地，"仇恨是做人最好的资本"，"你可以忘记你的爹娘，但你不要忘记仇恨"，这是他信奉的仇恨哲学。在五龙下一代身上我们看到，仇恨也是可以遗传的。这不是宿命论，而是对历史的一种新理解（小说所演绎的小镇风云告诉我们，历史往往是由恶的力

---

[1] 王博：《从〈米〉到〈大鸿米店〉——浅析历史寓言意蕴的消解》，载《电影文学》2013 年第 1 期。

[2] 黄健中：《〈米〉：对人类生存环境的思考》，载《黄健中导演笔记》，第 67 页，作家出版社 2011 年版。

量推动的），是一种关于仇恨的哲学思考。我们说黄健中在电影改编中有一种理论自觉，是说他往往从理论出发来确认自己的改编坐标，并不表明他时时更新自己的理论视野。没有证据可以证明他所改编的"新历史"题材的小说（《米》《银饰》）是由于他对新历史理论的认知。实际上，他的知识视野往往停留在 20 世纪 80 年代关于人的思考。也就是说，他主要还是利用旧的知识结构来理解新的理论命题。

影片《大鸿米店》集中表现五龙这个人物，导演对这个人物的理论思考主要来源于鲁迅先生的相关著作及理论阐述：

在陀思妥耶夫斯基的小说《罪与罚》、《穷人》中，我们更可以看到五龙的影子。鲁迅在《陀思妥耶夫斯基的事》一文中写道："他把小说中的男男女女，放在万难忍受的境遇里，来试炼它们，不但剥去了表面的洁白，拷问出藏在底下的罪恶，而且还要拷问出藏在那罪恶之下的真正洁白来。"[1]

影片是从文化角度对人类生存环境的思考，是对旧社会、旧制度、旧的文化土壤、精神气候的批判……苏童把自己的解剖刀直接插入一个"恶"字。人性恶。这甚至使人想到《狂人日记》那伙"吃人的人"的具象化。[2]

黄健中认定五龙是鲁迅笔下"国民劣根性"的代表，是"旧中国、旧社会、旧的土壤孕育"的"罪恶典型"——只是不知道黄健中所引的"藏在那罪恶之下的真正洁白"所指为何。从这样的知识视野出发，电影重在社会批判，批判罪恶的"人类生存环境"，"揭出病苦以引起疗救的注意"——试问这样的理论命题不是早就被系统地阐述过吗？幸好还有一个"人性恶"的命题，这样赤裸裸地正面集中表现"人性恶"在小说史上、电影史上还是很少见的。但是，不能说五龙是"旧中国、旧社会、旧的土壤孕育"的"罪恶典型"。五龙就是五龙，他并不具有普遍的、必然的代表性，而是偶然的、个性化的独特人物。这正是新历史小说的观念。

---

[1] 黄健中：《〈米〉：对人类生存环境的思考》，载《黄健中导演笔记》，第68—69页，作家出版社 2011 年版。

[2] 黄健中：《〈米〉：对人类生存环境的思考》，载《黄健中导演笔记》，第68页，作家出版社 2011 年版。

二

谢飞的电影改编以同化为主，《湘女萧萧》《益西卓玛》《本命年》等三部作品都是这种类型。

《湘女萧萧》改编自沈从文的小说《萧萧》。小说原文仅有八千余字，描写的是十二三岁的萧萧做了童养媳，丈夫小她十岁，平日里只是哄丈夫、带丈夫玩。做工的花狗引诱了她，"萧萧就这样给花狗把心窍子唱开，变成个妇人了"。因为被花狗弄大了肚子，萧萧面临着要么"沉潭"、要么"发卖"的命运。但是没人要买萧萧，生下了一个儿子的萧萧仍然是这家的媳妇。十年后萧萧与丈夫圆房，不久儿子也娶了童养媳。"这一天，萧萧，抱了自己新生的毛毛，在屋前榆蜡树篱笆间看热闹，同十年前抱丈夫一个样子。"沈从文的小说有一个重要主题，那就是叙写乡土生活的"常"与"变"。在《萧萧》这篇小说中，他是要讲述乡土生活恒常不变、循环往复的特性，表现一种生命的自在状态。"木末芙蓉花，山中发红萼。涧户寂无人，纷纷开且落。"他们的生活似乎与世隔绝，花开花落，无人问津。这篇小说虽然篇幅短小，却意蕴深远。虽然电影几乎完整地保留了小说故事情节甚至细节，但是，它的格调是王维诗，导演却将它解作杜甫诗。

谢飞这样谈到他对《萧萧》的电影改编："1986 年，我选择了著名作家沈从文先生 50 年前写的名作《萧萧》，拍成了影片《湘女萧萧》（它也是写青年的，只不过是那个遥远时代的青年），就是在这种责任心的驱使下，希望继续兴起鲁迅先生在新文化运动中高举的'改造国民精神'的大旗，用艺术作品，为新时期的精神建设出力。"[1] 也就是说，导演是以他的知识结构中的鲁迅视野来解读这部沈从文小说的。这就难怪从电影作品中我们看到的是落后的婚姻制度——童养媳对人的命运的压抑、专制的宗法制度对人的生命的戕害，是一种反抗的需要。《萧萧》在这样的观念解读下也就变成了启蒙的读本。

为了使影片具有"改造国民精神"的意义，导演做了较大的改动。他将原本在小说只是虚写一笔的"沉潭"内容充实、完善，为此专门借用沈从文另一短篇《巧秀和冬生》中的情节。严格来说，电影《湘女萧萧》是对《萧萧》和《巧秀和冬生》

---

[1] 谢飞：《我愿永远年轻——电影创作回顾》，载《谢飞集》，第 258 页，中国电影出版社 1998 年版。

两部小说的改编，以《萧萧》为主，以《巧秀和冬生》为辅。当然，对《巧秀和冬生》的借用也仅只限"沉潭"一节的几百字，包括巧秀娘年轻守寡、偷汉子，被捉奸，男的被打断双腿，巧秀娘被剥光衣服抬去沉潭，众人围观，船到水中央把巧秀娘推下水等细节。不同的是，电影抛弃了小说中对族长的私心、恐惧等的描写，对巧秀娘、打虎匠的不畏强暴以及众人夹杂着观赏、虐待等复杂心理的表现。电影将族长处理为一个威严、冷酷的宗法社会统治者形象，给萧萧带来极大的精神恐惧。看来要实现人的解放，特别是精神的解放，只有打倒代表了精神统治的宗法制度才行。

电影中的另一个重要改动在于结尾，已经成为新式学生的春倌（萧萧的丈夫）回家时看到了牛儿要娶童养媳了，家里人打算同时安排他同萧萧圆房，他丢下"包袱"逃走了。大概在导演看来，原小说的结局太黑暗了，人们都在默默地守着旧有的生活方式一成不变地活在封闭、保守的空间里。春倌这个接受了新式教育的年轻人，应该成为旧制度的背叛者——这是"五四"新文化的启蒙遗产，很自然地存在于谢飞的知识结构里。"可以说，谢飞在《湘女萧萧》中的所作所为，既代表了第四代的态度，又代表了一个教师的态度，因为这两者之间有一个共同点，那就是：以光明和进取来启蒙观众、启蒙学生。春倌就是谢飞派给影片《湘女萧萧》的启蒙的号召者。"[1] 在小说里，学生只是作为长期存在的乡土生活的参照而存在，是乡民嘲讽的对象。电影里，学生因与新式教育、启蒙精神相联系，因而代表着先进文化的方向。

为了适应电影主旨的表达，影片在造型语言上也是颇费功夫。影片中多次出现的碾坊中的水车、石磨、舂米石器等，既是乡土地域风情的写照，代表着旧式的生活方式；同时，这些器具的循环往复的机械运作也象征着历史的因循重复。我们还注意到，萧萧与花狗第一次交合的场景也被导演搬到了这里。一个暴雨的日子，花狗和萧萧都来到碾房避雨。花狗支走小丈夫后，一把拉开了萧萧身上裹胸的白布（这白布是萧萧婆婆给萧萧裹上的，象征着对正常人性的束缚）。接下来出现的场景是大雨倾盆，水推车，车推石磨，用含蓄的画面交代正在发生的激烈的性爱。有人这样评价此处的造型安排："导演将男女主人公的首次结合安排在了磨坊不无深意，石磨有阴阳两面，它们不断的轮转和紧密的咬合，不正是性爱的最好象征吗？然而，冰冷的石磨又有着另外的一面，缚在巧秀娘脖颈上的石磨又隐喻着封建礼教对人性

---

[1]　饶曙光、裴亚莉：《谢飞电影：时代 VS 个人》，载《当代电影》2006 年第 2 期。

的碾压。"[1] 这样，导演就赋予了简单的造型以十分丰厚的意涵。

《益西卓玛》改编自扎西达娃的短篇小说《冥》，这是一部带有先锋性的、神秘主义色彩的小说，一如扎西达娃的成名作《西藏，系在皮绳扣上的魂》。小说叙述加措、益西这一对年迈的夫妇只言片语的简短对话，过往的生活在闪烁其词中得到一鳞半爪的显现。更神秘难解的是，来拜访他们的格桑到底是谁，直到小说结束都未交代。按理说，以谢飞的教育、成长背景他是不会喜欢这样的小说的。难道是康巴汉子的男子气概、流浪的浪漫生活、美丽的西藏女人被抢婚这些带有异域情调的细节打动了导演？谢飞这样解释他拍这部电影的动机：

> "我是想通过一个虚构的个人形象来表现大时代的变化。西藏作为中华民族的一部分，我想比较真实地把它的今天和这半个世纪的情况表现出来，使得世界能接受、后人能接受。美国人拍了《西藏七年》和《达赖传》，其中关于解放后的情况完全是污蔑和丑化，可是在世界上放映得很广泛。我们如果没有东西拿出去，他们会永远认为西藏就是那样悲惨的状况。"[2]

谢飞的电影有着很强的"载道"思想，当你读完原著后，你会发现谢飞的改编有时看起来是很奇怪的。《益西卓玛》是这样，《本命年》也是如此。从小说《冥》里是很难看出它同西藏的历史、现实变革有丝毫联系的，但谢飞就是这样做了。他从拍完《世界屋脊的太阳》后就一直想拍一部关于西藏的电影，一直没有合适的本子。小说《冥》肯定也不是很理想的，但这个故事留下了许多的想象空间。谢飞也是《益西卓玛》的编剧，主导了小说的改编工作。改编的基本思路是，以益西一生的情感纠葛为中心，形成一女三男的基本故事框架。加措是康巴汉子，勇敢而放肆的赶骡人，多情的浪荡汉；贡萨是少爷，西藏贵族的代表，1959 年跟随达赖叛逃，后又回到祖国的怀抱，成了政协委员；因为西藏地区宗教盛行，小说为此还虚构了喇嘛桑秋这个人物，他同益西青梅竹马，并一直保持着精神恋爱。而益西本人是农奴的女儿，代表西藏大多数底层人民。益西还是一个歌手，有名的金嗓子，会唱仓央嘉措的诗。

---

[1] 胡斌：《一次精彩的"误读"——从沈从文的〈萧萧〉到谢飞的〈湘女萧萧〉》，载《写作》2012 年第 23 期。

[2] 谢飞、梁光弟等：《〈益西卓玛〉走近西藏》，载《电影艺术》2000 年第 4 期。

以歌声作为影片叙事的重要元素在谢飞电影里是一种常态，他执导的第一部影片《我们的田野》以及《黑骏马》等影片中都可以看到这种元素的重要性。《益西卓玛》中，益西美妙的歌声既是西藏风情的展现，也是影片叙事的重要一环（加措就是因为益西的歌声而放弃赶骡，决定抢婚的），还是人物命运起伏的渲染与烘托。

谢飞以其强烈的责任感、家国意识同化这部小小的文学作品，这个作品实在是有难以承受之重。虽然这部电影获得了 2000 年度中国电影金鸡奖的"最佳编剧特别奖"，但在结构上仍然有着不容忽视的瑕疵。贡萨从恶劣的少爷到政协委员前后变化过大，加措在娶回益西后中间的一段生活让人摸不着头脑，益西与桑秋的感情因桑秋的过晚出现而显得牵强等。这些瑕疵反映了作品改编过程中由于原作与电影距离过大，从而出现了"编"的痕迹过重，处处有意为之的情形。

《黑骏马》的原作发表于 1982 年，1995 年谢飞方才将其搬上银幕。历史语境已经完全改变，这也表明电影改编与时代并没有必然的关系，倒是导演的趣味在文本的选择及改编过程中起到决定性作用。说到《黑骏马》的改编，谢飞简直是逆时代潮流而动。在市场经济甚嚣尘上，电影体制已然发生改变的历史语境下，谢飞相当清楚《黑骏马》一片是不会有商业价值的。但谢飞是有坚持、有追求的导演，有人这样评价他："谢飞电影是作者电影的典范，他是作为电影艺术坚实存在的主要旗帜……谢飞电影的人格形态和银幕表现相互联系，文化的蕴含和艺术个性的相互支持，使他卓然有别于同时代的导演。"[1] 的确，作为"作者导演的典范"，作为始终追求影片的"文化蕴含"和"艺术个性"的导演，谢飞没有与时代同流合污，而是坚持自己的选择。他甚至有一点野心和抱负，想要通过电影改造这个时代。这一点应该是谢飞选择《黑骏马》的一个重要原因。

谢飞选择《黑骏马》的另一个重要原因在于他对这部中篇小说的理解。实际上，谢飞对这部作品的理解有一个过程。在谢飞原有的知识视野里，他大概并不认为《黑骏马》是篇杰作。在听了同事苏牧老师的文学课后，谢飞的文学观念发生了变化。谢飞将苏牧观点转述了出来，苏牧认为文学有三种类型：一类是瞬间作品，只是某一特定阶段产生强烈的社会效应，像《于无声处》《放下你的鞭子》，时过境迁也就只有历史研究、文学研究的价值了。第二类是阶段性作品，在相当长的时期内有它的审美价值，像《人到中年》《阿 Q 正传》等，但到了国外就没有多少价值了，

---

[1]　周星：《论谢飞电影的理想追求与诗意艺术》，载《南京师范大学文学院学报》2003 年第 4 期。

且若干年后社会发展了作品也会丧失现实意义。第三类是"长河式作品"，"就是在人类历史的长河里它在任何时代，对任何民族都有认识审美价值，有它的生命力，这类作品的主题就是只要人类存在，它的主题就会存在。比如生与死、爱情、嫉妒、仇恨等。"[1] "当时，苏牧列举的当代文学作品中长河式作品的例子就是《黑骏马》。他认为《黑骏马》的立意是长河式的，就是永恒的，我赞同他的观点，一直想将它搬上银幕。"[2]《黑骏马》这部优秀的电影作品的面世实在要感谢苏牧这位默默耕耘在七尺讲台上的老师，是他将《黑骏马》直接推荐给了谢飞。同时，也将他的文学观念带给了谢飞。多年以后，当时上课的内容谢飞仍然记忆犹新——不仅记住了苏牧的文学类型划分，连举的例子都记得清清楚楚——可见苏牧的文学见解对谢飞影响有多大。从这件事来说，谢飞是好学的，北京电影学院的工作经历也为他的知识视野的更新提供了很好的机会。

正是带着这种对作品的理解，谢飞基本是顺应小说的内容，在主题、内容、风格、故事情节上基本遵从小说的意旨。谢飞多次提到电影的主题是"永恒"，是歌颂母亲，歌颂"亘古不变的生命意识"。"无论是前半部回忆的'浪漫'风格，与后半部相见的'写实'手法，都应统一在朴素、浓厚的抒情基调之中，一如平淡至极、韵味悠长的生活本身。"[3] 导演的思路是相当清楚的。为了与小说的抒情基调保持一致，谢飞将主人公白音宝力格的身份由兽医改为歌手，演员也由蒙古歌手腾格尔担任。这一改动相当精彩，一如《我们的田野》里的令人回味的主题曲、《益西卓玛》里的西藏歌谣。蒙古长调《钢嘎·哈拉》韵味悠长的回荡在茫茫的草原上，充满了蒙古风情。"钢嘎·哈拉"就是黑骏马的意思，它又自然地联系着主要人物的情感纠葛。

小说和电影中"前半部"和"后半部"的分界无疑是白音宝力格的学成归来。此前索米娅的"黎明送别"是小说和电影的高潮，而白音宝力格回来后发现索米娅怀孕了，这是他不能接受的，而奶奶和索米娅则认为生命高于一切，这就促成了白音宝力格的离开，也就有了后来索米娅的苦难命运。所以这一段是转折点，是重要的关节，正是在这一段小说与电影稍有不同。小说写索米娅怀孕的原因是黄毛希拉的糟蹋，而电影中则交代得不是很清楚。白音宝力格学习的时间从小说里的八个月

---

[1]　谢飞：《关于黑骏马的谈话——谢飞访谈录》，载《谢飞集》，第 298 页，中国电影出版社 1998 年版。

[2]　谢飞：《关于黑骏马的谈话——谢飞访谈录》，载《谢飞集》，第 299 页，中国电影出版社 1998 年版。

[3]　谢飞：《〈黑骏马〉导演工作台本》，载《谢飞集》，第 128 页，中国电影出版社 1998 年版。

变成了电影中的三年，奶奶的话似乎在暗示索米娅因为长期没有等回白音宝力格而同高大的希拉好上了。这样的改变就使得白音宝力格由愤怒的受辱者变成了失败的却又不够宽宏大量的恋人，这样就把谴责的力量全部集中到了白音宝力格的身上。索米娅怀孕原因在电影中的语焉不详也很有可能是导演追求"永恒"的艺术的需要，所以尽量削弱故事的戏剧性。作为汉族的观众，我们总是想追问到底在索米娅身上发生了什么，认为这是至关重要的。然而电影与小说都不想满足我们，因为它们的思想意识已经超越了民族的道德观念，追问的是带有普遍性的生命意识。

张承志的《黑骏马》丰富了谢飞的视野，在改编的过程中谢飞基本顺应了小说的思想与风格。当然，谢飞也有自己的思考，他认为，"这篇小说是张承志早期比较理想主义的作品，他对两代蒙古族妇女身上所表现出来的那种对生命热爱、对人生宽容的热情礼赞，肯定了人性中的一些美好的东西，这些东西在物欲横流的今天正是我们所丢失的"。[1] 也就是在"理想主义"以及现实意义——在物欲横流的时代重建精神家园方面，谢飞的思想与张承志的思想合拍了。

《香魂女》的改编相对来说就比较容易了。它不像《湘女萧萧》《益西卓玛》那样改变原作的思想内容，也不像《本命年》《黑骏马》那样要适应原作的思想，《香魂女》中导演与原作思想是高度契合的。据当事人回忆，长春电影制片厂一直在为周大新的小说《香魂塘畔的香油坊》寻找拍片人，但由于各种原因一直都未能落实。直到谢飞的出现，事情才有了转机："谢飞接到小说后，连夜一口气儿读完。十分兴奋，深深地被小说中的人物和情节所吸引，当即与厂长敲定：'要拍，我就拍这个了！'"[2] 可以说是一拍即合。

《香魂女》的原作小说主要描写郜二嫂小时候家里穷被迫嫁给了瘸子做媳妇，后来做了香油坊的老板，又以金钱为诱饵娶了环环做儿媳。郜二嫂的儿子是个患有癫痫病的傻子，而环环家正处于困厄之中，也是被逼无奈。郜二嫂的故事在环环身上重演，郜二嫂也就从受害者变成了"施害者"。最后郜二嫂终于良心发现，让环环同儿子离婚。谢飞选择《香魂塘畔的香油坊》的主要原因还是小说的内容、人物及蕴含的思想吸引了他。

---

[1] 谢飞、吴冠平：《眺望在精神家园的窗前》，载《电影艺术》1995年第5期。

[2] 常松：《执着追求〈香魂女〉，历时二年做"嫁衣"——访影片〈香魂女〉责任编辑尹江春》，载《电影评介》1993年第6期。

谢飞对《香魂女》主题的理解是："说浅层的，是对封建传统劣根性的愚昧、荒谬的抨击；说深层的，是表现人性的扭曲（也可叫异化）与复归。"[1]谢飞这样分析小说的主要人物郜二嫂："塑造出一个真实、复杂、独特的中国当代农村妇女的形象，是我们艺术上的主要追求。独特的身世造就了二嫂泼辣、极有心计的个性；传统中国妇女的地位又使其有着懦弱、逆来顺受的一面。善良与狠毒、精明与愚昧、美好与粗俗等矛盾的东西有机地杂存在她的身上。"[2]谢飞的分析是相当专业也相当到位的，他深刻地把握到了小说的思想主题以及人物的复杂个性。"封建传统劣根性""人性的扭曲与复归"、人物性格的两面性，这些概念是深入到了谢飞的观念意识之中的，这也是他同这部小说能一拍即合的重要原因。因为思想的高度契合，他并不感觉电影《香魂女》有多了不起。当影片在国外获大奖时他甚至感到"有点意外"，因为"那个故事比较传统"[3]。

既然在故事内容、人物形象、思想意蕴上导演与作品保持高度的一致，那么在这些方面导演所做的改动自然就很少了。《香魂女》的主要改编工作是用电影化的语言来表现小说的思想内容，追求自己的影像风格。这一点已经有人指出来了："常言道'文如其人'，谢飞的影片也具有一种儒雅的气质——我们在《湘女潇潇》与《香魂女》的空间造型上都可以感受到一种优美意境的魅力。谢飞偏爱使用空镜头，特别注重影像造型、视觉美感的营构及地方风情的渲染表现。"[4]以电影画面表现优美而独特的意境，某种程度上带有诗化风格，在自然、朴素、平实的画面流动中塑造人物、挖掘主题，这是谢飞电影在改编时十分注意的地方。

谢飞的成长经历与职业身份在很大程度上形成了他较为坚定的价值观念，这种价值观念概括来讲就是理想主义与教化意识。谢飞的文学品味较高，他看中的几部小说在艺术上是较为成熟的，也有各自不同的价值诉求。在改编过程中，谢飞的期待视野、价值观念与所选作品互相碰撞，形成了几种不同的交流状态。谢飞既有自己的价值坚守，同时又能从善如流，应该说，这样的一种开放的改编态度使他的作

---

[1] 谢飞：《影片〈香魂女〉导演的话》，载《文艺研究》1993年第3期。

[2] 谢飞：《〈香魂女〉导演工作台本》，载《谢飞集》，第82页，中国电影出版社1998年版。

[3] 谢飞：《关于黑骏马的谈话——谢飞访谈录》，载《谢飞集》，第301页，中国电影出版社1998年版。

[4] 关耳：《从〈湘女潇潇〉到〈香魂女〉——谢飞的导演艺术及其第四代意识管窥》，载《电影评介》1993年第8期。

品既有自己的风格，又吸收了小说的优点。谢飞的电影改编总体来说是成功的。

三

《棋王》是阿城的代表作，不少导演有改编的意愿。阿城决定将改编权交给滕文骥，与二人之间很好的私交有很大关系。当年滕文骥约阿城辞职"下海"办公司，阿城不动声色地就辞掉了中国图书进出口总公司美术编辑的工作，而滕文骥这个倡议者却还尚在体制内。很快，滕文骥也办好了相关手续，二人合作到深圳办起公司来。投资了几部商业片后，滕文骥即着手拍摄《棋王》，此前，看中了小说的滕文骥得到了阿城任他去"糟蹋"的许可。阿城用的虽是"糟蹋"这个词，却也是对滕文骥的信任，即让他无负担地去改编。《棋王》在拍摄期间曾放风出来说要拍成"武侠片"，实际上这不过是影片宣传的噱头。滕文骥绝不可能真的去"糟蹋"小说，而是以严谨的创作态度尽心尽力地拍好它。这样的电影没有人敢去投资是意料之中的事情，为了准备资金，滕文骥拍了一部商业片《让世界充满爱》[1]。以商业片养艺术片，这是不少导演所采用的策略。

客观地说，要改编好《棋王》是相当困难的。其难度主要表现在两个方面：其一，《棋王》的文字精炼老辣，具有独特的个性与韵味，这样的文字是影片难以翻译的。越是具有语言风格的作品越是难以改编成功，这是电影改编的一条规律。比如小说中的一段：

我心里忽然有一种很古的东西涌上来，喉咙紧紧地往上走。读过的书，有的近了，有的远了，模糊了。平时十分佩服的项羽、刘邦都目瞪口呆，倒是尸横遍野的那些黑脸士兵，从地下爬起来，哑了喉咙，慢慢移动。一个樵夫，提了斧在野唱。忽然又仿佛见了呆子的母亲，用一双弱手一张一张地折书页。[2]

---

[1]　方舟：《滕文骥口述：电影是一管自来水笔》，载《大众电影》2009 年第 15 期。

[2]　阿城：《棋王》，载朱栋霖编《中国现代文学作品选》下册，第 106 页，高等教育出版社 2002 年版。后面所涉该小说引文皆出自这一版本，不再一一注明。

这就很难拍。阿城在《棋王》中的语言有一种古朴的味道，滕文骥还是想尽量地保留这种味道，主要表现在主人公王一生的对话上（包括他讲述母亲磨棋子的故事，讲阴阳棋道等）。虽然说人物的口语用这种半文半白的方式多少有些奇怪，但滕文骥的意图不难看出。

其二，改编的难度在于，这篇小说是公认的"寻根文学"的代表，表达了深厚的道家传统文化。陈思和主编的《中国当代文学史教程》评论道：

贯穿在小说里的是有为与无为、阴柔和阳刚的相互转化，生命归于自然、得宇宙之大而获得无限自由的所谓"道理"，并进而把这种传统文化精神与当代人生联系起来。[1]

这段评论很具有代表性。小说发表之后，批评界对这部小说的接受几乎都在于关注小说形而上层面的意涵，都认为小说的主旨在于表现道家文化。文化是一个相对抽象的命题，电影艺术却是直观的具象艺术，一个作品负载着那么丰富的形而上信息，要将它转化为电影是相当困难的。虽然如此，在影片中我们还是可以看到滕文骥的努力，尽管客观效果并不很好。小说中有两段直接表现"道家"文化，一个是拾垃圾老头讲述的棋道，影片以王一与人对话的形式将其全部搬上银幕："中国道家讲阴阳，这开篇是借男女讲阴阳之气。阴阳之气相游相交，初不可太盛，太盛则折，折就是'折断'的'折'。我点点头。'太盛则折，太弱则泻'。老头儿说我的毛病是太盛。又说，若对手盛，则以柔化之。可要在化的同时，造成克势。柔不是弱，是容，是收，是含。含而化之，让对手入你的势。这势要你造，需无为而无不为。无为即是道，也就是棋运之大不可变，你想变，就不是象棋，输不用说了，连棋边儿都沾不上。"

棋道与人道要相通，传统文化与现实生活要有沟通，这样才是对小说文化精神的表现。脱离了一定的现实生活背景，由主人公单独讲述这段玄妙的话来，总给人感觉是在讲一段传奇。

另一个是小说结尾部分的"九局连环大战"，这也是小说最精彩的部分。且看小说对此的精彩描写：

---

[1]　陈思和：《中国当代文学教程》，第 282、283 页，复旦大学出版社 2005 年版。

王一生孤身一人坐在大屋子中央，瞪眼看着我们，双手支在膝上，铁铸一个细树桩，似无所见，似无所闻。高高的一盏电灯，暗暗地照在他脸上，眼睛深陷进去，黑黑的似俯视大千世界，茫茫宇宙。那生命像聚在一头乱发中，久久不散，又慢慢弥漫开来，灼得人脸热。

上面已经说过，这样的文字是非常难以具象化的，或者只有其表而未能得其神髓。滕文骥主观上肯定想拍好这场重头戏，他用了十分多钟的篇幅来拍连环大战。拍出来的故事应该说是好看的，情节线索交代得很清楚，悬念也有，但唯独缺乏道家文化的意味——缺少那种"茫茫宇宙"之感。究其原因，导演过于看重叙事层面，注重故事的实而少了人物的"神"。就以"九局连环大战"来说，小说重在写王一生的"神"，写超然物外的人的精神世界的强大，而电影则聚焦在输赢这个层面。这也是一般观众感兴趣的部分，既然是比赛，总得有个输赢结果。电影用较多的传奇、围观、评论等方式来强化这种效果，用开始的赛不成，中间的"钉子李"参战，后面的众人举火把观战等情节来增强故事的可看性。而当得知王一生以一人之力同时战胜了十大高手时，观众也就获得了空前的满足，正像那些举火把守候在场外的众人一样。

关于《棋王》的解读原本就可以有不同的方向。评论界热衷于从"文化寻根"的角度着力阐发它的文化要义，而滕文骥的电影阐释则走向另一个方向。如果说《棋王》大致可以从务实与务虚两个层面来看的话，滕文骥更多的是从务实的层面来进行阐释，把小说作为一个完整的知青故事来看待，用缜密的细节来完善这个断断续续的小说。

电影开头就增加了一个悬念："钉子李"（象棋高手，下棋前把"将"钉死，若对手能迫使其移动"将"即认输。小说中无此人）打败了地区文教书记，书记为报一箭之仇准备延揽各路高手。于是，会下棋的北京知青王一生就有了下放边陲小县的机会。接下来，王一生能不能替书记出一口气就成了观众期待的焦点。这个故事开头其实很像武侠小说，高手身怀绝技又隐而不现，打败了另一高手，小人物误打误撞闯入了这场纠纷之中，然后由小人物向高手发起挑战，完成一个复仇的叙事结构。滕文骥这样处理电影结构并不为过，阿城已经作为一个文化高人被接受，很少人去注意阿城其实是个写传奇故事的高手。就以《棋王》来说，关于王一生就有许多传奇故事，包括他的吃相，以捡烂纸老头为师（像极了武侠小说），母亲的故事，九局连环大战等，"棋王"是个呆子本身不就是传奇么？电影将小说作为一部具有传奇色彩的知青故事来理解，应该说是符合小说本身的。在这种传奇叙事中间导演又明显加重了情感的分量。

一方面，电影着重表现了知青之间的深厚情谊。除了小说中写到的情节，像倪斌为了让王一生参赛，用祖传的象棋贿赂书记；在九局连环大战中知青们对王一生的照顾等；还增加了下乡时一起爬火车、工地放炮时"我"压到王一生身上使其脱险、知青们捕蛇招待王一生、寒冷季节一起下河捕鱼，鱼被队长没收还挨了队长的训斥等情节。这部小说没有爱情，电影增加了一个角色，"我"妹妹小英子，增加了她同倪斌的爱情。另一方面，小说写到王一生的家世，写他的母亲对他下棋的态度，这部分内容在电影里是可以淡化处理的，因为毕竟写的是过去，同知青生活没有多大关系。但电影无疑加强了这一条情感线索。母亲留给王一生的信物是用牙刷柄磨成的无字棋，这在小说里应当具有某种象征意味，电影几处表现王一生对这无字棋的珍视。片中有一处发大火的戏，那是滕文骥为了表现知青生活而搭建的"方圆十几公里"的吊脚楼[1]，一把火全部烧光了，而这场价格昂贵的大火就是为了突出王一生对无字棋的情感。无字棋差点在大火中烧毁，是王一生奋不顾身地冲入火中才得以保全。另一场戏是连环大战之后，近于虚脱的王一生首先想到的还是这无字棋。

滕文骥将小说中王一生讲述的母亲的故事搬上银幕，强调的是观众都能理解的母子情，这也足以感动人。但小说写这一段似乎有深意存焉，写母亲是为了讲"为棋不为生"的道理，就是棋是精神生活，替代不了物质生活。棋下得再好不能当饭吃，"先说吃，再说下棋。等你挣了钱，养活家了，爱怎么下就怎么下，随你。"这是母亲教给王一生的朴素道理。棋是棋，解决不了日常生活的问题，也不能指导日常生活。如果用棋道来指导现实生活，那才是真的有些呆了。就像小说中写的那个捡烂纸老头说的，"天下的事，不知道的太多了"。子儿没全摆上，这棋还怎么下呢？这即是棋道与生道的不同。与生道相比，棋道要简单、透明得多。这就是为什么王一生对吃那样地感兴趣，他的吃相也是惨不忍睹的，没有因为自己是棋王就优雅一些。可惜很多人都没看懂这一点，将生道与棋道混为一谈。这属于小说更深

---

[1] 方舟：《滕文骥口述：电影是一管自来水笔》，载《大众电影》2009 年第 15 期。

一个层面的思考，电影并没有想得那么深。很遗憾，电影甚至基本抛弃了小说中对吃的表现。比如小说对王一生吃相有精彩的描写：

拿到饭后，马上就开始吃，吃得很快，喉结一缩一缩的，脸上绷满了筋。常常突然停下来，很小心地将嘴边或下巴上的饭粒儿和汤水油花儿用整个儿食指抹进嘴里。若饭粒儿落在衣服上，就马上一按，拈进嘴里。若一个没按住，饭粒儿由衣服上掉下地，他也立刻双脚不再移动，转了上身找……

这一段动作性强，原本是可以拍成好看的电影，但滕文骥放弃了。电影也放弃了小说中关于吃的几次讨论。在小说中，吃有三种形态。一是生存本能的吃，王一生就是，顿顿饱就是福。所以别人下乡很沮丧，他却很高兴，因为不缺吃了。二是"我"喜欢的杰克·伦敦小说中写到的吃，王一生认为那不是吃而是"馋"，即在温饱之后的对吃持一种批判态度，认为吃会"腐蚀"人的精神。第三种是脚卵讲述的名士的吃，对吃持一种欣赏的态度，并赋予其优雅的文化意味。对于王一生来说，吃与棋的关系就构成了这个人的价值观。据李陀回忆，小说的结尾原本是：

"我从山西回到云南，刚进云南棋院的时候，看王一生一嘴的油，从棋院走出来。我就和王一生说，你最近过得怎么样啊？还下棋不下棋？王一生说，下什么棋啊，这天天吃肉，走，我带你吃饭去，吃肉。"

这段结尾被编辑要求删除重写。粗略一看这似乎是惊人一笔，棋王有吃就不下棋了？这叫什么棋王。其实联系全文来看，这个结尾最符合王一生的真实状态。棋不过是用以"忘忧"的，"一下棋，就什么都忘了。呆在棋里舒服"，棋本身并不具有自足性，生活好了大可不必下棋。如此看来，写下棋还是对现实的一种批判，而棋本身还是大不过现实的需要。很多人都承认小说写的是"吃"和"下棋"的故事，电影却舍弃了"吃"这一块，应该说是很大的不足，这种不足其实反映了导演对作品的理解还没有深入下去。

作为一名作家，李本深的名气并不大，但这篇《油坊》的确是一部好小说。这部小说带有 20 世纪 90 年代初期新写实小说的风格，写一个偏远的西部村庄原生态的生活现实。小说以"油坊"为中心，主要写了榨油、吃油饭、偷油等几桩事情。小说家笔下的双碌碡村"都是贼，没一个好人"，着重表现人的野性、贪婪、自私、龌龊。这里好像是个化外之地，文明、礼俗、道德这些理念没有扎下根来。小说中所写的古巴烟、何大头、二秃子、老蔫茄子等人都是有各种各样缺点的人物，没有一个是正面人物。老蔫茄子、肋巴子、驴儿、喜来等几个油坊伙计好吃、偷懒，还使尽各种办法企图将公家的油据为私有。他们偷油的小伎俩为村长二秃子所识破，因而对二秃子深怀怨恨。二秃子更是"大偷"，他偷整桶的油，还在油坊里安插亲信。何大头的形象在小说里有细致的描写：

> 何大头一直双手抱膝，迷迷糊糊地坐在麦场边上，粗短的脖子支撑着一个奇大的脑袋，浮肿的眼睛眯闭着，看着像丢盹儿的样子；只嘴角上咬着的一茎麦秸儿在上下动弹。二秃子先说了些什么，似乎一句也没灌进他耳朵里，等二秃子叫他当油坊的梁头，何大头才有反应；这反应便是猛然一抬屁股。崩出极响的一屁，号炮似的惊动了四方！众人伙里由不得又是一阵哄然大笑。而何大头那张五官糊涂的脸面上却没有一丝儿的笑意，只将咬在嘴里的半截麦秸秆儿"噗"地吐了，懒晃地立起身，款款地拍打拍打屁股上的黄土，便高高地仰起那颗笨重的脑袋，肩松胯懒地朝场外趸去……[1]

油坊的核心人物何大头在小说里就是这样一副尊容，丑陋至极，还不时地"崩出极响的一屁"，作者在后面的叙述中不断地写他的屁，破坏他的形象。当然，在滕文骥的电影里，由魏子扮演何大头，这一形象得到了极大的改观。电影主角香香的原型是小说中的古巴烟，这个人物形象在小说中也好不到哪里去。

> 王军终究也没看出这女人有什么格外引人的地方——两颗大虎牙瓷白，两片肥厚的嘴唇血色极旺，略略有些外翻。菜缸似的腰，两条短腿儿看上去还多少有些儿罗圈……[2]

乡野的女性大概丑陋的居多，像陈红（香香的饰演者）那样漂亮的角色生长在那样的环境里才算奇葩。古巴烟相貌丑陋，性情豪爽，又没有任何的拘束。她到油

---

[1]　李本深：《油坊·西部寓言》，第90页，甘肃文化出版社1999年版。

[2]　李本深：《油坊·西部寓言》，第102页，甘肃文化出版社1999年版。

坊后，不断勾引几个伙计及村长，同他们发生关系。那个尚沉浸在芸儿故事里的何大头也是古巴烟勾引的对象，最终获得了成功——何大头将其抛到油桶中，使其浑身染满香油，然后再与其做爱。这种大胆泼辣的写法极度地张扬了人物的个性，这种个性的张扬是在长期压抑之后的一种释放，可惜在电影里不能得到淋漓尽致的表现。

滕文骥对这部小说的改编，在具体细节上多采用小说内容，比如榨油场景，吃油饭（何满仓吃油面片子，吃后屁股漏油；古巴烟照顾拴娃儿等），但在总体框架上则另起炉灶。导演改变了故事的思想内涵，用一种"文明—愚昧"对立冲突的叙事框架来结构电影。古巴烟变成了香香，从一个性欲狂变成了承包油坊的带头人。这个高中毕业的漂亮女人因为嫌弃丈夫性生活无能而断然离婚，这在落后的村里可是破天荒的事情。电影的开头已经交代了香香敢为人先的性格。接下来是承包油坊，软磨硬泡地聘请梁头何大头。何大头是传统榨油方式的代表，是个能人。他领头带伙计们从炒籽到踩油婆再到出油，这些小说中详细写到的内容在影片里得到了重点表现。配以粗犷浑厚的唱段，影片的这一部分风格类似于电影《红高粱》中的做高粱酒。与传统榨油方式相联系，何大头相当迷信。他禁止女人到油坊，出油前后还不时参拜油神。香香反对他拜油神，当何大头虔诚地礼拜油神时，香香把油神给砸了。这是文明与愚昧的一次正面交锋，何大头愤而离职。何大头对香香买来的鼓风机、闹钟这些现代化玩意也极为厌恶，把闹钟也给摔了。二人的交锋高潮在于，香香想要引进现代化的榨油机，没有足够的资金，想要卖掉油坊里的油梁。当她提出这个想法时，何大头狠狠地扇了香香一耳光，说："这是老祖宗留下的！"在这场冲突中，现代文明获得了最终胜利。油梁卖掉了，新的榨油机买了回来。影片的结尾，在新机器进村的欢乐气氛中，何大头独自一人用铁锤砸他做的供神的小砖房，而香香则送给他一件从城里买来的西装。

滕文骥对这部小说做如此读解与他前期拍片经验有很大关系。《都市里的村庄》《海滩》都关注现代文明对传统社会的冲击，尤其是后一部电影，对现代文明持一种反思的态度。城市是一种新的生活方式，年轻人都十分向往。菊花渴望成为城里的工人，她喜欢城里的酒吧、音乐，喜欢看城里人跳舞、接吻。在城里卖鱼，她觉得很丢脸。一次，她下意识地拿了别人的工作服，受到了嘲笑。回来后，她嫁给了自己讨厌的丑金根，只因为金根家里有一个当工人的指标。城市文明改变了人们的生活，对于菊花来说，城市成了一种异化的力量。影片对于文化传统的态度是复杂的。小妹被强迫与他的嫡亲表哥成亲，反映了传统文化愚昧落后的一面；但老鳗鲡在鱼来了后，是选择没有定准的捕鱼还是每月 23 元的养老金上，却毅然选择了前者。因为他有一种纯朴的信念，这鱼是"大海赐给我们的"，这份虔诚、不欺、守信在现代文明中是越来越少见了。就像许彦和傅幼如的爱情故事一样。影片的最后渔民的后人傻木根淹死在了大海里是具有象征意义的。关于《海滩》和《香香闹油坊》的关系，滕文骥曾说过："《海滩》和我最近拍的《香香闹油坊》在立意上有相近之处，说的都是现代文明对农村愚昧和落后的冲击。但《海滩》是把问题提到面上来说，《香香》是把问题藏到了里面。当一个新的东西出现之后，愚昧和落后的东西退去，但它们同时带走了纯朴的人情。"[1] 同样是"文明—愚昧"的叙事架构，《香香》少了一些可贵的复杂性，除了何大头扇的那记耳光及一句"那是老祖宗留下来的"，传统文化已经没有了招架之力。它成为落后的象征，电影加的抢亲戏也是它落后的一部分。

在小说《油坊》里，只有欲望没有爱情，但电影却是一部好看的爱情片。以爱情线索来表达传统与现代的思考，在电影《海滩》中早已成型。小妹倾心于许彦，是她告别传统社会走向现代文明的标志；许彦抛弃虚伪、世故的城市女性傅幼如而选择渔民小妹，是崇尚纯朴、自然的价值观的体现。在电影《香香闹油坊》中，现代文明对传统社会的征服过程表现为何大头为香香所征服，成为她的爱情俘虏。香香的变革理念战胜了何大头的保守固执，这种思想上达成的一致是二人感情的基础。虽然在内涵的丰富性上《香香》不如《海滩》，但很明显《海滩》的创作对《香香》的改编具有重要影响。

从《油坊》到《香香闹油坊》，除了几乎重写香香外，另一个焦点在于"闹"字。影片赋予故事以小说所没有的喜剧性。电影热闹、欢快，小说则显得凝重、笨拙。这种喜剧性风格在影片一开始就表现出来。拖拉机发动不了，村长踢轮胎，结果痛得龇牙咧嘴；有人在高处喊香香从县城回来了，拖拉机撞上了前面紧急制动的车子；众人往回跑（香香回来怎么有这莫名其妙的魔力，此情节不通），村长制止，有人撞倒了村长。这是影片的第一场戏。接下来讲香香的离婚，男方说这是让他们断后，香香回答说，"问问你儿子，他有那本事吗？"引起土墙上围观众人的大笑。有人

---

[1] 李尔葳：《影坛脚夫滕文骥》，载《电影艺术》1995 年第 1 期。

议论说"听说没有，狗娃那东西是假冒伪劣产品"。村长来了，吼道："吵吧，嚷吧！吵吵得连乡上、县上、省上、国务院、联合国都晓得了。看把你们光荣的！"电影还加写了玉坠那场闹剧。翠翠把母亲的玉坠作为定情物送给王军，王军为了香香买机器，转送给香香；香香不要，王军偷偷塞到香香被子里。翠翠母亲发现玉坠不见了，以为是村长送给了香香，于是，到香香屋前大闹；香香将屋里的东西扔出来给她搜，不料被子里真的有玉坠；村长媳妇又哭又闹，翠翠也大闹王军。片中诸如此类的喜剧还有很多，比如狗娃吃油饭屁股漏油、何大头演讲"悲壮芬"（贝多芬）"交响戏"（交响乐）、何大头酒后绑村长等。长于音乐的滕文骥选取了喜庆、欢快的笛子曲作为影片的主题曲，从而将电影欢乐、热闹的气氛一再地加以渲染。这首曲子在影片中一共出现了四次。第一次是影片开头出字幕部分；第二次是油坊要开张，村里的胡麻往回拉及转场到讨论出伙计；第三次是香香刷洗油坊；第四次是油坊伙计同抢亲人的打斗戏。这种欢快音乐的底子是浑厚苍凉的陕北信天游："叫一声香香香香快回转，哥哥我千山万水把你唤……"从小说的凝重到电影的喜剧化，导演应该是有现实考虑的。已经拍了多部商业片的滕文骥清楚地知道，如果复制小说的厚重风格，电影必然没有多少观赏性，而富于生活化的乡村喜剧电影则是老少咸宜的。

电影与小说文本的比较阅读

——电影《白鹿原》改编的成败得失

本文从欲望叙事、文化与人性、历史叙事与历史观三个层面比较分析《白鹿原》电影与小说两个文本。我们应对小说本位的电影批评保持必要的警惕，在开放性的互动研究中才能透视两个文本的深层肌理。

陈忠的小说《白鹿原》自 1993 年出版后就开始着手电影改编，其间几经波折，已拍摄完成并且公映。"一部改编自著名书籍的作品比一部由不知名的作家所创作的原版电影剧本拍成的电影更能吸引人。"[1] 在消费主义盛行的当下，近二十年累积了很好的口碑并获得第四届茅盾文学奖的原著小说对于电影在经济学上无疑助力良多，反过来，人们又不可避免地要将电影同原著小说进行对比。这种对比的结果很可能是电影不如小说，因为人们早已有了一个相当不错的"先在视野"，这样对电影来说也许是不公平的。我们应对小说本位的电影批评保持必要的警惕，在开放性的互动研究中才能透视两个文本的深层肌理。我们不如换个思维，从电影出发，来审视小说。电影无疑提供了一个理解小说原著的视角，我们要看看，电影文本为何以现今看到的姿态呈现，它同小说文本有着怎样的关联？它在多大程度上是对小说文本的误读与歪曲？如果说电影存在某些不足，那有没有可能不是电影的问题而是小说本身的问题？电影有没有开拓属于自己的艺术空间？

---

[1]　[法]莫尼克·卡内科－马赛尔、让娜－玛丽·克莱尔：《电影与文学改编》，第 5 页，文化艺术出版社 2005 年版。

一、欲望及其内在肌理

毋庸讳言，电影《白鹿原》是一部充满了欲望的电影。编剧兼导演王全安在电影纪录片中多次大谈欲望："欲望这个东西，在变化的时候显得更加浓郁……整个人类的活动是围绕着权力，男性对社会资源的更多占有，第一就是女性……田小娥这样一个年轻美貌的女人，就意味着还有更多的欲望要被释放出来……欲望就像一个春药似的，把所有的东西都激活了。不管往哪个方向去，它都是一种力量。"这反映了导演对于小说的一种理解，一种切入角度。在电影的预告片中也有大量的表现男女欲望的镜头，其意图在于刺激大众消费的欲望。"商业性是电影的第一属性"[1]，我们并不认为在商业化时代电影以欲望为中心是一种拙劣的改编，今天的电影在商业与艺术之间游走，表现欲望是合乎逻辑的、合理化的选择。更何况，在很大程度上小说原著就存在着大量有关性欲的描写，包括白孝文与妻子的纵欲、小芒与小翠朦胧的爱欲、鹿子霖儿媳的性幻觉等。小说的一开篇就是关于白嘉轩连娶七个女人的故事，在作者笔下，白嘉轩与每个女人的房事都各不相同。再加上关于白嘉轩性器官的谣言、女人们的恐惧、死亡，使得这部分描写充满了神秘色彩。可惜这样精彩的、富有文化内涵的性爱场景没有被搬上银幕。

正如同电影一样，小说中的确围绕着田小娥展开了错综复杂的人物关系描写，其间维系的纽带就是男女性事。在这点上可以说电影是相当忠实于小说原著的，至少在故事的基本层面上如此。然而仔细比照两个文本，我们发现电影存在着明显的对于小说的误读现象。

先来看黑娃与田小娥的关系。在影片中，导演用蒙太奇手法不断闪现田小娥穿着不同衣服的美丽身影，简直是一场清末女子时装秀。她同黑娃的交好很大程度上被处理成郭举人年迈"不能成事"，而黑娃则年轻力壮，充满活力。田小娥与黑娃在影片中如同干柴遇到烈火一般，基本上是一种生理上的需要使两人忘乎所以地走到一起。再来看小说中的黑娃则要主动一些，他一方面受到同事的两个长工的性启蒙：这种性启蒙完全是民间色彩的，全是一些得不到性爱的光棍汉的性幻想。小说相当真实地再现了出门扛活的小青年的生活、成长环境，也正是在"头茬子苜蓿二

---

[1]　贾磊磊：《影像的传播》，第 38 页，广西师范大学出版社 2005 年版。

淋子醋，姑娘的舌头腊汁的肉"这样粗野的生存环境中，刚刚从礼俗教条的束缚中走出来的黑娃开始开窍了。当然，如果说小说《白鹿原》描述了黑娃的成长史的话，真正完成黑娃的成人仪式的还是田小娥，是她手把手的教导——在性爱上——把黑娃从娃变成了男人。电影中略略提到的"泡枣"这一细节在小说中可以说是关键的一笔。郭举人的大老婆令田小娥每晚塞三颗枣于其下体，次日取出给郭服用，大概是滋阴补阳之类的民法秘法。当黑娃向田求证此事时，田愤怒地抽了黑娃一个耳光，并指给黑娃看尿盆里浸泡肥大的枣儿，说："他吃的都是用我的尿泡下的枣儿"[1]。封建时代女人受凌辱的悲惨境遇以及她的反叛，在这一细节中得到淋漓尽致的表现。自然，田小娥的偷情、诱惑黑娃就不仅仅是肉体的需要了，它有着丰富的文化信息，既是文化的压迫与反抗，又联系着民间生动活泼而又蒙昧粗野的文化内涵。换句话说，影片更多强调的是男女性的欲望所展现出来的激情与力量，漂亮的女人含有更多的欲望因素，更具视觉冲击力，而在小说中，欲望则是为文化而生的。

再来看看田小娥同鹿子霖的关系。在影片中，田小娥为救黑娃找到鹿子霖，奉上一大篮鸡蛋（小说里田的生活可没有这么宽裕），被鹿拒绝。在接下来的一幕戏里，鹿成了田家的座上客，田为其煎鸡蛋，陪其饮酒，又听其诉说儿子成"共匪"的苦闷，并善解人意地为其按抚胸怀，最终在鹿不怀好意的要求下半推半就。在小说中，田同鹿的关系是这个女人命运转折的重要一笔，她完全是非自愿。小说中鹿子霖是黑夜里偷偷摸摸来到了窑洞，用关于黑娃的消息胁迫田小娥就范，全然不是电影中的田小娥大白天主动献殷勤。被鹿子霖欺侮是田小娥堕落的开始，她在鹿的教唆下也学会了害人，某种程度上，狗蛋就是被她害死的。影片中田小娥在祠堂里被拷打时狗蛋喊出："别打我的女人啊！"完全是一种闹剧。也许导演想要一种幽默的效果，然而把它放到小说视为神圣庄严的祠堂里是很不相宜的。况且，狗蛋在挨打时更多的是不平，因为它明见鹿子霖得了逍遥法外，自己什么也没得到却受刑，冤屈得很，这更符合一个略显痴呆的光棍汉的心理。白孝文的命运大逆转也是被鹿子霖利用田小娥给害的，当然，田小娥也意识到自己被人利用的地位，在白孝文受到父亲的惩罚之后，她把尿洒了鹿子霖一脸。影片中对此也有交代，只是一方面镜头闪得太快，另一方面，为避免视觉上的尴尬，画面中的田小娥穿着条绿色的短裤。这样的处理无疑会造成观众理解的困难。在小说中，田小娥则是完全赤裸地骑到鹿子霖的头上，

---

[1] 文中所引小说原文均出自陈忠实著《白鹿原》一书，北京十月文艺出版社 2008 年版。

痛快淋漓地尿了鹿满脸，弄得鹿落荒而逃。田的行为是泼辣的、放肆的，却也见出她骨子里反叛性的一面。我们发现一个有趣的现象，时时处处突出欲望的电影文本在欲望表现上反倒遮遮掩掩，小心谨慎，远不如某些文艺片的尺度大胆，而旨在宣扬中国传统儒家文化的小说文本却要肆无忌惮得多。小说对人物心灵世界的深度掘进在很大程度上得益于这种无所顾忌的越轨的文笔。

二、文化与人性

我们已经谈到电影与小说中的欲望叙事及其内在的文化肌理，可以说《白鹿原》是一部以文化为主轴的小说。小说中有个重要人物——朱先生，他是白鹿原的精魂，作者写他死后化作白鹿遁走。这个人物贯穿小说始终，占据着文化的制高点，然而却被电影完全排斥出局。没有了朱先生的白鹿原只能是失了精神底蕴的白鹿原，剩下的只是经过电影符码转换的欲望与暴力，正如电影的预告片给人的突出印象一样。没有了朱先生的电影《白鹿原》好像失去了精神上的点睛那一笔，可是换个角度想，从电影的思维来看朱先生，他的"圣人"气太重，既然电影选择了叙事性，强调类似于暴力与欲望这样的观赏性，那朱先生的出局也就在所难免了。电影某种程度上还是一门相当直观、感性的艺术，或者说，直观、感性是其优势，而朱先生这个人物则是抽象化、观念化的，他始终是作为儒家文化的符码存在，围绕着他的许多事情则有神奇的不可解释性。当小说写到朱先生死后白鹿原上无以计数的百姓自发前来送行的壮观场面时，由于缺乏充分的内在依据而令人觉得不可信。电影不能将朱先生纳入其中，很大程度上缘于朱先生是个可爱而不可信的相当观念化的抽象人物。

除了朱先生之外，电影在一些人物故事内容的取舍上也有较大改变。黑娃的故事写到当土匪回来报仇就结束了，黑娃的形象被定格在一个叛逆者，有着强大的暴力力量的人物。对比阅读小说，我们会发现，黑娃迫不得已当了土匪后又改邪归正，被招安做了保安团营长，并被要求读书，拜在朱先生的门下，成了朱先生的高足，朱先生临终时说想不到自己最好的学生竟然是土匪。黑娃还提出要求回祠堂拜祖，重修被自己闹农会时砸毁的乡约石碑。黑娃分明是个浪子回头的形象，田小娥使他一度走上歧途，如今又重新皈依传统文化。在这一点上白孝文与黑娃极为相似，他们同传统文化的关系表现为濡染—反叛—皈依。陈忠实希望通过这两个人物来强调传统文化巨大的感召力和包容力。毫无疑问，少了"文化"这只眼睛来打量白鹿原上人，对这些人物的理解肯定是不完整的。但是，黑娃这个人物前后落差如此之大，有如天壤之别，是否可信？这是影片呈现出来的黑娃的故事留给我们的思考，也许电影里的那个黑娃更符合人性的真实。

小说中几乎时时处处以时间性的传统文化来观察人、评判人，当然也以传统文化为本位来审视世事变迁。这样的作品无疑带给人一种文化的厚重感，可是它似乎又使作者施展不开拳脚，在对人性的丰富性、复杂性的探讨上往往被先验的文化观念缚住了手脚。就以白嘉轩为例，他是传统文化的楷模，完全正面的形象，不苟言笑——他似乎是个从来都不会笑的人，腰板挺得笔直。一生行事光明磊落，比如说他虽然也很厌恶田小娥，但并不赞同鹿三偷偷杀死她，认为这是鹿三胆怯的表现，在白嘉轩看来，正义根本就不必害怕邪恶。这个人物自然是个平面化的"扁平"人物，他是个正人君子，正人君子往往都是不丰满生动的。在小说中，鹿子霖是作为白嘉轩的对立面来写的，起到反衬的作用。

回过头来我们再看田小娥这个角色的塑造，小说文本与电影文本出现了极为吊诡的现象。如前所述，影片中的田小娥与三个男人的性爱关系明显缺乏小说文本那么丰富的文化隐喻，但在小说中由于作者预设的文化理念，这个女人的形象显得相当单薄；而在电影中，恰恰不考虑性爱背后的文化内涵，这个人物反倒丰满起来。小说中，田小娥是传统文化的对立面："白鹿村乃至整个白鹿原上最淫荡的一个女人以这样的结局终结了一生，直至她的肉体在窑洞里腐烂散发出臭气……"小说文本于是出现了一个致命的悖反，在细节层面上田小娥是被压迫的、具反抗性的、大胆泼辣的女性，可是在宏观层面上，作者又将其定位为淫荡的、腐蚀性的，是白鹿原的祸害，即便死后也十分具有破坏性，给白鹿原带来夺命的瘟疫，最后必须以青砖六棱塔加以镇压，令其永世不得翻身。电影文本由于不具有小说作者那样的文化理念，反倒可以无所顾忌。田小娥在影片中给人的是一种有情有义、敢爱敢恨、率真泼辣的形象。银幕上的田小娥在精神层面上完全脱离了小说文本，可以说是电影最大的改编部分。如果田小娥这个形象能够站得住，那么电影也就成功了一大半。

三、历史叙事与历史观

还是从电影中的一个细节谈起。黑娃下山为田小娥报仇，用粗木棒猛击白嘉轩的腰部，说了句："腰杆挺得那么直有啥用？尽害人呢！"从小说到电影，你会发现很多情节都是一样的，可语境不同内在意涵也发生了变化。这段影片有两层意思：其一，黑娃报仇不成（因为凶手是他父亲），把气撒在白嘉轩身上；其二，白嘉轩挨揍是因为他"害人"，进一步说，是他害死了田小娥。小说中白嘉轩的腰被打折出现在此之前，黑娃特别嘱咐抢劫的手下要这么做。因为黑娃很不喜欢白嘉轩的腰挺得那么直，从小就如此。这个细节虽小，却有重要的象征意义。白嘉轩的腰挺得笔直是源于一种文化的自信，他以道德君子自居，自信一辈子没做过见不得人的事情。白嘉轩的腰杆子是他精神人格的象征，也是传统文化的象征。值得注意的是，黑娃下手时的身份是共产党兼土匪，而从此后白嘉轩再也没有直起过腰杆子。如果联想到朱先生"文革"时期被人掘了坟墓，白鹿原上另一个白鹿的化身白灵在延安被自己人活埋，以及朱先生的传人黑娃被从党内清除、枪毙，我们就能明白小说中传统儒家文化的破坏、毁灭乃至被掘墓的现实所指了。电影的历史叙述终止于日本人的入侵，日本飞机投下炮弹轰毁了具有象征意义的戏楼子，影片至此戛然而止。如果不是匆忙草率的结尾，那它一定是把历史终结于此，这与小说是很不一样的。这里面有两个问题应当得到分析，其一，电影的历史叙事与原著小说的历史叙事有何不同？其二，电影有没有自己的历史观？如果有的话又是怎样的一种历史观？

从影片的叙事时间、速度，我们可以清楚地看到电影的基本叙事结构及文本兴趣。前十八分钟电影完成了小说前八章的故事内容，这部分涉及白嘉轩连娶七个女人、发现白鹿精灵、设法换到白鹿灵地、订立乡约、举办白鹿书院、"交农事件"等，这部分内容奠定了小说作为一部民族秘史的基础。在影片中前三项神秘事件都隐去不表，后几项由于推进速度过快不能给人较深印象。特别是"交农事件"，影片根本没有交代事情的发起者就是白嘉轩，他在这起标志性事件中所表现出的斗争精神自然也无法传达。由于缺乏必要的交代，导致观众对白嘉轩的称赞："三哥，你是人。"也无从理解。这四分之一的小说内容电影用时不到二十分钟，电影似乎迫不及待地要进入下一个段落，那就是以田小娥为中心的欲望叙事。其后的将近两个小时的时间是围绕田小娥展开的，占整个电影时间的百分之八十，而在小说中，田从出场到死亡是第九到第二十章，一共十一章的内容，占全书的三分之一左右。田小娥死后，电影用了差不多十分钟的时间就匆匆结束了。电影的叙事结构清楚地表明，欲望叙事是主线，历史叙事为辅线，作为欲望叙事的背景存在。但导演并没有将现代历史理解为一部欲望史，因而这两条叙事线索虽有交集，却又各自独立。如果说电影历史叙事的主体是处于欲望中心的人，那么小说历史叙事的主体则是通过人来表现的传统文化。

由于田小娥所牵连的人物关系网络并不能负载丰富的历史信息——她既不是历史风云当中的中心人物，也不是故事的视点人物，她在男性主导的历史进程之外——电影的欲望叙事与历史叙事出现了"两张皮"现象。而在小说中文化与历史叙事构成了一个完整的表述体系，从制订乡约、兴办白鹿书院开始，一直到"文化大革命"，历史进程与传统文化的命运紧密联系在一起。陈忠实的《白鹿原》就是一部儒家文化的兴衰史，它也始终是以传统文化的眼光来审视中国近现代的历史进程。可以说，电影在叙事的完整性上不如小说。

也许这种孰优孰劣的比较是不合适的。布鲁斯东就说过："说某部影片比某本小说好或者坏，这就等于说瑞特的约翰生腊厂大楼比柴可夫斯基的《天鹅湖》好或者坏一样，都是毫无意义的。它们归根结底各自都是独立的，都有着各自的独特本性。"[1]电影既然已经从小说脱离出来，我们就要看它是否开拓了独特的艺术空间。

影片自觉调用画面、音乐等艺术手段来强化历史的悲凉感。影片中黑色可以说是主色调，除田小娥外，绝大多数人物都是黑色的衣着服饰，人物活动的主要场景祠堂以及戏楼子都是黑色的，不少画面一眼望去人和景只见黑压压的一片。影片在音乐的使用上，尤其是片中出现的几段嘶哑而苍凉的秦腔，使影片的内容与形式达到较为完美的和谐一致。"征东一场总是空，难舍大国长安城。自古长安地，周秦汉代兴。"秦腔唱词好像是在说古，却也充满了世事无常的况味。片尾的秦腔使电影主题得到进一步地升华："风花雪月平凡事，笑看人生说炎凉。悲欢离合观世相，百态人生话沧桑。"说不尽的人生沧桑、世相百态，在这高亢而又苍凉的歌声里回荡不已，也留给观众无尽的悲凉感伤。

小说《白鹿原》由于提供了一种不同于主流意识形态的历史叙述而被批评界称为"新历史小说"。《白鹿原》在历史叙述方面有两个支柱性的概念，其一是"秘

[1]　[美]布鲁斯东：《从小说到电影》，第6页，中国电影出版社1981年版。

史"，其二是"翻鏊子"的历史观。前者在影片中基本没有表现，后者通过戏楼子的象征性场景设置得到含蓄的说明，电影让一个个历史人物、政治力量都通过戏楼子展现出来，"你方唱罢我登场"，走马灯似的上演。电影不像小说那样更多属于作者个人的事情，电影往往耗资巨大，参与人员众多，审查不过可是件伤不起的事情。拍摄影片不仅需要智慧、才华，也需要勇气和魄力。从这个意义上说，小说到电影的形式转换中不受欢迎的价值观念，特别是那些与主流意识形态相抵触的观念应当在自觉规避的范畴之内。这也就能解释为什么小说中最精彩的一个部分，也是与主流意识形态相违背的历史观在电影中不能得到集中表现。电影的历史叙事有着自己鲜明的历史观感，那就是如上文所述的世事无常变幻的沧桑感，但却似乎缺乏独特的历史观念。

电视改编中的"加法"与"减法"

路遥的长篇小说《平凡的世界》是当代著名的经典著作。该作已经改编成了56集电视连续剧,在电视台及网络上热播。这部获得了茅盾文学奖的长篇小说影响了一代年轻人,如今又以电视剧的形式得到更大范围的传播,让更多的人为小说中的故事所感动。

本文虽然致力于讨论电视改编中增删加减的几种形式,分析背后的动因及产生的效果,但首要要指出的是,这并不意味着电视就背离了小说原作。实际上,电视剧的导演最大限度地忠实于路遥的原作。这表现在:一、电视剧没有改变小说的基本故事走向,在大的发展脉络上及相当多的故事细节上完全照录小说原作。如同小说一样,电视剧力图全景式地反映从1975年到1985年十年间中国农村社会生活的变迁,其主要方法同样是由田福军这条线牵出中国政治的艰难变革,由孙少安这条线反映中国农村的艰难转型,由孙少平这条线揭示处于城乡之间、理想与现实之间的追梦者灵魂的撕裂与挣扎。在具体故事情节上也是一致的,这包括福军的宦海浮沉、孙少安的事业与婚姻、孙少平的人生轨迹、田润叶的婚姻、田晓霞的死亡等。二、小说中主要人物的性格特征在电视剧中基本保持一致。孙玉厚的老一代农民形象、孙少平对外在世界的向往、田福军的改革者形象等,在电视中都得到了较好的诠释。三、更重要的是,电视剧与小说在精神上保持一致,都表现了在极度贫困的生存状态下人的高贵的精神情操。小说与电视都浓墨重彩地表现苦难,表现在苦难中人的坚忍不拔,人的道德坚守以及理想主义,苦难获得了一种精神的升华。这也许是在物质丰裕而世风日下的当下,重新讲述《平凡的世界》这个故事最大的现实意义。此外,值得一提的是,电视剧用大量画外音旁白的形式朗读原作中的段落,使得该剧具有浓郁的文学色彩,这也许可以说是导演对英年早逝的作家最好的致敬方式。

当然，要将一百万字的长篇小说改编成电视剧，完全不作改变也是不可能的。概而言之，电视剧所做的加法与减法大致有以下几种类型：

一、合并删减

小说《平凡的世界》故事情节复杂、头绪繁多，涉及的人物就有一百多个，适当地删繁就简是完全有必要的。在电视剧中，删繁就简的一个重要方式是"合并同类项"。所谓"合并同类项"是指将角色功能相似的人物加以合并，以这种方法删除导演认为多余的人物。

小说中孙玉厚老汉的妻子是个形象模糊的人物，她恪守着妇道人家的"规矩"，是丈夫的"应声虫"，没有自己的性格特点。这个无足轻重的人物在电视剧中被删去了。于是，在这个苦难的家庭中玉厚老汉又当爹来又当妈，更凸显了他的担当精神。这一改编是成功的，它将观众的目光更多集中在玉厚老汉的身上，加上演员刘威对老汉角色的精彩演绎，孙玉厚成为剧中刻画得最为成功的人物形象之一。他是中国老一代农民的典型代表，朴实勤俭、忍耐坚强，同时又有着母亲般的慈爱，在顶起一片天地的同时又有着类同女性的细心呵护和入微体贴。小说中金波和润生都是少平同村的好朋友，电视剧将金波的故事并给润生。与少平上学放学同骑一辆自行车的，为少平打抱不平强行出头的，后来当兵及退伍后成为少平无话不谈的对象的，原本都是金波，在电视剧中则一律换成了润生。润生从一个默默无闻的、内向腼腆的小伙子因此变成了有血性的勇敢者。这在一定程度上改变了润生的形象，不过无伤大雅，反而丰富了这一人物形象。加入了金波性格特征的润生后来大胆地同郝红梅恋爱，与家长制的父亲对抗，反倒更容易被理解。稍稍有点遗憾的是，金波参军后同藏族姑娘的浪漫爱情也被一并删去了。

小说中原有一位名叫吴亚萍的女性，她是少平高中时代的同班同学，对少平关怀备至。这个人物也被删去，她的故事合并给了同样给少平提供帮助（主要是精神上的）的田晓霞。这样，给少平安排帮厨（从而可以到食堂免费吃饱）的是晓霞，故意丢钱让少平捡拾的是晓霞，给少平安排打零工的也是晓霞。减少一个人物，让晓霞充任高贵的同情者并无不可。但电视剧应当充分考虑这样几个因素：1. 另一个班的晓霞多次帮助少平需要有一个适当的交代；2. 如果晓霞同少平的爱情建立在同情的基础上，作为自尊心极强的少平是否能够接受？3. 有些细节的改变需要推敲，比如小说中讲吴亚萍给少平找下武装部工地搬运的活，剧中改成了晓霞帮他找到的是为班主任掏烟囱的活，掏烟囱不可持续，况且班主任还是少平班的，根本无须晓霞帮忙。

根据剧情的需要删除某些次要人物，这是电视剧改编中常见的方法。《平凡的世界》将这些次要人物的故事合并到主要人物身上，需要考虑的是逻辑上的合理性以及形象的饱满性。田福军的岳父徐国强是个无关紧要的人物，在剧中删去原本无可厚非。但这个人物有一项重要角色功能，他劝说润叶要考虑其二爸福军的政治前途，而与李向前结婚有利于福军（李父也是县委常委），这才促成了润叶答应婚事。这无异于一场可耻的政治交易！小说中福军坚决地批判了这一做法。删去徐国强没有问题，但他的这一角色功能并给谁都不能并给田福军。遗憾的是，当少安迫切地需要福军对他的爱情支持的时候，福军却以"很忙"推托，拒绝支持。其背后的原因即是企图用润叶的婚姻来加强与李登云的政治联盟，从而保全自己。改编者一不小心就让田福军这位锐意进取、矢志不渝的改革者、坚强的政治家变成了一个卑劣小人，这样的改编严重地损害了田福军这一人物形象，是不应该有的失误。

二、加强主要人物

《平凡的世界》这部电视剧，在原小说的基础上给主要人物加戏，从而突出了主要人物。其方法大致有二：一是依据剧情加写主要人物的戏，属于"无中生有"；二是将其他人物的戏"嫁接"到主要人物身上，可称作"移花接木"。

剧中，为了表现少平的成长加写两场戏。第一场是大胆地同二爸孙玉亭的懒惰行为作斗争，从而挑战农村的伦理秩序，即使玉亭撒泼也毫不退缩。这场戏符合少平一贯的性格特征，寓示着少平已经长大，也将少平同少安区别开来，因而是一段精彩的改编。第二场是少平为了挽回秀莲的名誉而逼迫王彩娥，他将王彩娥"捉奸在床"，以此胁迫谣言的始作俑者公开辟谣。这种行为不可谓不机智，也是有正义感的表现，但略显得有些不够正派。剧中加强了润叶的戏，使之成为一线人物。主要是加写了润叶同少安的爱情戏，小说中这部分还是比较含蓄的，带有 20 世纪 80 年代初期青年男女对待爱情的保守与羞涩。加写的部分基本上是当下对爱情的理解方式，润叶和少安都积极努力，润叶为此还反抗父亲。待到少安结婚时，润叶还到少安处"抢新郎"。以今天观众的眼光看来这完全是合理的，但这不是尊重历史的态度。少安之所以迅速地寻找婆姨，是因为现实太残酷，一个农民不能存非分之想。少安与润叶的爱情悲剧是时代的悲剧，也是性格悲剧。从根本上说，少安是黄土地上生长出来的厚道本分之人，而润叶也是善良温顺得有些懦弱的人物。

"移花接木"的改编方式并没有减少故事人物，但却将主要人物放在了更加突出的位置。相应地，次要人物的戏份减少，形象更趋于弱化。电视剧明显加强了少安这个人物，使之成为剧中的核心人物。在放水一场戏中，原本田福堂是这场戏的主角，是他做出决策偷挖上游的水坝，而具体策略上又是村里的能人金俊武制定的，在电视剧中这一切都让给了少安。此外，还增加了少安亲赴上游村子冒险要水的情节，又是被打又是灌酒，少安在这场戏中临危不惧、大义凛然、智勇双全，完全是个英雄人物。而润叶不失时机的出现又增加了一些浪漫色彩。如果说这一部分的改写考虑到了电视剧的特点，从观众欣赏的角度来说是必要而精彩的，那么，后一场戏将田福堂设想的炸山拦坝工程也安到少安头上就有些莫名其妙了。这项工程是田福堂这位村支书在农村改革之后失去权力时的奇想，是"农业学大寨"精神的回光返照，原本是作家对这类人的辛辣讽刺。最后大坝被毁，宣告一个时代的结束。少安并非村里的领导，炸山拦坝也不是什么好事，将这段故事加给少安简直不伦不类。而且，这么大的一个事情最后不了了之，也是不应该的。由此观之，给主要人物加戏也需慎重考虑，不是戏多了人物就丰满了，稍有不慎可能还会适得其反。

三、增加喜剧色彩

从小说到电视剧，导演要考虑的一个重要问题是如何吸引观众。对于《平凡的世界》这样现实题材的作品，增强观赏性的方式主要是这样几种：一是加强戏剧冲突，在适当的地方安排激烈的场景，比如抢水时的械斗、矿井下的打架、润生回忆中的战斗等；二是多一些主要演员的爱情戏；三是增加喜剧色彩。与原小说相较，该剧在第三点上表现得更为突出，是制作人有意为之的结果。

路遥的小说写的是苦难，是汗水、泪水加血水，是生命的艰辛、深沉的悲剧，很难从中读到喜剧性的内容。电视剧执意往喜剧方面改编，煞费苦心地增加了相当多的情节、动作与对白。有些地方的改编收到了很好的喜剧效果。比如剧中有意识加强的孙玉亭、王满银这两个角色，在小说中二人即是反面角色。前者是可笑的政治狂热分子，无限眷恋曾经火红的政治斗争年代，作为小说嘲讽对象他的许多言行是滑稽可笑的，剧中更加突出了这一点；后者则是小说中作家所厌恶的农村游手好闲的二流子，是反面的典型形象。放大这两个人物可笑的一面，既增加了喜剧性，也有历史认识的作用。少安在小说中原本是个较为沉默的青年，剧中为其加写了相当多的对白——电视剧的特性如此，缺少对白与动作就不成其为戏了。这在一定程度上改变了少安的性格特征，但并没有影响这个人物基本的精神气质，诸如他的进取意识、承担精神、高尚的道德情操等。在这样的一个基础上，电视剧为其加写的对白是颇为生动有趣的。比如，在私分猪饲料地的讨论会上，少安说原有的那点地"是喂猪八戒还是养林黛玉"？就很形象生动。当然，这样改编的副作用是，少安的形象稍显油滑。

剧中也有几处的改编出现了闹剧化的倾向。为了阻止少安同润叶的恋爱，田福堂擅自在村子里散发喜糖，宣称润叶和向前订婚了，以造成生米煮成熟饭的假象。随后，润叶又出面澄清，收回喜糖。这是一场闹剧，不符合福堂的身份、水平。试想，一位有威信的大队书记怎么会做出这样荒唐的事情？以他的智商难道想不到假象败露的后果吗？他还怎样在村里立足？少安进城，他又乔装打扮随之而来，以监视少安与润叶，当场又被少安揭穿。剧中加写的这段故事也许在观众看来是好玩的，但把福堂弱智化了，也不符合他的身份。剧中还加写了一段玉亭年轻时娶媳妇的故事。这段故事也充满了喜剧色彩，侧面反映了20世纪七八十年代农村青年婚姻状况，尤其是玉亭和凤英的结识、在政治热情之下的相恋，今天看来都很有趣味。但此段明显的不足在于：1. 少安的年龄不对，玉亭年轻时少安和兰香怎么可能同后来一般大？2. 相亲的那家居然是凤莲家，那么后来少安再去时不可能毫无印象。在编故事中出现这样的硬伤是不应该的。此外，剧中几处批斗场面也出现闹剧化现象，这样的"喜剧效果"会让今天的年轻人误以为政治批判是好玩的事情。

时代的审美情趣在悄然发生变化，从小说发表年代的生命不能承受之"重"到当下的游戏娱乐之"轻"，这中间的变异是明显的。电视剧的改编自然要适应这种变化，这是可以理解的。但值得警惕的是，要尊重历史，尊重现实的逻辑，不要将故事闹剧化，从而影响艺术应有的严肃性和深刻性。

电视不同于小说，《平凡的世界》改编中的加法与减法皆是从电视艺术的特点出发、从观众的欣赏需要出发，其效果有好有坏，不可一概而论。总体来说，《平凡的世界》不失为一次成功的电视改编。指出改编中存在的问题，尤其是那些不应有的硬伤，是为了引以为戒，在今后的改编实践中能有更好的表现。相信更多的文学作品将以电影电视的形式展现在观众面前。

主要参考文献

1. 钱理群编：《二十世纪中国小说理论资料》，北京大学出版社 1997 年版。

2. 黄子平：《灰阑中的叙事》，上海文艺出版社 2001 年版。

3. 严家炎：《中国现代小说流派史》，人民文学出版社 1989 年版。

4. 朱大可、吴炫等：《十作家批判书》，陕西师范大学出版社 2000 年版。

5. [美] 列文森：《儒教中国及其现代命运》，中国社会科学出版社 2000 年版。

6. [美]E·希尔斯：《论传统》，上海人民出版社 1991 年版。

7. 庞朴：《蓟门散思》，上海文艺出版社 1996 年版。

8. 张辉：《审美现代性批判》，北京大学出版社 1999 年版。

9. 刘小枫：《现代性社会理论绪论》，上海三联书店 1998 年版。

10. 王国维：《红楼梦评论》，载《王国维文学美学论著集》，周锡山编，北岳文艺出版社 1987 年版。

11. 余英时：《中国近代思想史上的激进与保守》，载《知识分子的立场——激进与保守之间的动荡》，时代文艺出版社 2000 年 1 月版。

12. 汪曾祺：《汪曾祺全集》，北京师范大学出版社 1998 年版。

13. 余英时：《士与中国文化》，上海人民出版社 1987 年版。

14. 刘小枫：《现代性社会理论绪论》，上海三联书店 1998 年版。

15. 谢泳：《西南联大与中国现代知识分子》，湖南文艺出版社 1998 年版。

16. 林毓生：《中国传统的创造性转化》，生活·读书·新知三联书店 1988 年版。

17. 费孝通：《乡土中国生育制度》，北京大学出版社 1998 年版。

18. 林语堂：《吾国吾民》，陕西师范大学出版社 2002 年版。

19. 沈从文：《沈从文文集》，第十一卷，花城出版社 1984 年版。

20. 陈徒手：《人有病天知否》，人民文学出版社 2000 年版。

21. 汪朗、汪明、汪朝：《老头儿汪曾祺——我们眼中的父亲》，中国人民大学出版社 2000 年版。

22. 丁帆编：《中国现代文学传统》，人民文学出版社 2002 年版。

24. 韩毓海：《从"红玫瑰"到"红旗"》，上海远东出版社 1998 年版。

25. 黄凯峰：《价值论视野中的美学》，学林出版社 2001 年版。

26. 刘小枫：《拯救与逍遥》，上海三联书店 2001 年版。

27. 宗白华：《美学散步》，上海人民出版社 1981 年版。

28. 《马克思恩格斯全集》，第 20 卷，人民文学出版社 1965 年版。

29. 刘小枫编：《人类困境中的审美精神——哲人、诗人论美文选》，东方出版中心 1996 年版。

30. 童庆炳：《文体和文体创造》，云南人民出版社 1994 年版。

31. 蔡英俊：《抒情精神与抒情传统》，载《中国文化新论·文学篇》，生活·读书·新知三联书店 1992 年版。

32. 吴士余：《中国小说思维的文化机制》，华东师范大学出版社 1990 年版。

33. [英] 弗吉尼亚·伍尔夫：《论小说与小说家》，上海译文出版社 2000 年版。

35. 陈平原：《陈平原小说论集》上卷之《中国小说叙事模式的转变》，河北人民出版社 1997 年版。

36. 丁帆：《重回"五四"起跑线》，人民文学出版社 2004 年版。

37. 吴承学：《晚明小品文研究》，江苏古籍出版社 1998 年版。

38. 俞元桂编：《中国现代散文理论》，广西人民出版社 1984 年版。

39. 赵伯陶：《明清小品：个性天趣的显现》，广西师范大学出版社 1999 年版。

40. 沈义贞：《中国当代散文艺术演变史》，浙江大学出版社 2000 年版。转引自《周作人小品文全集·序言》，时代文艺出版社 1995 年版。

41. 冯光年、刘增人：《中国新文学发展史》，人民文学出版社 1991 年版。

42. 索绪尔：《普通语言学教程》，商务印书馆 1980 年版。

43. 胡适：《白话文学史》，东方出版社 1996 年版。

44. [美]P·韩南：《中国白话小说史》，浙江古籍出版社 1989 年版。

45. 陈望道：《陈望道语文论集》，上海教育出版社 1997 年版。

46. 郑敏：《结构——解构视角：语言·文化·评论》，清华大学出版社 1998 年版。

47. 曹文轩：《二十世纪中国文学现象研究》，作家出版社 2003 年版。

48. [德]海德格尔：《关于人道主义的信》，载《存在主义哲学》，商务印书馆 1963 年版。

49. 申小龙：《当代中国语法学》，广东教育出版社 1995 年版。

50. 王一川：《汉语形象美学引论》，广东人民出版社 1999 年版。

51. 林大中主编：《九十年代文存》下卷，中国社会科学出版社 2000 年版。

52. 薄一波：《若干重大决策与事件的回顾》（下卷），中共中央党校出版社 1993 年版。

53. 李泽厚：《伦理学纲要》，人民日报出版社 2010 年版。

54. [古希腊]亚里士多德：《尼各马可伦理学》，商务印书馆 2003 年版。

55. 杨扬编：《莫言研究资料》，天津人民出版社 2005 年版。

56. 鲁迅：《南腔北调集·偶成》，载《鲁迅全集》第四卷，人民文学出版社 1981 年版。

57. 谭光辉：《症状的症状：疾病隐喻与中国现代小说》，中国社会科学出版社 2007 年版。

58. [美]苏珊·桑塔格：《疾病的隐喻》，程巍译，上海译文出版社 2003 年版。

59. [奥]A·阿德勒：《超越自卑》，刘泗编译，经济日报出版社 1997 年版。

60. 黄健中：《黄健中导演笔记》，作家出版社 2011 年版。

61. 谢飞：《谢飞集》，中国电影出版社 1998 年版。

62. 陈思和：《中国当代文学教程》，复旦大学出版社 2005 年版。

63. [法]莫尼克·卡内科-马赛尔、让娜-玛丽·克莱尔：《电影与文学改编》，文化艺术出版社 2005 年版。

64. 贾磊磊：《影像的传播》，广西师范大学出版社 2005 年版。

65. [美]布鲁斯东：《从小说到电影》，中国电影出版社 1981 年版。

66. 陈忠实：《白鹿原》，北京十月文艺出版社 2008 年版。

67. 阿城：《棋王》，载朱栋霖编：《中国现代文学作品选》下册，高等教育出版社 2002 年版。